L'AMOUR LOUP

Paru dans Le Livre de Poche :

LES AMANTS DÉSUNIS

L'ENFANT DU PEUPLE ANCIEN

ANOUAR BENMALEK

L'Amour loup

ROMAN

PAUVERT

À ma mère.

À Nora, Nejma et Samy.

« Il ne faut pas de tout pour faire un monde. Il faut du bonheur et rien d'autre. »

Paul ELUARD.

Partie Une

Au début de l'année quatre-vingt-sept du siècle dernier, la Russie et une bonne partie de l'Asie centrale appartenaient encore à l'Empire soviétique, l'Algérie éprouvait tout juste les prémices de ce qui allait bientôt l'ensanglanter tandis que le Liban, désespéré, se noyait une fois de plus dans une de ses innombrables guerres civiles.

Février 1987, Moscou

C'était à l'aéroport des lignes intérieures de Moscou, au retour donc, alors qu'il ne lui avait encore posé aucune question, qu'elle lui avait parlé de sa grand-mère.

En réalité, ce n'était pas sa grand-mère, lui avait-elle précisé, mais la deuxième femme de son grand-père, que ce dernier avait épousée alors qu'il avait largement dépassé la cinquantaine. La mariée était originaire d'un village distant d'une quarantaine de kilomètres, ce qui était loin pour l'époque. On allait d'ailleurs souvent le lui reprocher par la suite.

Elle s'était révélée stérile, ce qui avait arrangé son mari. Lui jugeait que sa première femme lui avait donné suffisamment d'enfants comme ça. Il avait fait son devoir et maintenant, il voulait simplement une compagne pour sa vieillesse. Plus jeune que lui, ça allait de soi.

C'était avant l'expulsion. Mais elle n'arrivait plus à se rappeler si son grand-père était mort avant ou après les événements. En tout cas, ce dont elle était sûre, c'est que cette grand-mère lui avait survécu une bonne dizaine d'années. Du temps de son vivant, le vieil homme avait fini par prendre en affection sa jeune épouse. On l'avait surpris un jour lui fredonnant une chanson d'amour assez idiote : *quand je mange un œuf / je te laisse le jaune / nous vieillirons ensemble...* L'incident avait fait le tour du village et ricaner longtemps après. Même l'imam, son ami pourtant, s'était décidé à le mettre en garde contre ce qu'il appelait son manque de tenue. Le grand-père avait haussé les épaules et continué de plus belle à chérir sa femme en public.

— Comment s'appelait-elle ?

— Messaouda... Messaouda l'Heureuse...

Elle avait ôté sa chapka, malgré le froid. Elle était pâle et pensive. Il avait compris, par un paradoxe qu'il ne s'était pas expliqué, que ce calme n'avait été qu'un manque de sang-froid désespéré, qu'elle n'avait sorti cette histoire que par une étourderie calculée. Comme si, au moment de le quitter, il lui avait fallu mettre le maximum de malheur entre eux.

Elle avait hésité :

— Oui, c'est ça : Messaouda... Enfin, peut-être, mais je ne pourrais pas le jurer. Tout cela est si vieux maintenant.

Elle avait continué, bizarrement attendrie. Les proches du vieux avaient accueilli avec déplaisir cette toquade. De sombres tractations autour de terres en héritage avaient contribué à aigrir considérablement l'atmosphère. Quand l'expulsion eut lieu, l'héritage, évidemment, se réduisit à presque rien. Les quelques bijoux qui restaient à la grand-mère après la mort du mari lui servirent à assurer sa subsistance quotidienne à son arrivée dans le camp. Elle avait été totalement oubliée par le reste de la famille. Quand elle mourut, certains de ses parents, réfugiés comme elle et aussi démunis, vinrent malgré tout la veiller. Puis une dispute éclata au moment où les femmes voulurent laver le corps : quelqu'un avait profité du remue-ménage pour subtiliser le dentier de la morte.

— ... Et ce fameux dentier contenait une rangée de dents en or, un cadeau assez étrange que mon grand-père avait fait à ma grand-mère alors qu'il était encore un riche fermier !

Un flocon de neige était tombé sur son nez. Elle avait bougé son visage de manière à faire tomber la poudre blanche.

— On n'a jamais su qui avait volé le dentier : mon père, ses deux autres frères ou les cousins. Est-ce que ça a de l'importance, tout ça, à présent ?

Une colère distraite, tournée contre elle-même, l'avait prise. Elle s'était tue. Ils s'étaient engouffrés dans une bouche de métro. Il lui avait tendu une pièce de monnaie pour le tourniquet. Elle avait utilisé les cinq kopecks sans le remercier. Ils devaient se séparer à la station de taxis. Il avait senti la jeune fille tout embuée, comme imbibée de l'amertume de ce qu'elle venait de raconter. Pendant que l'escalier mécanique descendait, elle avait murmuré :

— En réalité, mon père, le connard, avait fait le coup. Il fallait bien vivre, non ?...

Il se le rappelait maintenant très bien : il avait éprouvé de l'ennui. Non, plus : de l'irritation. Pourquoi lui avait-elle déballé cette magouille de croque-mort ? Il ne lui avait pas demandé autant. Qu'avait-il à faire, d'ailleurs, de ses chagrins ou de ses justifications si lui ne pouvait pas en faire partie ?

Il avait eu hâte d'en finir avec cette rage pour elle, qui le brûlait mais ne le réchauffait pas, le laissant glacé par pans entiers. Il s'était mis à fredonner doucement un air qu'il avait appris récemment, air tsigane s'il ne se trompait pas. Tiens, avait-il remarqué, comment avait-il pu retenir une chanson aussi stupide ?

La nuit qu'elle mourut
Lolita eut de la chance
Des trois balles qu'elle reçut
Une seule était mortelle...

Il avait eu envie, tout à coup, de remplacer le prénom du couplet par son prénom à elle.

Ah, il en aurait été bien débarrassé maintenant !

D'elle, de la douleur et du reste...

Elle s'était retournée vers lui. Et lui, qui ne l'avait jamais entendue proférer une vulgarité, en était resté bouche bée :

— Mon cul ! Ne dis pas le contraire. Toi aussi, tu es un Arabe comme les autres. Quand on a eu besoin d'eux, les Arabes, qu'est-ce qu'ils ont fait ? Ils se sont emportés, ils ont crié un peu, pour la forme, pour ceux d'en face. Et à nous, hein ?

Elle avait poussé la porte à battants et s'était arrêtée, bloquant ainsi le passage :

— Et à nous, hein, qu'est-ce qu'ils ont apporté comme aide, eux qui prétendaient tout le temps que nous étions leurs frères ? Ils n'ont pas hésité longtemps avant de se baisser et nous montrer leurs fesses...

Elle avait martelé sa phrase, hoquetant presque, à la limite du sanglot. Il allait la quitter — *elle* allait le quitter — et il avait songé à ce qu'elle lui avait répété nombre de fois, que personne ne comprenait personne, que même la bouche ne comprenait pas la salive qui était en elle.

Alors, comme des sarments mal allumés qui fument, lui était venue la nostalgie, insupportable, des jours d'avant, les vrais jours de la joie, qu'elle ou lui ou n'importe quelle autre personne n'avaient jamais vraiment vécus, mais dont il aurait pu dire à présent, trop tard naturellement : peut-être que, jadis, le bonheur existait.

Partie Deux

Juin 1987, nord-est de l'Algérie

Décidément, trois ans à l'étranger, ça n'est pas la meilleure méthode pour se préparer à vivre à B. Il est vrai que Constantine n'est qu'à une trentaine de kilomètres, mais est-ce vraiment une consolation, ça ?

Dehors, le soleil matinal chauffe la ville comme un four de boulanger. Je sue déjà. Bon. Il va falloir se lever. Je regarde le plafond. Besoin d'une bonne couche de peinture. Ainsi que le reste de l'hôtel, d'ailleurs. Je repousse le drap — douteux — en m'interdisant de soupirer. Si je dois occuper longtemps cette chambre, autant m'habituer tout de suite à la crasse ambiante.

Pas d'eau évidemment. Le bidon de cinq litres que le garçon d'étage m'a apporté je ne sais d'où, moyennant pourboire, tombe à propos. J'aurais dû ajouter une goutte d'eau de Javel. Conseil de la télé oblige. Je ricane.

Je me lave. Je me rase. En m'égratignant. Ça ne rate jamais. Je me sers de parfum, faute d'eau de Cologne, pour arrêter le filet de sang. L'odeur est tellement forte qu'elle m'écœure un peu.

À la réception, le veilleur me dit :

— Vous ne prenez pas votre petit déjeuner ?

— Non.

Je vais lui expliquer que je n'aime pas le café au lait. Plus précisément, que je n'aime plus le café au lait. Je m'en abstiens. Je ne sais pas ce qui m'a pris hier, j'ai parlé avec lui plus que d'abondance pendant toute la soirée. De pratiquement tout. Je me traite de parfait crétin.

Son visage caoutchouteux sue aussi. Je demande :

— Est-ce que vous servez du thé ?

— Non. Mais il y a un café à côté.

Il a l'air de s'ennuyer. Il est plutôt content de me voir. Il tente d'amorcer la conversation. Je réponds par des bouts de phrase. Je lui tends la clé. Il me dit :

— Vous avez entendu la radio ?

— Non.

— Ah ?

Il arbore le visage gravement ravi de celui qui a la primeur d'une mauvaise nouvelle. Je suis vaguement mis hors de moi par ce mélange poisseux de commisération et de contentement. Pour couper court à son élan, j'ajoute :

— Et puis ça ne m'intéresse pas.

Je dois être blanc. Le parfum commence à m'incommoder sérieusement. Je demande :

— Du courrier pour moi ?

Il est surpris et déçu. Il ronchonne en fouillant dans son casier :

— On dirait que ça ne vous botte plus vraiment. Pourtant, hier, à vous entendre, vous n'aviez que ça en tête.

Je hausse les épaules.

Il n'y a pas de lettre.

Cela se passa-t-il à Boukhara ? Oui, peut-être. Sûrement avant le retour. Enfin, peu importe.

Elle détaillait la haute silhouette élégante du minaret Kalian. Le guide avait raconté que cette tour de cinquante mètres, délice d'arabesques et de bas-reliefs, avait eu une double utilisation : le vendredi, le muezzin grimpait jusqu'au sommet pour appeler les fidèles à la prière ; les autres jours, c'était au tour du bourreau de refaire le même trajet pour précipiter de la rotonde les condamnés à mort de la ville.

Malgré la fatigue de la nuit en train, son visage était intensément occupé à sonder l'étrangeté de la présence formidable du monument. Machinalement, il suivit la courbe du nez, puis remonta jusqu'aux yeux.

La place était déserte. Vaincu par la lumière, il dit :

— Laisse-moi me perdre dans ton visage.

Elle tressaillit. Elle paraissait très lointaine, moins absente que décalée, plus proche du temps du minaret tueur que du mois de février de cette année-là. Elle murmura, sans accorder d'importance au fait que la phrase s'adressait à elle :

— De la poésie maintenant ?

Il rit idiotement.

— C'est que je t'aime, voyons.

Elle ne se retourna même pas. Il rit encore.

J'achète le journal. Rien. À part quelques lignes pas très claires dans un entrefilet sur des bombardements entre milices rivales quelque part à Beyrouth. Je souffle avec une joie coléreuse :

— C'est ça, étripez-vous, si ça vous chante !

J'essaie de profiter de cet accès de mauvaise humeur. Je dois vite déchanter. La colère est trop fatigante sous ce soleil.

Je jette le journal. Quelqu'un le ramasse derrière moi et s'appuie contre le mur pour le lire. Il l'ouvre à l'avant-dernière page, celle des sports. Je pense — et, à la seconde d'après, j'ai l'impression de jeter des gouttes de mépris sur moi-même :

— T'as raison, mon gars, là au moins il y aura moins de mensonges.

Le café est à quelques dizaines de mètres de l'hôtel. Il porte une enseigne en arabe : « Café des Négociants ». L'hôtel n'a pas hésité à s'appeler « Hôtel de Paris ». La ruelle, elle, sent l'urine.

J'opte pour l'échoppe d'un marchand de beignets. Le marchand me dit qu'il est un peu tard pour me servir du thé, mais qu'il a du café pour lui-même dans son Thermos. J'accepte.

Je m'installe sur un tabouret devant une longue planche fixée au mur et faisant office de table. Avec deux beignets dans une assiette de métal et la tasse de café. Les beignets sont bons. Le café est tiède.

Au fond de la salle, trois autres personnes que je distingue mal ont fini leurs assiettes. Elles discutent passionnément. Je comprends qu'elles parlent de la cherté de la vie à quelques jours du ramadan. Le plus jeune, celui que ses compagnons appellent l'infirmier, rigole :

— Il ne leur reste plus qu'à taxer la merde et les pets !

Il cherche une approbation de mon côté pour son bon mot. Je me concentre sur mon beignet.

Toujours le long du voyage.

Elle lui avait décrit le rêve qu'elle venait de faire. Elle tombait, elle tombait et, bien qu'elle sût qu'elle rêvait, elle n'avait pas pu s'empêcher d'être terrorisée. C'est bête, avait-elle ajouté dans une grimace.

Il commenta, sautant sur la possibilité qu'elle lui offrait de rompre le silence :

— Ça me rappelle un truc que j'ai lu dans la *Pravda* d'hier.

Elle cessa de boire son thé. Un thé vert fort que les Ouzbeks servent sans sucre. Il continua, surpris par son attention :

— Il paraît qu'un chercheur a localisé dans le cerveau le point précis qui opère la différence entre le rêve et la réalité. C'est-à-dire le frein qui interdit à un chat rêvant qu'il est poursuivi par un chien de détaler effectivement. Le chirurgien a procédé à l'ablation de ce frein et le chat endormi, à chacun de ses cauchemars, se met à courir réellement, jusqu'à épuisement, devant des clebs imaginaires.

Elle perdit son ébauche de sourire. Il songea : comme l'eau d'une vitre balayée par un essuie-glace. Elle lui lança avec une ironie âpre :

— Tu prétends que nous autres, on est comme ce chat, qu'on a le cerveau troué ?

Il préféra s'abstraire dans la contemplation de la circulation à travers la vitre de la tchaïkhana.

Le marchand, d'une flexion de main machinale, jette sa boulette dans la flaque d'huile. Il essuie du coude la sueur de son front tandis que son aide, un garçon d'une quinzaine d'années, retire avec une grande aiguille les beignets qui ont fini de cuire.

— Tiens, voilà l'amoureuse.

— Parle pas si fort, grommelle le patron.

— Pourquoi, oncle Tayeb, c'est pas vrai ?

— Ferme-la, je te dis. Et puis ne m'appelle pas comme ça, je ne suis pas ton oncle.

L'homme maigre lance un coup d'œil mauvais à son aide. Une femme, la quarantaine bien entamée, s'avance. Elle porte le surplis noir traditionnel de l'Est, mais sans le voile triangulaire qui cache le visage. Elle n'est pas laide, elle est même agréable, si l'on excepte un certain empâtement des traits. Elle est exagérément fardée et s'efforce de sourire avec le plus de grâce possible. Son insistance devient rapidement gênante, un rien obscène. Le silence s'installe dans l'échoppe. La femme, nous ignorant totalement, n'a d'yeux que pour le propriétaire des lieux. Elle se penche en avant, légèrement hagarde dans sa joie, et lui souffle quelque chose à l'oreille. Un chat, devant l'entrée, joue à capturer une mouche. Il s'y prend mal au début, mais améliore vite sa technique. La femme crève littéralement de tendresse.

Mon voisin, l'infirmier, intercepte mon regard. Il rapproche son visage. Une peau qui a dû avoir des problèmes de séborrhée. Il me chuchote :

— Elle est réellement timbrée. Elle passe chaque jour à la même heure.

— Ah...

— Une vraie pendule. Elle s'est comme qui dirait entichée de Tayeb. Lui, il la ménage. Il dit que c'est pas sa faute à elle. Devrait pas, à mon avis, un homme marié...

La femme pouffe de rire, puis s'éloigne, déhanchant sa croupe avec une coquetterie de midinette. L'homme est tout rouge. La scène n'a pas duré plus d'une minute.

Le garçon, après une mimique désespérée, éclate de rire. Il hoquette :

— C'est pas croyable, elle a une abeille entre les jambes, ta Zaïnab !

Tayeb cligne les yeux, se cherchant une contenance :

— Qu'est-ce que tu as entendu ?

— Ben, elle t'a affirmé qu'elle rajeunissait... qu'elle redevenait jeune fille, quoi, et que, donc, tu pouvais l'épouser ! Une histoire de retour de sang...

Il n'a pas le temps de terminer sa phrase. Le marchand, furieux, lui balance une poignée de pâte à la figure. L'adolescent s'enfuit à reculons, plié encore par le rire. Les clients hésitent, partagés entre l'envie de plaisanter et le respect dû au marchand.

Le chat a capturé la mouche. Il croque avec application le corps minuscule. Satisfait, il se lisse les moustaches, puis s'étire. Je paie les deux beignets. Le patron, irrité, refuse l'argent du café.

Je marche dans la ruelle. J'ai de la salive qui s'accumule dans la bouche. Pour cracher.

Le hasard est un fauve, lui avait-elle prédit à la fin de leur périple. Il ne l'avait pas crue. Il s'était contenté d'opiner de la tête.

Il le découvrait avec une acuité proche de la douleur, une douleur parfumée — la même qui revenait depuis quelque temps : bon Dieu, qu'elle était belle...

Une peur s'insinua en lui. De ne pas assez exister pour elle.

— Je donnerais mon sang pour toi, marmonna-t-il sourdement.

— Ne sois pas si bête !

Elle avait quand même accusé le coup. Pour dissimuler son attendrissement inquiet, elle lui prit la main et l'entraîna au pas de course.

— Presse-toi, le musée va fermer.

Je crache effectivement. Le directeur n'est pas là. Un employé — je n'ai pas su quel poste il occupait — m'a appris qu'il était absent pour une histoire de mission en Allemagne. En attendant, personne dans la boîte ne pouvait prendre la décision de m'engager. Je lui ai fait remarquer que c'était cette même boîte qui m'avait payé une formation de trois ans à l'étranger et qu'il était plutôt logique qu'elle me reprenne. Il a hoché la tête en m'expliquant que je me trompais sur un point.

— Ah bon ?

Il a mal pris mon air goguenard. Il m'a répliqué sèchement que la société qui m'avait engagé n'existait plus. Les autorités, la jugeant trop lourde, l'avaient scindée en trois autres, indépendantes les unes des autres. Le contrat que j'avais signé avec les anciens services n'avait plus grande valeur.

— ... À moins que vous ne vous plaigniez devant les tribunaux ?

Il se moquait de moi. J'ai haussé les épaules.

À partir de quel moment s'était-il surpris à la guetter ? À partir de quel jour, de quelle heure s'était-il installé dans cette attente anxieuse, esclave, à chercher le centre de ce quelque chose qui lui semblait être partout et nulle part ?

Il faisait nuit. La lune était dans son décroît. Cela aurait dû le calmer. Mais ce silence sur le port, ce n'était pas la paix. Elle tendit le doigt vers le ciel.

— Sais-tu quels noms donnaient les anciens Arabes à la Grande et à la Petite Ourse ?

Il leva, lui aussi, les yeux vers le ciel. Il se força à s'intéresser aux lumières aveugles des constellations. Elle dit :

— « Les Filles du Cercueil ».

Il avait failli lui demander la raison d'une si macabre dénomination. Elle reprit avec la même poignante volubilité :

— Crois-tu qu'un dieu puisse se donner vraiment la peine d'exister ? C'est fatigant d'exister, à la longue, tu ne penses pas ?

Elle dit encore :

— Surtout si ce n'est que pour nous...

Elle ne lui laissa pas le temps de répondre.

— Il y avait une tribu bédouine qui confectionnait ses dieux avec des dattes. Quand la famine venait, les bédouins mangeaient les dieux. Ils s'en repentaient ensuite car c'était au moment où ils avaient le plus besoin d'implorer leurs statuettes qu'ils n'en avaient plus !

Elle se retourna vers lui.

— Quelle tête tu fais ! On dirait une gueule de marchand un jour où il est sans clients.

Il se détendit. Il se risqua à plaisanter :

— Oh, moi, quand je suis avec toi, je suis très heureux d'être content.

Je me suis promené pendant une heure. Il s'est promené pendant une heure. J'ai mangé un sorbet au citron. Il a mangé un sorbet au citron. J'ai marché encore un petit peu. Il a marché encore un petit peu.

Je me suis regardé agir, j'ai regardé ce personnage sans intérêt, un peu affairé, agir à ma place. À ma vraie place. J'ai réfléchi : à ma vraie place ?

J'ai éprouvé presque du vertige à le découvrir : j'allais être obligé dorénavant de consacrer une bonne partie de mon attention aux faits et gestes de ce compagnon, plus intime avec moi que ne le serait jamais personne d'autre, mais que je ne parvenais pas à reconnaître comme moi-même. Ne suis-je donc que ça ?

La question m'a diverti. Continuant sur ma lancée, je me suis donné ma propre définition de la tentation du suicide : une réaction contre la promiscuité à l'intérieur d'un même corps. Ce n'est pas soi que l'on tue, au contraire, mais un balourd qui vous représente tellement mal qu'on ne peut plus le supporter.

Je me suis arrêté. Je me suis aperçu que je prenais la pose, que, dans un coin de ma tête transformé en salon, j'essayais d'avoir des idées « intéressantes ».

Cela m'a fait penser au plaisir malsain qu'on a à gratter un bouton qui démange.

J'ai haussé les épaules. Le soleil tapait encore plus fort, avec une placidité à toute épreuve, sans même se moquer des gens.

Je me suis assis à une terrasse de café. J'ai demandé une limonade, le sorbet m'ayant donné soif. J'ai bu la moitié de la limonade. Les clients des tables voisines parlaient du mois de jeûne et des vacances prochaines.

La limonade était trop sucrée et pas très fraîche. J'ai repoussé mon verre.

Je suis passé devant une grande surface. À l'entrée, un groupe de personnes se bousculaient. Un policier énervé tentait de conserver l'alignement de la queue en tapant sans ménagement sur ceux qui dépassaient ou se hasardaient à resquiller.

J'ai questionné un vieillard en burnous et turban. Assis sur une marche, il tentait de vendre deux poules aussi désabusées que lui, ligotées et posées à même la chaussée.

— Qu'est-ce qui se passe ?

— Aujourd'hui, il y a de la viande congelée. C'est moins cher que la viande des bouchers.

Il s'est raclé la gorge. Il a contemplé la scène avec un profond effarement.

— Ah, mon fils, les gens d'ici deviennent fous. Accepter de se faire tabasser pour une nourriture qui n'est même pas autorisée par la religion !

J'ai eu un sourire incrédule. Il s'est levé. J'ai reculé. Une des poules s'est mise à caqueter éperdument, le vieillard lui ayant marché sur une patte. Il a approché son visage du mien en postillonnant avec vigueur.

— Bien sûr que c'est péché de manger la chair d'une bête qui n'a pas été tuée selon les règles !

Il a maugréé, dégoûté par mon restant de sourire :

— Mais ça, les jeunes, vous vous en foutez. Vous ne pensez qu'à vous empiffrer de viande congelée. Même si, en passant, vous devez vous faire cracher dessus.

J'ai fini par rentrer à l'hôtel. J'ai compté mon argent et essayé de réfléchir posément à mes projets des jours suivants. Cela m'a occupé un instant.

Ensuite, j'ai pris la photographie, l'unique photographie que je possède. Dans un geste que je me suis aussitôt reproché, j'ai caressé la surface brillante.

Je l'ai examinée longtemps. Le grain n'est pas très bon. Mais là, ce n'est pas un défaut.

Je me suis souvenu d'une réflexion qu'elle avait, une fois, exprimée sur l'absence, sur le double mouvement qui suit l'absence : la sous-estimation de la douleur, puis le choc en retour. Je me suis souvenu aussi que nous avions dû, probablement, faire l'amour. Ou peut-être pas. Enfin, si, mais je ne suis pas arrivé à retrouver dans ma mémoire ces deux ou trois détails précis, la couleur de la robe ou la texture de la peau, qui auraient authentifié mon souvenir.

Quelque chose qui s'est passé, mais qu'on se rappelle mal, est-ce que c'est vraiment arrivé ? Je me dis que tout cela n'est pas grave, que c'est de la philosophie, que ça n'a pas d'importance, au fond, se rappeler ou non. Était-ce elle, d'ailleurs, qui m'avait soutenu que le jour même de notre vie où l'on est le plus bourré de souvenirs est également celui de notre mort, c'est-à-dire le jour de l'oubli absolu ?

Voilà : je me couche sur le lit. Je me surprends rapidement à souhaiter être un chien. Un vulgaire clébard. Sans tête, ni cerveau.

Elle exprima cette phrase si légèrement, elle était si mutine en la prononçant qu'il se résigna à la croire et cela lui fit l'effet d'une lame de rasoir sur le cœur :

— Depuis cette fameuse matinée, ça va compter dans les deux ans à présent, je sais que la mort n'est pas la seule manière de mourir. Je ris, je voyage, je mange, tiens, du gruyère par exemple (elle montra le fromage), et pourtant, depuis deux années entières, je suis morte.

Il prit le morceau de gruyère avec le pain. Il commenta, la gorge serrée :

— Tu disais avoir faim et tu n'as même pas touché au gruyère.

Elle plissa les yeux, amusée par son ton de remontrance.

— Si, si. J'aime beaucoup le gruyère, mais moi, je n'en mange que les trous.

Il ne put s'empêcher de sourire. Le visage fin en face de lui s'éclaira à son tour. Derrière, la place du Réguistan, tel un bateau somptueux, s'estompait progressivement sous l'effet de la brume.

Elle changea de sujet, brusquement, au point qu'il ne la comprit pas tout de suite :

— Vois-tu, quand tu affirmes : à n'importe quel prix, tu ne t'avances pas un peu trop ?

Elle alluma une cigarette. Après réflexion, elle l'éteignit.

— Il y a un conte célèbre chez nous. C'est l'histoire d'un bûcheron malheureux. Terriblement malheureux parce qu'il est pauvre et qu'il aime de toute son âme une femme, jeune et belle, que, bien sûr, il ne pourra jamais avoir. Un jour qu'il se lamente dans sa forêt, le Diable — ou, si tu veux, Dieu dans son autre forme — le Diable, donc, lui apparaît. Tout, lui propose-t-il, je te donne tout, mais à une seule condition : à la place de ton cœur, je mettrai une pierre. Le bûcheron, cela va de soi, accepte. Chose promise, chose due. Sitôt l'opération réalisée, il acquiert la richesse et peut épouser la jeune fille de ses rêves.

Elle voulut rallumer sa cigarette. Il lui avait tendu son briquet, patienta le temps que lui passa un fou rire. Elle était follement gaie depuis tout à l'heure.

— Le hic de l'histoire, c'est que, ne pouvant plus l'aimer, il finit par la tuer.

Oui, elle était follement gaie. C'est-à-dire, interpréta-t-il comme à son habitude, follement désespérée. Il dit :

— Pourquoi me racontes-tu ça ?

Elle rit encore, et chaque rire était un pleur :

— Je voulais vivre, tout simplement, et on m'a tout déchiré.

Le lendemain, au sortir de l'hôtel, je manque trébucher sur un tas de ciment. Quelqu'un a décidé de réparer un pan de mur d'une boutique voisine de l'hôtel. Un âne est attaché à un poteau, en plein soleil. Il est gris de poussière, vieux et mal en point à en juger par son aspect efflanqué. Il porte deux hottes vides sur le dos. Des mouches tourbillonnent autour de lui, sans grande conviction, assommées, elles aussi, par la chaleur.

Il est presque midi. Je n'ai rien fait de ma matinée. Je n'ai même pas pris un café. Je vais peut-être aller à la zone industrielle voir s'il y a du nouveau.

Agacé par une mouche plus entreprenante, l'âne tourne la tête vers moi. Dans le mouvement qu'il a pour se débarrasser de l'insecte, j'ai l'impression, déroutante, qu'il me salue. Il me regarde de ses deux grands yeux calmes, comme s'il s'étonnait de ma présence. Je cligne de l'œil, lui rendant son salut :

— Bonjour, l'âne. Toi, au moins, tu n'as ni passé ni futur.

L'âne me dévisage toujours. Son regard est tellement absent, on dirait, par cet excès de vide, qu'il me pose une question. Je m'approche pour le caresser. Le dos est souillé, je me contente d'une tape sur le museau. Je grommelle, presque à voix haute :

— Et puis, tu n'as pas de pensées, tu n'as pas à les empêcher de grandir.

Je n'ai pas fini mon grommellement que le baudet, avec une belle simultanéité, lève la queue. Une crotte émerge de son postérieur, prend du volume et tombe, emportée par son propre poids.

— Eh bien, tu as le sens de la repartie !

Une voix, derrière moi, me demande aigrement de m'écarter. C'est le maçon, poussant une brouette. Il s'arrête devant l'animal, m'examine furtivement, empoigne une pelle et se met à remplir, en soufflant, les hottes avec les gravats de la brouette. L'âne vacille bientôt sous le poids. Je me sens un tantinet ridicule. Je m'éloigne. Je pense quand même :

« Allez, bourricot, à chacun son enfer... »

Dans la ruelle suivante, m'interpelle un passant que je ne reconnais pas tout de suite.

— Mais si, rappelez-vous, on a mangé l'un à côté de l'autre chez le marchand de beignets !

— Vous êtes infirmier, c'est ça ?

— C'est ça.

L'envie de parler le démange apparemment. Moi, pas. J'esquisse le geste de prendre congé et je le dépasse de quelques pas. Il me rattrape, embarrassé.

— On va dans la même direction, peut-être ?

Je n'ai pas le courage de dire non. Chemin faisant, il me parle de la réunion du matin au dispensaire du quartier.

— ... Alors le délégué du syndicat, ou du Parti, je ne sais plus, prend le micro et annonce en s'excusant : avant de prendre la parole, je voudrais dire quelques mots...

Il s'esclaffe :

— ... Et le salaud a parlé pendant une heure entière.

Je ris faiblement. Il tire une boîte à priser, me la tend. Je demande s'il a des cigarettes. Il me dit non. Il prend une pincée de chique qu'il se loge entre la gencive et la lèvre inférieure.

— À propos, vous vous souvenez certainement de la pétasse d'hier et de son retour de sang. L'amoureuse, quoi...

— Euh... oui.

— J'ai pris mon service, tôt ce matin, au dispensaire. Et qui je vois arriver, hein ? La folle dans un sale état, avec une très vieille femme, sa mère probablement. L'interne de service, quand je l'ai interrogé, m'a appris qu'elle avait une tumeur dans son... dans ses parties honteuses, si vous voyez ce que je veux dire. La tumeur, sacrément grosse, paraît-il, venait d'éclater.

Il hoche sentencieusement le menton, le tabac arrondissant sa joue gauche, comme s'il appréciait un bon tour du destin.

— C'est pas jeune qu'elle redevenait, la bonne femme... C'est plutôt pourri partout dans le ventre, la gourde...

La chaleur étouffante de ce début d'été est brusquement fêlée par une odeur de charogne. Une lanière inattendue de pestilence m'enserre le cœur. Je ne peux plus respirer.

Vomir.

Ou bien taper sur cette saloperie satisfaite de bonhomme.

Partie Trois

Janvier 1987, Moscou

Tout cela avait débuté, il y a à peu près six mois de cela, par un immense éclat de rire — eh oui ! — dans un atelier de peinture au deuxième étage de l'Institut Sourikov des beaux-arts, à Moscou. Un compatriote qui y suivait des études m'avait prié de venir poser pour un portrait, un devoir de fin de semestre que son professeur lui avait demandé. Mi par jeu, mi par curiosité, j'avais accepté.

Nous étions à la fin du mois de janvier. La neige recouvrait la ville et les gens de son ennui ouaté. J'avais terminé ma matinée de travail à la bibliothèque, mon mémoire de fin d'études avançait plus rapidement que je ne l'espérais et j'avais envie de me dégourdir les jambes. J'avais donc décidé de prendre le métro jusqu'au théâtre de la Taganka, puis de continuer à pied jusqu'à la rue Vékovaya. Au moment de sortir du wagon, j'ai heurté une jeune fille qui a failli tomber. Je l'ai retenue et me suis excusé. Elle m'a dit dans un souffle : « Ce n'est rien. » Je l'ai mieux regardée parce qu'elle m'avait répondu en arabe. Elle était brune, jolie avec une sorte de gravité, mais je n'ai pas eu le temps de la dévisager plus à loisir car, déjà, elle prenait l'escalier mécanique.

Nous avons débouché ensemble dans la rue. Elle m'a jeté un coup d'œil distrait, j'ai souri. Elle a détourné la tête, indifférente. Elle a traversé la route et a marché une bonne centaine de mètres avant de remarquer, devant l'Univermag, le grand magasin d'État, que je la talonnais. Son visage a paru irrité, elle s'est figuré que je la suivais alors que c'était, en réalité, mon chemin. Quand elle a pris une petite rue latérale et constaté, malgré cela, que j'étais toujours derrière elle, elle a pressé le pas. L'affaire a commencé à m'amuser car la direction qu'elle avait empruntée coïncidait encore avec la mienne. Moi aussi, j'ai pressé le pas, d'une part parce qu'il faisait froid et, d'autre part, pour plaisanter. Elle a eu alors une réaction inattendue par sa brusquerie et une étrange fureur contenue. Elle s'est arrêtée jusqu'à ce que je la rejoigne et a articulé posément, mais fortement : « Allez au diable, vous comprenez, allez au diable ! » avant de, littéralement, se mettre à courir. Elle a rapidement disparu de ma vue, la ruelle amorçant une courbe à cet endroit.

J'ai été éberlué par la violence de l'incident, puis j'ai pensé à autre chose. Un Russe a ricané. Je devais avoir la tête du dragueur énergiquement éconduit.

Un quart d'heure après, j'ai ouvert la porte de l'atelier. Mon ami, un chevalet posé devant lui, discutait à voix basse avec une jeune fille qui me tournait le dos. J'ai fait un signe au peintre. Il a interrompu sa conversation et m'a salué.

La jeune fille a pivoté et, là, j'ai éclaté de rire. C'était la fille du métro. Elle a eu deux à trois secondes de confusion avant de choisir le parti de rire.

J'ai tout expliqué à mon ami qui s'étonnait de notre subite hilarité.

Elle s'en est allée tout de suite après, avant les présentations. Je me suis assis sur une chaise, j'ai pris la pose que m'avait indiquée Kateb, le peintre. Après vingt minutes, les muscles ankylosés par l'immobilité, j'ai dit :

— Qui c'est, la fille ?

— Nawal ? Attends, penche le menton à gauche. Oui, comme ça.

— Qu'est-ce qu'elle fait en URSS ?

— Dernière année de médecine, aux frais des Popovs. Elle est venue par le biais de l'Association d'amitié palestino-soviétique.

— Parce qu'elle est palestinienne ?

— Oui, mais elle habite au Liban. Arrête de bouger.

— Pas facile, on dirait, comme nana.

— Non, plutôt du genre cuisse de fer dans pantalon de velours. T'excite pas, Toto, elle n'est pas pour toi.

— Oh, je n'ai rien prétendu de tel.

Je me suis tu. Kateb a donné quelques coups de pinceau, il s'est reculé. Il a murmuré, en examinant attentivement sa toile :

— C'est une fille bien, Nawal.

Il a ajouté, avec une trace de mélancolie dans la voix :

— Un peu spéciale, toutefois.

— Assez grognonne, non ?

J'ai regretté mon adjectif, l'expression de Kateb était telle que je me suis senti bête.

— Quel caractère aurais-tu, toi, si tu avais passé une année dans une maison de santé ?

— Elle est malade ?

— Était, était malade : j'emploie l'imparfait, mon vieux. Elle ne l'est plus... Enfin, je le lui souhaite.

— Et de quoi ?

Kateb a désigné la tête, puis le cœur :

— De ça. Et de ça. Pas le cœur de chair, non. Le cœur moral, si tu veux.

— Pourquoi est-elle tombée malade ?

Il m'a contemplé, agacé.

— Fiche-moi la paix avec ton interrogatoire. Si tu ne te calmes pas, Chaïbane, je ne le terminerai jamais, ce portrait. Demande-le-lui directement.

J'ai fait l'innocent :

— Parce que je vais avoir l'occasion de la revoir ?

Il a ri.

— Idiot ! Tu sais bien que j'invite tous mes amis ce soir. Mon premier bébé, t'en rends-tu compte, mon tout premier bébé !

Il a entamé une folle sarabande dans l'atelier, renversant au passage le chevalet. J'ai joué le personnage vexé :

— Idiot toi-même ! Est-ce que j'aurais posé une demi-heure pour rien ?

— Je vous jure, il est entré dans le bar. C'était un petit homme sec et inoffensif à première vue, déjà légèrement saoul. Pour prendre son verre, il a posé son porte-clés. Alors, moi, j'ai regardé. L'objet m'a paru bizarre. L'Indien a surpris mon coup d'œil...

Nous conversions en russe car Valia, la femme de Kateb, et Chico, le Paraguayen qui nous racontait une histoire de son pays, ne parlaient pas l'arabe.

— ... Il m'a donné le porte-clés pour que je l'examine. C'était une minuscule patte d'homme, comme qui dirait momifiée. Impavide, il me dit : « Tu sais, hombre, cette main, c'est une vraie main. » J'ai dû lui sembler horrifié. Il a ajouté : « Eh bien, son propriétaire avait commis une seule gaffe. » « Ouais ? » que j'ai articulé en avalant ma salive. Il m'a répondu : « Il m'avait giflé avec » !

Kateb est intervenu, incrédule :

— Chico, tu n'exagères pas sur les bords ?

Nous avons ri et Chico plus que nous. Seule Nawal a gardé son sérieux. Elle a eu une attitude de défi, incongrue pour la circonstance :

— Moi, Chico, je te crois sans peine.

Son ton trop grave a jeté un froid dans le petit logis d'étudiant de Kateb. Elle a continué, comme si elle affirmait une évidence :

— On n'humilie pas impunément un être humain.

La phrase était théâtrale, mais Nawal, elle, ne l'était pas du tout. Gêné, j'ai fini par riposter à la belle jeune fille :

— Quand même, être rancunier à ce point !

Elle a eu un plissement des lèvres où, sans grand effort, j'ai pu lire quelque chose qui n'était pas loin du dédain :

— Vous ne savez pas ce que c'est, la rancune. Alors, n'en parlez pas, je vous en prie.

Heureusement, la venue de Valia avec un plat fumant a fait diversion. Je me suis exclamé, peut-être trop fort :

— Ouiche, une mouloukhiya au poulet ! Ça va nous changer de la kacha de millet et de la soupe aux choux du self !

Personne n'a été dupe, mais tout le monde, Nawal comprise, s'est employé à réchauffer l'atmosphère. Nous avons bien mangé, bien bu aussi. Chico nous a servi deux autres histoires à dormir debout, une amie de Valia a chanté une vieille complainte russe où il était question d'un moujik à la recherche de sa mie perdue. Nous avons ensuite discuté de nos projets de vacances du mois de février. Quand mon tour est venu, j'ai hésité parce que je n'y avais pas encore réfléchi. J'ai dit, comme ça, sans le penser réellement, l'odorat et l'estomac troublés par une délicieuse odeur de café à la cardamome :

— Bof, peut-être l'Asie centrale...

— Oh, je voudrais tant y aller ! C'est ma dernière année dans ce pays...

Elle a rougi immédiatement, mon expression de surprise étant par trop narquoise. Valia (elle était dans la cuisine, occupée à donner le sein au bébé) a lancé, coquine, à travers la porte :

— Dans ce cas, pourquoi ne voyageriez-vous pas ensemble ?

Nous nous sommes regardés avec embarras. Nous n'avons rien pu répliquer. Chico a enfoncé le clou en clignant de l'œil à mon adresse :

— Essayez d'assister là-bas à une noce ou deux. Tu m'en diras des nouvelles, Chaïbane.

Je n'ai pas caché ma perplexité :

— Pourquoi ?

— En Azerbaïdjan, quand un garçon naît, on enterre un baril de vin. On ne le retire que le jour du mariage du garçon. Goûtes-y et tu aimeras la patience de ces gens...

C'est ainsi que, trois semaines plus tard, nous nous sommes trouvés, Nawal et moi, embarqués dans un TU soviétique aux dossiers raides, volant de toute la force de ses réacteurs vers l'Azerbaïdjan. La recherche des visas pour Bakou, la capitale de l'Azerbaïdjan, et Achkhabad, celle de la Turkménie, n'avait pas été facile. Heureusement, il s'était trouvé que la mère de Valia, une institutrice à la retraite, vivait depuis quelques années à Bakou. De plus, Kateb s'était employé à dénicher parmi son entourage quelqu'un qui eût des parents en Asie centrale. La Turkménie n'était peut-être pas la plus intéressante des républiques de cette partie de l'URSS, mais enfin, nous n'avions guère le choix, la milice de Moscou nous répétant inlassablement : pas d'invitation par un habitant de la ville que vous voulez visiter, pas de visa !

Dès le début, Nawal s'était révélée une agréable compagne de voyage. Nous avons beaucoup bavardé dans l'avion. Elle m'a interrogé sur ce que je faisais dans ce pays. Je lui ai répondu que je terminais un stage de perfectionnement en hydraulique, que j'avais quelques difficultés, ayant un peu négligé mes études en Algérie. Je lui ai posé la même question :

— Et votre médecine, ça marche ?

— Comme ci, comme ça. La médecine, ici (elle a eu un ton de voix malicieux), c'est deux ans de langue, deux ans de marxisme-léninisme et deux ans de médecine.

J'ai pouffé, sachant bien, au demeurant, par l'intermédiaire de Kateb, que ce n'était pas vrai, que Nawal était extrêmement bien notée à l'Institut, bénéficiant même d'une « bourse rouge », plus importante que la bourse normale et réservée aux plus méritants. L'hôtesse de l'air, une femme à la quarantaine boudinée, s'est approchée de nos sièges et m'a apostrophé avec mauvaise humeur :

— Éteignez votre cigarette, camarade !

— Bé... Pourquoi ?

— Vous ne savez pas lire ?

Elle m'a indiqué d'un geste sévère une tablette bien en vue : Interdit de fumer sous peine d'une amende de vingt roubles.

J'ai écrasé précipitamment ma cigarette dans le cendrier. J'avais oublié en effet qu'il n'était pas permis de fumer sur les lignes intérieures de l'Aéroflot. Mon attitude contrite et celle, victorieuse, de l'hôtesse, nous ont fait, derechef, glousser. L'hôtesse a battu en retraite, maugréant contre ces étrangers qui ne respectent plus rien.

La discussion, ensuite, s'est effilochée. Pour reprendre langue, j'ai dit au bout d'un moment :

— Et votre famille, où habite-t-elle ? Vous avez des frères et sœurs ?

Elle n'a pas paru entendre ma question. Je l'ai répétée. Elle a détourné ostensiblement la conversation sur les prévisions météo que la radio avait annoncées pour Bakou. Elle avait une voix blanche, un peu effritée.

La nuit était tombée quand notre avion a atterri. La mère de Valia, une adorable vieille dame aux cheveux blancs, nous attendait. La soirée fut agréable, Mme Alexéievna ayant invité, pour la circonstance, un couple d'Azerbaïdjanais autour d'un délicieux pilaf. Azim, le mari, nous conseilla sur ce que nous pouvions voir en deux jours à Bakou. Contremaître dans une usine, il occupait ses loisirs avec sa femme à chanter dans un petit orchestre de quartier. Il tint à nous faire une démonstration avec une chanson satirique en langue du pays. Comme nous n'en saisissions évidemment pas un traître mot, sa femme nous en traduisit l'essentiel.

Il s'agissait d'un misérable paysan qui, revenant des champs, fit la rencontre du khan, le seigneur du coin. Celui-ci était terrible en son splendide équipage. Le paysan s'inclina bien bas. Le khan, pris de colère devant cet obstacle inattendu, s'écria alors : « Écarte-toi de mon chemin, fils de chien ! Groin de cochon, je te pendrais volontiers ! » Le paysan, le cœur en fête, s'en fut vite retrouver sa femme qui l'interrogea : « Ô lumière de mon ciel, Voix lactée de ma vie, pourquoi es-tu si joyeux ? » Et lui de répondre, ivre de plaisir : « Une chose incroyable, ma mie, s'est passée tout à l'heure. J'ai rencontré notre khan, notre bon grand khan, et Il a daigné me parler ! »

Nous avons applaudi avec enthousiasme la prestation d'Azim. Nawal, rose d'excitation, a murmuré à mon intention :

— Belles paroles, vous ne trouvez pas ? Ça nous conviendrait parfaitement, à nous les Arabes de maintenant.

J'ai fait semblant, à mon tour, d'être sourd. Je ne sais pas ce que Valia avait écrit à sa mère, mais Irina Alexéievna, nous prenant sans doute pour mari et femme ou quelque chose d'approchant, nous avait préparé un lit à deux places en déployant le divan du salon. Bien entendu, j'ai dormi, cette nuit et la suivante, par terre, sur le tapis.

La visite de la nouvelle ville, le Bakou moderne, n'offrit guère d'intérêt, les sempiternels immeubles de cinq étages et les nombreux slogans politiques étant les mêmes partout en Union soviétique. La baie, par contre, était magnifique. Du haut du parc où trônait la statue de Kirov, nous ne nous lassions pas d'admirer le tracé de la cité, respirant au passage l'étrange brise de la mer Caspienne, mélange de senteurs marines et d'effluves de pétrole.

Grâce à une voiture de location, nous avons rapidement fait le tour de cette partie de Bakou. Nous avons ensuite longuement déambulé dans les ruelles de la vieille ville et du caravansérail, puis dans les couloirs et les élégantes salles du palais des Shahs. Azim, qui avait insisté pour nous servir de guide (c'était un dimanche), nous apprit que cette immense construction, à la suite d'une catastrophe naturelle, avait été entièrement recouverte par la mer, et que ce n'était que deux siècles plus tard que l'ensemble avait commencé à émerger de l'eau. Le plus incompréhensible, avait souligné Azim, c'est que les constructions n'avaient absolument pas souffert du tremblement de terre. Le tout s'était doucement enfoncé et « miraculeusement » (il avait murmuré l'adverbe avec ferveur) conservé.

Le lendemain, nous nous sommes rendus à Sourakhan, un village de la périphérie de Bakou. Azim nous en avait vanté son temple du Feu, bâti au XVIIe siècle par des commerçants hindous, nombreux dans cette région à cette époque. Au milieu d'une vaste cour rectangulaire, s'élevait un cube creux. Sa base comportait un trou qui était, en réalité, l'ouverture d'une nappe de pétrole. Les marchands sectateurs du feu, après avoir aménagé un foyer perpétuel, l'avaient adoré sans discontinuer jusqu'à ce que, au tout début de notre siècle, un ingénieur un peu plus audacieux que les autres — ou plus avide — réussît à chasser leur dieu brûlant dans un pipeline pour des buts plus mercantiles.

J'ai pris des photographies du temple et, presque en me cachant, de Nawal. Pendant le retour en autobus, nous nous sommes amusés à compter les pompes à pétrole. Nous avons dû abandonner car ces pesantes machines aspirantes et refoulantes couvraient des hectares et des hectares. Nawal s'est animée, a raconté plusieurs histoires drôles. Elle s'est rappelé un souvenir d'enfance, un professeur de mathématiques qui avait perdu la raison et errait, déguenillé, dans les ruelles du camp de réfugiés. Les gosses de son école, moyennant une piécette, s'adressaient à lui quand ils séchaient sur un exercice de calcul. Les enfants l'aimaient beaucoup, c'était le seul prof qu'ils pouvaient chahuter sans crainte de coups.

— Quand il s'asseyait en plein soleil pendant des heures, une cigarette au bec, à rêvasser, nous, les gosses, nous lui criions : « À quoi rêves-tu, ô Abou Ali, toi notre modèle de sagesse ? » Il répliquait gravement : « Je rêve à quand je n'étais pas fou. » Tout le monde rigolait, enfants comme adultes. « Et c'était mieux, quand tu avais toute ta cervelle ? » Il aspirait une bouffée de sa cigarette et hochait la tête : « Je ne peux pas vous répondre puisque, précisément, je suis fou. » Alors, pour le taquiner davantage, nous lui demandions l'heure.

Nawal a essuyé ses yeux mouillés. J'ai trouvé son rire disproportionné par rapport à ce qu'elle racontait.

— Il prenait sa montre, l'approchait de son nez, la reniflait comme si elle puait et grognait : « Je sens que ça va bientôt être l'heure de passer de trop tôt à trop tard. » Et il se mettait à courir après nous, en faisant bien attention à ne jamais nous attraper.

J'ai plaisanté, assez stupidement il est vrai, comme ça, pour remplir la conversation :

— C'est vraiment fait pour vivre heureux, un fou.

— Vous croyez ?

Sa bonne humeur est retombée. Elle a murmuré une autre fois : « Vous croyez ? » Elle a laissé errer son regard sur l'intérieur du véhicule. L'autobus était presque vide. Le chauffeur toussait de temps en temps. J'ai regretté ma réflexion parce que je me suis rappelé ce que m'avait dit le peintre. Elle a reparlé de l'instituteur.

— Un jour, quelqu'un l'a trop asticoté. Abou Ali s'est mis dans une colère mémorable. Il nous a insultés, usant des pires obscénités, y mêlant les Arabes, la religion, le Prophète, nos mères, au point que c'est devenu insupportable...

Le chauffeur a eu un autre accès de toux. Une passagère lui a conseillé de mieux se couvrir. Ils ont entamé une discussion sur les meilleurs moyens de se préserver du rhume. Nawal a prêté l'oreille comme si les recettes médicamenteuses l'avaient passionnément intéressée. Elle a passé les doigts dans ses cheveux, avec un geste inattendu, et probablement inconscient, de coquetterie. J'ai eu envie de voir ses yeux. Mais elle les tenait fixés sur le dos de la passagère qui parlait.

J'ai ressenti un début d'exaspération à être aussi attentif à son comportement. J'ai pris mon appareil photo et, bien qu'il n'en eût guère besoin, j'ai entrepris de le nettoyer.

Elle a frissonné. Effectivement, il faisait froid dans l'autobus. Un bébé s'est mis à vagir. Sa mère a tenté vainement de le calmer avec un biberon. Elle a abandonné. Le bébé a crié encore plus fort.

Nawal a penché la tête. Comme si, ainsi, la mémoire lui revenait, bouteille qu'on renverserait doucement :

— Un de nos gars lui a donné une raclée pour qu'il se taise. Ça ne l'a pas calmé, au contraire. Abou Ali a hurlé qu'il nous maudissait, que nous méritions notre sort de va-nu-pieds, de vagabonds, que les chiens, eux au moins, quand ils mordaient, ce n'était pas par méchanceté. Deux garçons l'ont ceinturé et, pour se moquer de sa colère, l'ont déshabillé devant tout le monde. Les gens voulaient rire, c'est tout.

Elle a ramassé un ticket usagé qui traînait sur le plancher et en a fait une boulette. Elle avait les yeux presque clos. J'ai pensé, une courte seconde, à une noyée.

— J'étais très jeune à l'époque, mais je n'ai jamais eu aussi honte de ma vie. Abou Ali n'avait plus du tout l'air d'un fou. Il se débattait sur place et geignait, essayant de dissimuler du mieux qu'il pouvait la nudité de son ventre. Avec son dos arqué et ses cris, il ressemblait vraiment à une poule obscène.

Il y avait quelque chose de défait dans l'expression de la jeune fille. L'image de la noyée m'est encore revenue.

— ... Personne n'a plus ri. Une femme a éclaté en sanglots. Elle a enlevé son châle et a aidé Abou Ali à s'en couvrir.

Nawal a jeté la boulette de papier sur le sol. Elle a changé d'idée, a repris la boulette et me l'a donnée. Inexplicablement, telle une injure.

— Pendant des jours, Chaïbane, j'ai vécu dans la crainte qu'un malheur ne s'abatte sur le camp. J'avais six ou sept ans, je me disais : ce n'est pas possible qu'on puisse faire autant de mal à quelqu'un sans qu'on ait à le payer un jour.

Le visage était dur. De toute évidence, ce que je pouvais répliquer ou non n'avait pas d'importance. Je notai, un peu pris au dépourvu, que l'anecdote du prof était la première allusion à sa vie d'avant l'URSS. En l'observant, frêle et violente à la fois, j'ai songé au quart d'heure du chat, cet animal qui s'assoupit toute la journée et retrouve, le soir, une folle activité, griffant, courant et s'égayant pendant un court laps de temps.

M'est revenue en mémoire une phrase d'un refrain célèbre chez nous : « *Yeux, yeux qui me tenez prisonnier...* »

Elle s'est aperçue que je la dévisageais. Elle s'est troublée, je me suis troublé. Elle s'est plongée dans la brochure que nous avions achetée à Sourakhan. Elle a lu à voix haute, s'efforçant à une intonation naturelle :

« Au Moyen Âge déjà, les caravaniers convoyaient à dos de chameau des outres pleines de pétrole qu'ils allaient écouler partout en Asie centrale et en Iran... » Elle a relevé les yeux, sentant ce que sa voix avait d'artificiel. Elle a eu un rire à contretemps. Irritée, elle a plié sans ménagement la brochure, a tourné la tête vers la vitre et n'a pas desserré les dents pendant le reste du trajet.

Nous avons terminé la journée par une promenade sur le boulevard du front de mer. L'eau était grise, pensive, surmontée d'un ciel d'où le soleil avait presque disparu. Derrière nous, à un kilomètre environ du rivage, la tour de la Jeune Fille élevait sa silhouette fantasque, barrée de fines rayures horizontales, ressemblant à s'y méprendre à des côtes humaines.

— Pourquoi ce nom : tour de la Jeune Fille ?

Je lui ai avoué que j'ignorais l'origine de cette appellation. Elle a repéré un vieil homme assis sur un banc, un marin vraisemblablement. Il fumait la pipe par petits coups placides. Sans se faire prier, d'évidence sous le charme de Nawal, il nous a exposé sa version de l'affaire. Son russe étant laborieux, il nous a, au préalable, interrogés sur notre connaissance de l'azerbaïdjanais. Selon lui, il y avait très longtemps de ça, un khan était tombé amoureux de sa propre fille et, de toute la force de sa passion, avait tenté de la convaincre de devenir sa femme. Après avoir désespérément résisté, elle finit par déclarer qu'elle partagerait l'amour de son père s'il lui bâtissait une tour ayant telle et telle forme, en plein milieu de la baie. Le père fou donna l'ordre de construire cette tour. Quand elle fut achevée, la jeune fille traversa la baie et, la nuit même, sauvant ainsi sa virginité, se jeta dans la mer. Depuis...

Le vieux marin aurait parlé pendant des heures et, à en juger par son expression, Nawal l'aurait écouté pendant aussi longtemps. Un vague arrière-goût, ridicule, de jalousie a rendu amère ma bouche.

— ... Depuis, la mer s'est retirée, la tour s'est retrouvée sur la terre ferme et les gens d'ici affirment que, bien souvent, quand on entend des craquements, c'est la tour qui regrette la mer et appelle sa pure jeune fille.

Pour faire plaisir au vieil homme, nous avons échangé nos adresses, nous promettant mutuellement de nous écrire, sachant au fond que nous ne le ferions pas.

Nous avons poursuivi notre promenade. Nous nous sommes accoudés à une grille. La mer étendait devant nous son piège luisant dans lequel, plusieurs siècles auparavant, une jeune fille avait désiré mourir, victime de sa soif de pureté et de la folie des hommes.

Nawal a contemplé l'horizon, les traits tirés par la fatigue de la journée. Une ombre est passée sur son visage, une tristesse si froide — j'en ai eu une certitude aiguë comme un coup de stylet — qu'un soleil n'eût pas suffi à la réchauffer.

Elle m'a totalement oublié. La nuit est tombée. Le vent a soufflé. Je ne connaissais pas encore son secret, l'ogre qui avait, un jour, frappé à la porte de sa maison. Je crois cependant, pour autant que quelqu'un puisse démêler un début ou une fin à un sentiment humain, je crois que c'est ce soir-là, sur ce quai sinistre de la mer Caspienne, que j'ai commencé à aimer Nawal.

Achkhabad, l'étape suivante, nous déçut par contre beaucoup. La capitale de la Turkménie, reconstruite de fond en comble après un violent séisme, était banale au possible. Même le fait de découvrir que, de l'autre côté des montagnes si proches qui bordaient une portion de l'horizon de la ville, s'agitait l'Iran fébrile des mollahs, ne diminua en rien l'ampleur de notre désappointement. D'autant que notre autorisation de séjour ne prenait fin que huit jours plus tard.

Nous flânions, désabusés, dans le grand marché aux tapis (en réalité, la seule attraction notable d'Achkhabad) lorsque, d'un commun accord et malgré notre gêne, nous décidâmes de nous en ouvrir à Kourban. Notre hôte qui, sur un simple coup de téléphone de son frère de Moscou, nous avait offert et lettres d'invitation et la plus chaleureuse hospitalité, reconnut avec bonne humeur qu'Achkhabad, à elle seule, ne méritait peut-être pas un si grand détour, « détour » de près de trois mille kilomètres — l'équivalent d'un Paris-Moscou en somme.

Le Turkmène aux yeux bridés et à la belle prestance de cavalier parut tellement désolé que sa ville n'ait rien eu de bien extraordinaire à proposer à deux touristes voraces que nous avons regretté notre démarche.

Nous nous tenions auprès d'une vieille marchande, à siroter des verres de chouba, du petit-lait de chamelle au goût acidulé, quand Kourban s'est exclamé :

— Pourquoi n'iriez-vous pas en Ouzbékistan ? Samarkand n'est qu'à une heure d'avion d'ici, en fin de compte. Là-bas, vous ne risquez pas de vous ennuyer.

Nous avons dû lui expliquer que nous ne disposions pas de visas pour l'Ouzbékistan et que nous n'avions le droit de circuler que dans un périmètre assez restreint autour d'Achkhabad. Il a branlé la tête, surpris. Sans même baisser la voix, il a eu une moue rusée :

— Et il n'y a pas moyen de tourner ça ?

Nawal a eu un petit rire : nous étions bien en Asie ; un Russe, lui, n'aurait jamais dit cela aussi directement, avec aussi peu de précautions.

Nous avons passé une autre heure à comparer les mérites respectifs des différentes sortes de tapis. Certains étaient magnifiquement tissés.

— Presque aussi bien que chez nous ! a dit Nawal sur l'air de la plaisanterie.

Deux fossettes étonnamment espiègles soulignaient sa provocation.

— C'est où, chez vous ? Vous parlez d'Israël ?

Kourban ne s'est pas rendu compte de sa bévue. Il nous a vanté un tapis phénoménal, exposé dans un musée de la ville, de trente à quarante mètres de longueur sur une dizaine de large, que les tisseurs avaient dédié à Lénine. J'ai lorgné du côté de la Palestinienne. Elle avait la mâchoire serrée de quelqu'un qui vient de recevoir une gifle. Et ne put répliquer. Nous étions derrière Kourban qui n'avait pas interrompu son bavardage enthousiaste. J'ai tendu discrètement la main pour saisir celle de Nawal. Elle l'a brutalement rejetée. Avec animosité.

Les fossettes avaient disparu, laissant place à la grimace particulière des enfants qui retiennent un sanglot. Mais Nawal n'était pas une enfant.

Mélahée a accroché une première chemise, suivie d'une seconde, au fil qui part de sa fenêtre et aboutit à un poteau situé à une dizaine de mètres de l'entrée de son immeuble. Un ingénieux système de poulies permet le va-et-vient du fil, donnant ainsi la possibilité, du quatrième étage du bâtiment, de suspendre aisément le linge et de le retirer. Pour un étranger, le spectacle de ces poteaux reliés à tous les niveaux d'un immeuble par des rangées de vêtements multicolores est plutôt inattendu. Surtout si cet étranger a l'expérience de la monotonie désespérante des grands ensembles soviétiques.

Mélahée, l'épouse de Kourban, n'a pas beaucoup parlé au début. Par contre, elle a souri à tout propos, ses yeux, alors, se fermant presque. J'ai fait la vaisselle tandis que Nawal l'a aidée à essorer le linge. Il a fallu faire vite car l'eau, rationnée à Achkhabad, allait bientôt être coupée. « N'oubliez pas que le désert n'est pas si loin », a commenté Mélahée.

La Palestinienne et la Turkmène ont papoté comme si elles se connaissaient depuis des années.

— Il est bien arrangé, votre appartement.

Mélahée a soupiré, mélancolique :

— Oui, mais, malheureusement, ce n'est pas le nôtre. Un ami de mon mari nous l'a prêté pour la durée de son service militaire.

Elle a ri, brusquement, comme un enfant :

— Heureusement qu'il a eu la malchance d'être versé dans la marine : trois ans au lieu de deux ! C'est toujours une année de gagnée pour nous.

Nawal a questionné, curieuse :

— Comment ferez-vous ensuite ?

— Je ne sais pas. Si on ne trouve rien d'ici là, on n'aura plus le droit de résider à Achkhabad et on devra retourner en province, au village. Mais peut-être que ça s'arrangera...

Elle a baissé la voix, retrouvant sa malice :

— Kourban est membre stagiaire du Parti depuis quelques années. Il va être titularisé bientôt. Qui sait ? Ça aidera probablement, en poussant un peu des épaules...

Nous avons plaisanté ainsi pendant un bon moment. Mélahée s'est enquise avec passion des pays que nous avions visités. Elle nous a confié qu'elle s'ennuyait un peu à Achkhabad et qu'elle rêvait d'aller vivre avec son mari à Moscou. « Moscou... », a-t-elle répété avec ravissement.

Je remplissais un bidon d'eau quand Kourban est rentré en coup de vent, excité :

— Je sais où vous pouvez vous procurer les billets !

Il nous a entraînés en bus à l'autre bout d'Achkhabad. Nous nous sommes trouvés devant un petit kiosque de l'Aéroflot, tenu par un vieux monsieur tout ratatiné derrière son hygiaphone. Kourban nous a soufflé qu'il était complètement gâteux et n'avait probablement pas l'habitude de voir des étrangers. Je lui ai fait signe de se taire, de crainte que l'autre ne l'entende. Le Turkmène était radieux :

— Pas la peine de te tracasser, il est aussi dur d'oreille qu'un chameau à la retraite. Je suis persuadé qu'il ne connaît rien à ces embrouilles de visas et qu'il vendra les billets sans exiger de paperasse.

Effectivement. L'employé a pris nos deux passeports, ouverts comme nous les lui présentions : à la dernière page, là où il y avait nos noms en cyrillique et le tampon d'enregistrement de la milice de Moscou. Soufflant et crachant dans un mouchoir, il nous a demandé en turkmène notre destination. Du moins, c'est ce que nous avons cru deviner. Nawal a répondu, le feu aux joues : Samarkand ! Il a posé une autre question. Kourban a crié quelque chose dans la même langue. Laborieusement, le vieil homme a inscrit nos noms sur les coupons et, après avoir compté par deux fois l'argent que nous lui avions tendu, nous les a remis.

Nous avons évité de courir jusqu'au coin de la rue

nous mettre hors de portée, au cas où l'employé aurait changé d'avis, mais ce n'est pas l'envie qui nous manquait. Autant à moi qu'à Nawal, d'ailleurs : nous nous pressions tellement que Kourban n'a pas pu se retenir et est parti d'un éclat de rire homérique.

J'ai sauté sur l'occasion. Sans lui laisser le temps de se défendre, j'ai embrassé la jeune fille sur les deux joues. Pas dupe, mais bon enfant, elle s'est seulement légèrement raidie.

Un instant plus tard, revenu de ma première joie, j'ai soupiré, inquiet :

— C'est joli, tout ça, mais où est-ce que nous allons dormir à Samarkand ? La journée, ça va, mais la nuit ?

Nawal a eu une expression d'apitoiement. Je me suis senti obligé de préciser :

— Les hôtels, il n'en est pas question puisque nous n'avons pas de visas. Alors ?

Elle a haussé les épaules, magnifique de condescendance :

— On verra.

— Comment : on verra ?

Elle a eu un désagréable clappement de langue :

— Et ça dit vouloir voyager...

Ça a été mon tour d'avoir une montée de sang aux oreilles. Kourban m'a jeté un coup d'œil vif, dépréciateur.

Le soir, il y a eu un grand raout. Comme il était prévu que nous partions le lendemain, tôt dans la matinée, Kourban avait prié son père et sa mère de venir. Mélahée avait invité sa sœur et son mari, accompagnés d'un bébé et de deux garçons de cinq et six ans, turbulents au possible, parlant alternativement en russe et en turkmène. Mélahée a précisé avec un soupir que les enfants ici maîtrisaient mieux le russe que le turkmène, les assistantes des jardins d'enfants étant assez souvent des Slaves.

— Ce n'est pas bien, ça ! a grommelé le grand-père. Quand nous, les vieux, on sera morts, qui est-ce qui leur racontera aux mioches d'ici que leurs ancêtres n'ont pas été que des bergers ou des bouseux, avant...

Il a regardé avec irritation du côté des enfants :

— ... Avant qu'ils viennent, eux, ces maudits Russes, nous apprendre la civilisation !

Personne n'a fait de commentaires. Peut-être à cause de notre présence. Kourban a baissé les yeux, dissimulant mal son agacement envers son père. Après le dîner, assis sur le tapis autour d'une table basse, nous avons été assaillis de questions par la mère de Kourban, une septuagénaire alerte et pleine d'humour. Le beau-frère de Mélahée a exhibé une bouteille d'eau-de-vie dans laquelle flottait une racine dont il ne connaissait pas le nom en russe. Seuls les hommes ont bu. Les femmes se sont contentées de thé.

Le père de Kourban nous a raconté ses aventures de jeunesse avec un ami d'enfance. À eux deux, un été, ils s'étaient fait de l'argent en persuadant les habitants chauves de leur hameau que de vigoureux coups de langue d'une certaine vache étaient censés activer la repousse des cheveux. Beaucoup s'y étaient laissé prendre et avaient défilé, pleins d'espoir, dans l'étable familiale.

Le vieillard, un peu éméché, s'est esclaffé jusqu'à tousser d'étouffement. Sa femme est intervenue en lui administrant des tapes vigoureuses dans le dos.

— Arrête, la vieille, tu vas me briser l'échine !

— Ça t'apprendra à boire autant, ivrogne sénile, fils de Satan !

Nawal, pour sa part, a esquivé avec habileté l'interrogatoire amical de nos hôtes, préférant rester dans le ton de la bonne humeur. Elle y est allée d'une anecdote sur l'ex-président égyptien, celui qui avait été assassiné. Il avait annoncé à la télévision qu'il allait reprendre le combat contre les Israéliens avant la fin de l'année si une solution politique n'était pas trouvée entre-temps au conflit du Moyen-Orient.

— Alors, a poursuivi Nawal avec cette vivacité en dents de scie à laquelle je ne parvenais pas à m'habituer, à la fin de l'année, le bruit a couru avec persistance au Caire que le chef de l'État allait signer un décret-loi prorogeant de vingt-quatre mois la durée de l'année en cours !

J'ai pensé mesquinement : « Tiens, elle s'intéresse à la politique. Personne n'est parfait sur cette terre. »

La discussion, tel un ruisseau peu pressé glissant entre des galets, a porté ensuite sur une recette de gâteau moyen-oriental au sésame. Finalement, nous avons parlé du bonheur, thème rabâché du moment d'attendrissement qui suit généralement un bon repas. Le père de Kourban, décidément en verve, a allumé une cigarette, l'air de se préparer à proférer une déclaration d'importance. J'ai éprouvé, à cette minute précise, un sentiment de contentement extraordinaire à être au milieu de cette sympathique famille, la singulière Nawal à mes côtés.

— Le suprême bonheur ici-bas, a dit un sage de l'ancien temps, un Turkmène bien de chez nous, c'est d'écouter la chanson d'une petite fille qui s'éloigne après avoir demandé son chemin...

Le fils a répliqué, taquin :

— Ce ne serait pas plutôt un poète chinois, père ? Li Tai Po en personne ?

La grand-mère s'est adressée à Nawal en clignant un œil complice :

— Et toi, ma petite âme, quelle est ta définition du bonheur ?

La Palestinienne a bredouillé deux ou trois mots inaudibles avant de s'interrompre brutalement. La vieille femme a froncé un sourcil, comme devant quelqu'un qui ne sait pas bien se tenir en société. Nous avons changé de sujet.

C'est cette nuit que je l'ai entendue pleurer pour la première fois. Ce n'est jamais beau, un être humain qui pleure. Alors, quand cela semble sans raison... La nuit était avancée, nous dormions depuis deux à trois bonnes heures. La fiction du « couple » en voyage s'étant, ici encore, imposée d'elle-même, nous avions été logés dans une minuscule chambre avec deux matelas jumeaux posés à même le sol. Nous nous étions dit bonne nuit en des termes relativement chaleureux. Quand les petits cris assourdis m'ont réveillé, j'ai cru d'abord à un bruit extérieur, à une bataille de matous dans le lointain. Ma seconde réaction m'a moi-même surpris. Elle était à trente centimètres de moi et elle avait les deux mains posées sur son visage, dans l'intention vraisemblable de faire le moins de bruit. Je ne suis pas plus poltron qu'un autre, mais, devant ce corps allongé, j'ai eu peur. Oui, la trouille. Pas de Nawal, la jeune fille que j'avais quittée plus ou moins souriante tout à l'heure, mais de cet être en réalité inconnu, à demi noyé dans l'obscurité, qui voulait, par ses pleurs, me faire participer malgré moi à son chagrin, infini comme le sont presque tous les chagrins.

Chacun de nous possède en soi des réserves insoupçonnées de lâcheté. Pour ne pas gâcher mes vacances et mon sommeil par l'histoire d'une quelconque misère humaine, j'ai préféré rester immobile, attendre qu'elle se calme et, le matin venu, tout oublier.

Nous avons erré parmi les médressehs de la place du Réguistan jusqu'au vertige. Le chauffeur du taxi, connaissant son affaire, nous avait conduits, sans mot dire, directement de l'aéroport au Forum, le centre historique de Samarkand. Nous ne nous étions pas préparés à tant de beauté. Pour ma part, j'ai éprouvé un étouffement délicieux à lever la tête des dizaines de fois afin de me convaincre que les coupoles des médressehs, ces palais religieux, étaient effectivement aussi bleues qu'à ma première vision. Par chance, il y avait peu de touristes. La place nous était offerte, immense temple en plein air qui dévidait pour Nawal et moi son alphabet de munificence.

La jeune fille était silencieuse, restant de longues minutes à contempler un détail, un carrelage, une inscription calligraphiée.

L'enchantement par plus grand que nous, parce qu'il nous nie, devient rapidement insupportable. Pour rompre l'enchantement, j'ai proposé, le plus prosaïquement du monde, d'aller manger. Nawal a accepté avec une pointe de regret.

Nous avons emprunté un chemin étroit bordant un des murs d'enceinte de la place. J'ai tenté de la dérider en lui contant mes frasques douanières. Prévoyant pour ma dernière année en Union soviétique de substantiels besoins d'argent, j'avais fait l'acquisition de plusieurs jeans, très cotés ici, dans un modeste magasin de la banlieue parisienne. Je comptais les revendre au prix fort sur les bords de l'austère Moskova. Les douanes soviétiques n'autorisant que le passage de deux pantalons en toile par passager, j'en avais enfilé trois, l'un sur l'autre, et enroulé deux autres autour de la taille, superposant par-dessus une veste d'hiver pour dissimuler la marchandise. Manque de chance, en m'asseyant sur mon siège dans l'avion en partance sur Moscou, je me suis souvenu que l'aéroport international de la capitale soviétique, contrairement aux autres aéroports du même type, imposait l'épreuve du portique de détection d'armes non seulement aux voyageurs partants, mais aussi aux arrivants. Je passai ainsi trois terribles heures, engoncé dans mes pantalons, à craindre qu'à l'arrivée la multiplicité des braguettes et des boutons métalliques ne fît retentir le signal fatal.

— Imagine mon état quand, après l'atterrissage...

— Tais-toi, je t'en prie.

Comme une douleur ancienne qui se réveille, je me revois, stupide, interloqué par la douceur de sa voix. J'emploierai, faute de mieux, une image maladroite : douceur au bord de la brisure. J'ai suivi la direction de sa tête.

Le spectacle n'était pas beau : au milieu du chemin, écrasé sans doute par une motocyclette, gisait le cadavre ensanglanté d'un chaton. La mère, une grosse bête tigrée, tournait autour et miaulait avec insistance, donnant l'impression qu'elle grondait un bébé flemmard qui aurait refusé de se réveiller.

Les autres chatons jouaient à l'écart.

J'ai pensé, à part moi, que l'événement était certes regrettable, mais que de là à en être aussi affecté que le paraissait Nawal... Un des chatons, plus hardi sans doute que ses compagnons, s'est avancé vers le cadavre, l'a reniflé. Se décidant enfin, il a plongé son museau dans le ventre de son frère pour l'en ressortir avec un petit morceau de viande dans la gueule.

La suite a été si rapide que je n'ai pu l'empêcher. Nawal a couru vers l'animal, lui a arraché le morceau. Elle s'est retournée vers le cadavre, a pris dans ses mains nues l'amas sanglant, puis m'a lancé avec le même calme maladif :

— Viens, on va l'enterrer.

Je n'ai pas pu combattre la nausée qui m'a submergé. J'ai vomi. Elle m'a laissé m'essuyer la bouche, tenant toujours le paquet entre ses paumes.

J'ai creusé le trou sans la regarder. J'ai eu la certitude qu'elle était folle, folle à lier, que mon ami peintre s'était trompé en considérant qu'elle était guérie.

Elle a tassé la terre avec ses bottes, a posé ensuite des cailloux sur le minuscule tumulus. En face de nous, le soleil rendait noir le bleu des coupoles.

Elle a dit, si sérieusement que j'en ai avalé ma salive d'appréhension :

— Marche doucement sur la terre, s'il te plaît. Ça leur fait mal, tu sais.

Que me restait-il d'autre à faire ? Je l'ai imitée dans sa manière de marcher. Nous nous sommes éloignés de la tombe, comme des voleurs.

Elle a frotté ses mains contre un tronc d'arbre, puis avec un mouchoir. Elle a eu un pauvre sourire de justification :

— Ça va, ce n'est rien. Ça m'a passé.

Je n'ai pas voulu lui demander le sens de « ça ».

Nous avons mangé dans un self, moi plutôt mal, elle avec une indifférence d'autant plus gênante que, malgré mes efforts, je ne parvenais pas à trouver un sujet de conversation.

La visite de l'interminable ensemble du shah Zindah constitua une diversion bienvenue. On nous apprit que ce mémorial, composé de plusieurs mosquées et mausolées, avait été érigé en l'honneur de Koussam Ibn Abbas, neveu du Prophète, plus connu dans ces régions sous le nom du légendaire « Roi vivant ». La construction avait duré des siècles, certaines parties, à la fin, partaient en ruine alors même qu'on en bâtissait de nouvelles.

Je me suis efforcé d'admirer les merveilleux entrelacs géométriques des façades, y mettant plus que de la bonne volonté : de la colère. Je n'avais pas parcouru des milliers de kilomètres et bravé la bureaucratie soviétique pour, finalement, faire la fine bouche devant ce pourquoi j'étais venu et me préoccuper, à la place, des élucubrations d'une jeune fille, si jolie fût-elle.

Mais le charme était rompu. L'incident de la matinée occupait mon esprit à la façon d'un moustique tenace. Nawal s'en est rendu compte. Elle a pris ma main, un instant. Elle l'a relâchée.

— J'avais un frère du même âge que toi.

Nous étions devant le tombeau du Roi vivant. Trois dalles superposées en pyramide portaient sur leurs tranches des inscriptions coraniques sur fond azur. J'ai fait craquer mes phalanges, produisant un bruit déplaisant dans la salle.

Elle a caressé distraitement le marbre. Je me suis interrogé : combien de personnes avaient déjà fait ce geste ?

— En fait, il était plus jeune que toi, je crois...

Elle a pivoté sur ses reins, un pli moqueur aux commissures des lèvres :

— C'est-à-dire... Je ne sais pas quel âge tu as, en réalité.

J'ai remarqué pour la première fois qu'elle me tutoyait. Je lui ai répondu : vingt-huit ans.

— Il était donc plus jeune.

Nous sommes sortis de la salle. Une longue ruelle filait devant nous, bordée de part et d'autre de monuments du mémorial. J'étais furieux. Furieux d'être furieux. Le profil de la jeune fille a ri mécaniquement.

— C'est qu'il était malin, mon petit frère, Chaïbane. Il prétendait, par exemple, avoir réussi à vendre une fois un pantalon à une seule jambe.

Elle a poursuivi, du même ton exagérément enjoué :

— Il s'était lancé dans le commerce. Comme un Libanais, un vrai Libanais, il disait avec fierté.

Elle avait dans la voix une indulgence qui, bizarrement, était une approbation :

— Il n'était pas courageux, par contre. Mais, même ça, ça ne lui a servi à rien.

Elle a soupiré comme une enfant. Une enfant vieillie. Je l'ai prise par les épaules, doucement :

— Pourquoi en parles-tu au passé ?

Elle s'est dégagée avec violence.

— Ne fais pas semblant de t'intéresser à mon frère. De toute façon, ça ne te mènera à rien.

Je n'ai pas compris l'ampleur de sa subite rancœur.

— Calme-toi, Nawal, je ne voulais pas...

Un couple soviétique nous a regardés avec curiosité. Nawal ne décolérait pas :

— Et puis, tu ne peux pas t'intéresser à mon frère. Pas une seule fois, tu ne m'as questionnée sur ma famille, ma mère, mon père, mon pays !

J'ai failli lui rétorquer que c'était de la mauvaise foi, qu'au contraire c'était elle qui refusait de répondre à mes questions. J'ai préféré l'entraîner hors du regard des deux Soviétiques et me suis excusé platement.

— Voilà. Maintenant, parle-moi de ton frère.

Elle s'est assise sur une marche, vaincue plutôt que calmée.

— Il se disputait tout le temps avec mon père. Mon père le traitait de lâche. Au début, c'est vrai, mon frère...

— Quel est le nom de ton frère ?

— Yazid. Au début, il avait milité dans une des organisations du camp. Il y en a tellement chez nous. C'est une manie : chaque Palestinien veut fonder sa propre organisation.

Elle m'a dévisagé avec un peu d'étonnement rétrospectif. Elle était grise de fatigue.

— Je parle, je parle, ça ne veut probablement pas dire grand-chose pour toi, le Liban, la Palestine, toutes ces conneries ?

Je me suis défendu faiblement. Elle a haussé les épaules. Lentement, avec l'ironie blessée qu'on a pour se protéger de l'incompréhension des gens.

— Ce n'est pas la peine de protester. À la limite, je t'envie, tu peux me croire.

Je me suis assis à côté d'elle, dans ce renfoncement où, des siècles auparavant, un homme et une femme s'étaient peut-être dissimulés, en proie à la peur devant la guerre, un khan ou une quelconque injustice.

— Un jour, ils ont organisé une grande manifestation, en réponse à un bombardement israélien dans le Sud. Quand ils sont sortis du camp, ils se sont heurtés aux « seize ».

— Les « seize » ?

— La police libanaise, parce que c'est son numéro de téléphone. Il y a eu des bagarres. Ils ont embarqué Yazid. Il avait vingt ans à l'époque.

— Qu'est-ce qu'il lui est arrivé ?

— Ils l'ont rossé pendant des jours. Ils lui disaient : hein, tu crois trouver la Palestine au Liban. Tu ne te contentes pas de vivre chez nous, il faut en plus que tu y foutes la merde. Eh bien, on va te la faire bouffer, ta Palestine !

Elle s'est recroquevillée dans l'attitude de quelqu'un qui a froid. Pourtant, la température, pour un mois de février, était extraordinairement clémente.

— Il a eu le malheur de demander à téléphoner, pour nous avertir par l'intermédiaire d'un ami. Ils ont inventé un nouveau jeu. L'un d'eux a apporté un gros annuaire téléphonique et, tour à tour, ils l'ont frappé sur la tête avec l'annuaire. Chaque jour, le soir, à la même heure. Ils appelaient ça : téléphoner à la chère maman.

Elle a eu un regard terne, vague, donnant l'impression qu'elle guettait quelque chose d'éloigné, mais enfoui en elle-même.

— C'est très pratique, ça ne laisse pas de traces, mais ça fait très mal. Enfin, quand je dis que ça ne laisse pas de traces...

Elle s'est tue. Un sentiment de honte m'a envahi. Elle a trituré nerveusement les boutons de son manteau.

— Quand il est sorti, un mois plus tard, il avait décidé de ne plus s'occuper de politique. Il s'est associé à un trafiquant de vêtements pour ouvrir une échoppe. Au début, mon père était tellement content de le revoir vivant qu'il ne lui a rien reproché. Lorsque mon frère a parlé de soudoyer un employé de la préfecture pour se procurer un passeport libanais, les ennuis ont commencé.

Le même couple soviétique est repassé devant le renfoncement, nous jetant au passage, comme un sac de boue, une interpellation égrillarde. Heureusement, Nawal ne l'a pas entendue. J'ai retrouvé ses yeux immenses, avec cet effroi attentif de la sentinelle qui aperçoit l'ennemi.

— Tu comprends, pour mon père, c'était pire qu'un blasphème. Quand il a été chassé de son village de Galilée par les Juifs, il y a déjà trente ans de cela, il s'était mis autour du cou la clé de sa maison. Elle ne l'a jamais quitté. Il nous disait que, tôt ou tard, nous reviendrions chez nous et que la clé nous servirait à nouveau. Nous n'y avons jamais beaucoup cru, ma mère et moi. Mon frère, après son passage à tabac en prison, s'en moquait ouvertement. Il affirmait que libérer la Palestine et cuire des pierres pour les manger, c'était du pareil au même. Mais quand tu entendais mon père raconter sa jeunesse, la Grande Révolte, les partisans, et tout et tout...

Elle a souri, de l'air de raconter une bonne blague. Une pensée m'a piqué, une guêpe d'amertume : mon Dieu, tant de beauté qui ne sert à rien contre le malheur...

— Dis-moi, sais-tu comment on arrête un tank avec un simple foulard ?

— Non.

— Quand un convoi de tanks s'annonçait, ils se glissaient subrepticement derrière le dernier char pour boucher le pot d'échappement avec leur keffieh. Très rapidement, l'engin calait et s'immobilisait. Les partisans attendaient patiemment que le conducteur du char ouvre la tourelle pour lui tirer dessus.

Elle a donné l'impression de sauter à autre chose :

— Chez nous, chez les Palestiniens, je veux dire, on assure que celui qui est mort loin de sa patrie est retourné, en fait, se mêler à sa motte de glaise de départ, celle-là justement d'où Dieu a prélevé la terre qui a servi à le modeler. À ce compte, tu peux me faire confiance, mon père et mon frère se sont révélés, pour leur malheur, plus libanais que beaucoup de citoyens de ce pays.

J'ai pressenti la vérité et je n'ai pas su comment m'y préparer. Égoïstement, j'ai espéré qu'elle ne me l'infligerait pas.

— Le petit chat de ce matin, ça t'a dégoûté, ne dis pas le contraire. Mon frère Yazid, j'ai dû le ramasser de la même façon : un pied ici, le corps méconnaissable. J'ai cherché longtemps une des deux mains. Mon père a été tué plus simplement, par une seule rafale.

Elle a deviné que je préparais des mots de consolation afin de masquer mon propre désarroi. J'aurais dû être pétrifié, stupéfait. Je l'étais d'une certaine manière, mais comment aurais-je pu réagir en proportion de l'horreur que me racontait Nawal ?

— Ne te fatigue pas, Chaïbane. J'ai eu suffisamment de temps pour pleurer. Cela m'arrive rarement maintenant.

Je n'ai pas osé l'embrasser. Tout geste de ma part devenait infiniment puéril, déplacé. Le couple est, encore une fois, revenu dans l'espoir de nous surprendre. J'ai eu la voix enrouée :

— Comment cela s'est-il passé ?

— Comment te dire ? Moi-même je l'ignore.

J'étais rentrée là-bas pour passer les vacances d'été. Nous habitions alors près d'un camp à Damour, dans un petit truc en parpaing. Quand l'invasion a commencé, nous avons décidé de fuir. Nous avons préparé nos bagages. À la dernière minute, mon père a changé d'avis. Nous laissions trop d'affaires à nous dans la bicoque, mon père a voulu rester pour les surveiller. Du coup, mon frère, bon gré mal gré, a refusé de partir. Il était déjà libanais, avec un passeport tout neuf, mais c'est probablement son accent qui l'a trahi.

— Comment avez-vous appris la nouvelle ?

— Ma mère et moi nous étions réfugiées chez de bons amis à nous, des chrétiens de Zgortha qui vivaient à Beyrouth.

Elle a ricané avec méchanceté :

— Ils sont bizarres, les chrétiens. Ils ont la même gueule que toi et moi. Pourtant, ils se vexent quand tu leur rappelles qu'ils sont arabes.

Elle s'est arrêtée. Elle a ricané encore :

— Ils disent qu'il faut plusieurs centaines d'années avant qu'un Arabe devienne un être humain.

Elle a hoché la tête :

— Je ne parle pas de nos amis de Zgortha. Eux aussi, ils ont eu leur part de malheur... Un oncle est venu le lendemain nous apprendre ce qui avait eu lieu. Nous avons, bien sûr, repoussé jusqu'à l'idée de le croire. Ma mère s'est mise en colère contre lui. Il nous a fallu donner presque toutes nos économies à un chauffeur pour qu'il accepte de nous reconduire à Damour. L'armée israélienne avançait et tout le monde avait peur. Ma mère était comme folle. Moi aussi, d'ailleurs. Les soldats israéliens nous ont permis de traverser. Ils ont jugé que deux cinglées aux cheveux défaits et en robe d'intérieur ne pouvaient pas constituer un danger pour leurs troupes. Nous sommes allées au village. Ou ce qu'il en restait...

Elle s'est attaquée de nouveau aux boutons de son manteau. Elle a chuchoté timidement :

— Voilà. Tu sais tout.

— Ce sont les Israéliens qui les ont tués ?

— Oh non ! Les Juifs préfèrent le ratissage avec l'aviation et les chars. Ils ne veulent pas se salir. C'est un clochard du village, le père La Plume, qui a dénoncé mon père. Il a dit que c'était un dangereux activiste. Les miliciens, des Libanais du Sud qui suivaient les Israéliens, se sont chargés du travail.

— Et ta mère ?

— Quand elle aperçu les corps, elle s'est arrêtée, elle s'est laissée tomber sur le sol. Elle s'est versé de la poussière sur la tête et elle a hurlé : « Ô Dieu, reviens sur cette terre abandonnée ! » Elle a hurlé, elle a hurlé. À la fin, des miliciens ont accouru, l'ont giflée pour qu'elle se taise. Je les ai suppliés de ne pas nous tuer. Un officier israélien a ordonné aux miliciens de nous laisser tranquilles. Ma mère, alors, s'est précipitée sur mon père. Elle a continué ses hurlements. Elle l'a fouillé. Elle n'a pas trouvé la clé. Moi, je la regardais et c'était comme si j'avais perdu tout d'un coup mes bras, mes jambes.

Nawal m'a montré ses bras, puis ses jambes. Elle arborait un petit sourire effaré. Moi, je fondais de pitié et je me débattais intérieurement. La pitié, à trop grande dose, a exactement le même goût que la nausée.

— Où se trouve ta mère à présent ?

— À Damas, chez son père. La nuit qui a suivi notre visite au village, ses cheveux ont entièrement blanchi. Je ne savais pas que cela était possible, je croyais que c'était seulement une manière de parler. Maintenant, elle raconte partout que mon père avait gardé les yeux ouverts et que ça voulait dire qu'il attendait qu'elle le rejoigne. Elle veut mourir, elle aussi.

Elle pleurait silencieusement. Des gouttes abîmées. Les larmes coulaient et je n'avais aucun moyen, strictement aucun moyen, de les arrêter. Je les ai laissées couler.

Je lui ai dit seulement que je l'aimais, ma luciole de douleur. Que ce n'était pas très important pour elle. Mais que je l'aimais.

Nous sommes retournés à l'aéroport pour retirer nos deux sacs de voyage de la consigne et tenter d'acheter les billets pour Boukhara. La caissière nous a considérés, réprobatrice :

— Allons, vous savez bien qu'il vous faut des visas, camarades !

Nous nous sommes rabattus sur la gare où nous n'avons eu aucun problème. La presse était telle qu'au guichet le préposé n'a même pas levé les yeux. Notre train partait à deux heures du matin. Nous avons trouvé avec difficulté deux sièges libres. La salle d'attente était encombrée de voyageurs flanqués de valises informes et de filets à provisions pleins à craquer. L'air empestait une odeur de corps fatigués. J'ai proposé à Nawal mon épaule pour qu'elle dorme. Elle a fait non de la tête.

Vers minuit, nous n'avons plus pu supporter cette atmosphère de serre chaude. Nous sommes sortis sur les quais nous dérouiller les jambes. L'air était froid, mais vif. Des gens fumaient en battant des pieds pour se réchauffer.

Un train de marchandises s'est ébranlé. À cause de l'obscurité, nous n'avons aperçu ce que la locomotive tractait que lorsqu'elle a longé les lampadaires. Il y a eu un silence dans la foule : chaque chariot transportait un immense tank, frappé de la faucille et du marteau. Nous en avons compté une trentaine.

Le silence s'est maintenu plusieurs secondes après que le convoi se fut évanoui dans le noir. Les gens ont recommencé à bavarder, un peu gauches au début, puis avec plus d'exubérance, comme pour se purger la tête de ce qu'ils avaient vu.

Nawal a dit :

— Afghanistan, si tu veux mon avis.

Le train n'a pas accusé de retard. Nous avons eu les deux couchettes supérieures d'un compartiment. Les deux autres, celles du bas, étaient occupées. Nous tombions de sommeil. Nous avons mis nos pyjamas et nous nous sommes rapidement endormis.

Quand je me suis réveillé, le soleil était déjà haut. Nette malgré le peu de sommeil, Nawal buvait du thé avec deux jeunes femmes aux yeux bridés, nos compagnes de compartiment. Sous leurs sourires, je me suis rhabillé piteusement, empêtré dans ma couverture. Je me suis ensuite faufilé au fond du wagon, en direction du lavabo, pour une toilette sommaire.

Au retour, j'ai distingué dans un des compartiments un policier gardant un homme menotté. Le milicien, à en croire sa bouille avachie, accompagnait sans beaucoup d'enthousiasme son prisonnier à Boukhara ou plus loin.

Je me suis arrêté devant mon compartiment et me suis accoudé à la vitre. La steppe défilait, impitoyable, avec son sol livide, gorgé de ce sel blanc qu'on appelle natrum. Un gaillard du compartiment voisin a entrepris de me faire la conversation. Il portait un énorme tatouage sur l'avant-bras. Bien que je ne me fusse pas senti d'humeur très sociable sur le moment, j'ai répondu par un geste à son bonjour. Il s'est épanoui. Il a commencé une longue tirade.

Je l'ai interrompu en russe :

— Eh, l'ami, je ne comprends pas l'ouzbek.

Il a eu une seconde d'incrédulité. Rigolard, il a recommencé en ouzbek.

Excédé, j'ai grommelé :

— Vous savez, je ne comprends vraiment pas l'ouzbek !

Il m'a adressé un clin d'œil de connivence. Avant même que je ne puisse protester, il a lancé avec un gros rire méprisant — mais en russe, malgré tout — au milicien sorti fumer une cigarette :

— Voyez-vous ça ! Ça s'est couché avec trois jolies filles dans son compartiment et, au matin, ça ne sait plus parler l'ouzbek, ça a honte de sa langue...

Le milicien a dirigé vers moi ses yeux de poisson. Heureusement, je n'y ai pas décelé la moindre parcelle d'intérêt pour notre début d'altercation.

Mécontent — et un peu effrayé —, j'ai rejoint mon compartiment sous les quolibets du tatoué. Nawal m'a demandé ce qui n'allait pas. Je le lui ai expliqué en arabe.

Il y avait encore des restes d'inquiétude dans ses yeux. Comme des gravats de chagrin. Mais, tant par éducation naturelle que par un mouvement étrange de culpabilité à mon égard — peut-être pour s'excuser de m'avoir obligé à partager son malheur pendant quelques instants — elle a ébauché un plissement des lèvres qui se voulait sourire. Elle a raconté l'incident aux deux autres passagères qui se sont gentiment moquées de moi. Quand le train s'est arrêté, la bonne humeur était revenue. J'ai espéré que la crise était passée.

Je me doutais, cependant, que je me leurrais : une peine de ce genre est une gangrène.

« Boukhara : cent vingt mille habitants, logée au beau milieu de la vallée de la Zeravshan, capitale des Samanides, élégante dynastie iranienne qui régna entre le IXe et le Xe siècle en Perse et en Transoxiane. À quelques dizaines de kilomètres de là, Afshana, petit bourg, patrie d'Ibn Sina, l'Avicenne des Européens. »

Belle carte de visite pour une ville si l'on en croyait le dépliant touristique, mais était-ce la fatigue ? Était-ce l'effet de la répétition ? Nous consacrâmes moins de temps à la visite des mosquées et des médressehs. Seul nous impressionna le minaret en brique de la mosquée de Kalyan, celui d'où l'on précipitait les opposants au pouvoir quasi divin du khan, le seigneur de la région.

Le marché, avec sa structure en dômes ressemblant de loin à une plaquette d'œufs retournée, nous amusa beaucoup. Un adolescent nous guida à l'intérieur des ruelles, nous montrant la coupole des bijoutiers, la coupole des vendeurs de coiffures, celle des tanneurs, puis l'arcade des négociants en coton.

Nous avons coupé la journée par deux longues heures passées dans une tchaïkhana, sorte d'auberge où l'on sert du thé à volonté avec, si on le désire, une solide collation. Nous nous sommes installés sur des tapis recouvrant des banquettes en bois, surélevées de dix centimètres seulement du sol. Un magnifique plan d'eau occupait la cour de l'édifice. Une bouilloire de thé chaud devant nous, nous avons attaqué avec appétit les brochettes que nous avions commandées. Une serveuse s'est précipitée vers nous et, s'emparant de la galette de pain, elle l'a retournée. D'un ton grondeur, elle nous a débité deux ou trois phrases en ouzbek. Notre voisin, un homme à cravate, nous a traduit le sermon de la femme :

— Elle dit qu'il ne faut jamais mettre le pain à l'envers, toujours veiller à le poser à l'endroit. Sinon, ça porte malheur à celui qui l'a oublié.

Il a souri, mais pour se moquer d'elle. Nous, nous avons souri pour la remercier. Quand elle a été sûre que nous avions compris, elle a souri à son tour avant de partir répondre à une commande.

L'après-midi, nous avons commis la bêtise de nous farcir le musée local des Beaux-Arts. Près de la sortie, alors que je me réjouissais que nous eussions aussi rapidement expédié la prétentieuse collection de croûtes, nous sommes tombés sur un groupe de touristes russes en admiration devant une toile de dimensions moyennes. Par curiosité, nous nous sommes mêlés à eux. La toile représentait une ville moyenâgeuse en proie aux flammes. À ses portes, des cavaliers caracolaient devant une affreuse colline, faite de têtes humaines amoncelées. Le guide expliquait que l'invasion des Mongols au XIIIe siècle avait été une tragédie pour l'Ouzbékistan. Lorsque Temourjin, plus connu sous le nom de Gengis Khan, obtint la reddition de Merv, il fit massacrer systématiquement ses habitants et éleva de gigantesques pyramides avec les têtes des décapités. Même les chiens et les chats furent exterminés et les champs rendus en friche. Les Mongols ne s'arrêtèrent pas en si bon chemin...

Nawal a eu les pupilles brillantes :

— Tu vois, ça n'a pas beaucoup changé.

Le soleil avait cette douceur veloutée qu'il lui arrive de prendre quand il veut être tendre avec ceux qui vivent. Des touffes d'herbe, usant d'une violence à la limite de leur déchirure, émergeaient d'entre les rochers et poussaient avec l'insouciance folle que procure une courte existence.

Les ruines des fortifications n'étaient plus qu'à une

centaine de mètres. On distinguait les restes, bien conservés, d'une porte de l'ancienne Boukhara.

Nous nous sommes assis sur l'herbe. J'ai saisi la main de Nawal. Muettement, nous avons laissé filer l'après-midi et, avec lui, le sentiment d'oppression qui nous avait saisis au musée.

Le soir s'est installé. Finalement, comme des gouttes d'eau qui tombent patiemment dans une coupe et finissent par la remplir, j'ai redit à Nawal que je l'aimais.

Le hasard, c'est-à-dire le destin, a parfois de ces simplifications : elle a gémi et mon cœur s'est noué très fort.

Voilà. J'ai tout eu en une seule fois. La bouche de Nawal. La gorge de Nawal. Le ventre de Nawal.

Je ne l'avais pas mérité, ce fantastique cadeau du ciel d'Ouzbékistan. Mais quel est le petit d'homme qui a mérité de venir au monde ?

Quand j'ai regardé son visage, quand j'ai osé détailler de nouveau ses traits, elle riait silencieusement. Mais pas en ma direction. Je me suis retourné.

Un enfant très jeune, un gamin, accroupi sur un rocher, nous fixait, prodigieusement intéressé. Quand j'ai crié, il s'est levé. À contrecœur, comique, il s'est éloigné, l'air visiblement navré qu'un spectacle aussi mystérieux fût interrompu.

Nawal, à présent, s'étouffait de rire. D'exultation, parce que j'ai deviné en moi l'épouvante du bonheur, je l'ai imitée.

Pour la première fois, nous passâmes la nuit dans un hôtel. La gérante de l'établissement, après moult hésitations mi-inquiètes mi-intéressées, accepta de nous prendre sans nous inscrire sur le registre. Je vainquis ses ultimes réticences quand je lui proposai de payer le double du tarif habituel.

Nous n'eûmes pas l'occasion de faire la grasse matinée car, à potron-minet, la gérante nous pria de libérer la chambre. Elle n'était pas tranquille, elle craignait, disait-elle, une visite inopinée d'un de ses supérieurs. Et puis, ajouta-t-elle, gênée malgré tout, nous avions déjà assez dormi.

Nous eûmes plus de chance avec le train. Nous trouvâmes rapidement des places pour Ourgench. De là, nous continuâmes en autocar jusqu'à l'oasis de Khiva, au sud de la mer d'Aral.

L'étape de Khiva fut, vraisemblablement, l'étape de trop. Nous prîmes notre courage à deux mains pour visiter Ichan Kala, le centre de la vieille oasis, admirablement restauré. Mais le cœur n'y était plus. Nous avions vu trop de choses en trop peu de temps, sans nous reposer suffisamment entre deux villes. Nous avions, en gros, une indigestion de mosquées et de médressehs. Ce qui était passablement injuste envers Khiva : étant moins défigurée par les constructions modernes que ses deux rivales Boukhara et Samarkand, elle donnait une idée plus exacte de ce qu'avait pu être l'Orient des grands khans à l'époque de leur splendeur.

L'humeur massacrante de Nawal ne contribua en rien à tempérer ce sentiment d'épuisement que nous ressentions tous deux depuis notre départ précipité de l'hôtel.

Nous étions devant la citadelle de Kounia Ark, cœur de la cité, à la fois résidence, bastion et siège de l'administration des khans. Un groupe de techniciens s'affairait autour de projecteurs et de caméras. L'un d'eux a bien voulu nous expliquer qu'ils allaient tourner une séquence d'un film consacré à Ibn Sina. Un acteur en grande tenue d'époque a interpellé joyeusement Nawal :

— Joignez-vous à nous, vous pourriez jouer la princesse, si vous le vouliez !

Nawal a répliqué, mauvaise :

— Vous vous croyez fin ?

Elle a tourné les talons. L'acteur s'est adressé à moi, tentant de se justifier :

— Excusez-moi, je vous assure que je n'ai pas voulu vexer votre amie...

Je l'ai rejointe près d'une des portes sculptées de l'ensemble dédié à Mahmoud Pahlavan, poète, artisan et lutteur professionnel ayant vécu au XIIIe siècle, vénéré comme saint protecteur de la cité.

Elle a eu une remarque singulière :

— Quand j'étais plus jeune, j'ai été effarée de découvrir que rien ne pouvait me prouver que ce qui m'entourait existait vraiment en dehors de moi, que ce n'était pas seulement une construction de mon odorat, de mon toucher, de mes yeux. J'ai eu un de ces chagrins, Chaïbane, quand j'ai compris que même l'amour de ma mère pouvait n'être qu'une idée, une simple bulle dans ma tête.

Elle a esquissé un geste désespéré vers l'élégant bâtiment central :

— Est-ce que tout cela existe réellement, dis-moi ?

J'ai ricané, pas très à l'aise cependant :

— À ce compte-là, si je te suis dans ton raisonnement, je risque de ne plus exister moi-même, de n'être plus qu'une espèce de fantôme à mon tour. C'est ça ?

Le visage fermé s'est obstiné dans la contemplation des arabesques de la porte. J'ai songé brusquement à un autre argument : « Et ton chagrin, n'est-il pas, par son ampleur même, une preuve suffisante de la réalité ? » Mais je me suis tu.

J'ai cherché ma salive.

— Tu regrettes pour... pour hier ?

Elle a rougi. Elle a évité de croiser mon regard.

— Ne me demande rien, je ne te mentirai pas.

Le retour vers la station d'autocars s'est fait dans un silence maussade. Chacun de nous ruminait son propre fouillis de pensées. Pour me donner de l'assurance, j'ai mis la réponse ambiguë de la jeune fille sur le compte, passager, de la fatigue du voyage.

Je l'ai laissée s'occuper de l'achat des billets et je me suis dirigé vers les toilettes « hommes ». Je les ai cherchées longuement. Quelqu'un m'a montré une rangée de cabines dans un terrain vague, à deux cents mètres environ de la station. Je m'y suis rendu plutôt rapidement car la « chose » pressait.

Je crois que je n'ai jamais eu autant de difficultés à retenir un fou rire : les cabines n'avaient pas de porte et dans chacune, confortablement installé, au vu et au su des autres, un utilisateur rêveur ou concentré faisait consciencieusement ses besoins ! Deux adolescents discutaient avec animation à travers la paroi séparant leurs cabines respectives. Un vieil Ouzbek, barbe blanche et robe blanche traditionnelle allègrement relevée, lisait une page de journal. Quand il a eu terminé, il a déchiré un carré de papier pour s'en servir dans un but moins culturel.

Devant tant de naturel, je n'ai pas pu faire autrement que de partager leur sort.

Ragaillardi par l'humour de ma mésaventure, je me suis proposé de la raconter à Nawal, histoire de la dérider un tantinet. J'ai eu un coup au cœur quand j'ai pénétré dans la salle d'attente de la station. Nawal, assise, tenait entre ses bras un bébé et lui souriait. Je me suis approché, étonné de mon émotion.

Curieusement, alors que le bébé aurait dû la rendre plus proche, elle a ressemblé encore davantage à une île. Une île naufragée.

Effrayé, j'ai toussé. Elle m'a fait un signe de tête, les yeux encore pleins du sourire destiné à l'enfant. J'ai dit à voix basse, un peu haletant :

— Restons ensemble à Moscou, s'il te plaît.

Elle s'est rembrunie. Le bébé, lui, gigotait de toute la force de ses petits membres. Elle a eu un soupir de contrariété.

— Et ensuite ?

Je me suis exclamé, comme si cela ressortissait déjà à l'évidence :

— Tu viendras avec moi en Algérie !

Elle a eu une réponse hachée, vibrante de rancune :

— Donc, pour toi, j'ai surgi du néant. Du jour au lendemain, j'oublie tout. Un coup de chiffon par-ci par-là et je viens vivre dans ton pays. Mon père, mon frère, eux, seraient morts pour rien, comme des chiens écrasés. Quant à ma mère, je fais une croix sur elle. C'est ce que tu veux ?

Emporté par la panique, j'ai riposté, essayant de découvrir une faille dans sa hargne :

— Alors c'est moi qui viendrai avec toi.

Elle m'a toisé, ironique :

— Au Liban ?

— Oui, au Liban.

Elle a réfléchi, désarçonnée par mon apparente fermeté. Elle a semblé vieillie. Le bébé s'est mis à crier.

— Sais-tu au moins ce que c'est, ce Liban ?

— Eh bien...

— Je vais te décrire la nouvelle technique employée là-bas pour atteindre le score le plus élevé dans un attentat à la voiture piégée.

Bercé par Nawal, le bébé s'est tu. On aurait dit maintenant qu'il écoutait la jeune fille avec une attention saugrenue pour son âge.

— On choisit de préférence un lieu fréquenté, une pâtisserie un jour de fête, par exemple. Une première équipe en voiture passe à toute allure devant la pâtisserie et y jette un bâton de dynamite. Ça ne fait pas beaucoup de dégâts, certes, mais ce n'est pas prévu pour ça. Par contre, ça attire les badauds...

Elle a caressé le bébé au coin du cou. Il a eu un trémoussement de plaisir.

— ... C'est à ce moment-là, quand il y a suffisamment de curieux autour de la pâtisserie, que la voiture piégée, la bombe ou autre chose, explose.

La mère du bébé est venue. Elle a pris l'enfant en remerciant Nawal avec force expressions de sympathie. Nawal s'est levée, sinistrement gaie.

— Crois-moi, je t'en parle par expérience. Ça s'est passé à deux reprises dans notre camp et, la deuxième fois, j'ai bien failli payer très cher mon envie d'un gâteau.

— Qui étaient les responsables de l'attentat ?

Les linéaments de son visage ont trahi une immense indifférence.

— Dans ce cas précis, on ne l'a jamais su. De toute façon, ça peut être n'importe qui dans ce foutu pays : ton ennemi d'aujourd'hui qui était peut-être ton allié d'hier...

Elle s'est occupée des cabas. Pour que je la laisse tranquille. J'ai pris un de ses poignets et, doucement, je l'ai obligée à me faire face. Elle était blême. Je me suis efforcé de ne pas permettre à ma voix de glisser vers le registre suppliant.

— Et si, malgré tout, nous faisions un bout d'essai ensemble ?

Ses grandes pupilles sombres m'ont fixé. Elle a hésité, perdue. Quand elle s'est décidée, j'ai réalisé que la partie était jouée. Et pas à mon avantage.

— Il faut que je te dise quelque chose, Chaïbane.

J'ai voulu l'interrompre. Elle a détaché son poignet.

— Il y a quelqu'un d'autre, Chaïbane. Quelqu'un d'autre là-bas.

— Je t'en prie...

Elle a eu un geste tendre, presque de pitié, à mon égard.

— C'est banal comme tout : un cousin...

J'ai senti monter en moi la colère, le dépit amer du perdant. J'ai sifflé, voulant être blessant :

— La belle histoire : un cousin ! Je parie que vous êtes promis l'un à l'autre depuis l'enfance ?

Elle aussi s'est emportée :

— De quoi te mêles-tu, crétin ? Pour qui te prends-tu, en plus ? Tu apparais, tu souris, et moi, je te suis : c'est ce que tu as espéré ?

Des gens se sont retournés. Nous avons baissé la voix. Vaincu, je me suis excusé. Un haut-parleur a annoncé l'arrivée de l'autocar. Nous avons pris place dans la file d'embarquement. J'ai dit furtivement, coupable déjà de sa réponse :

— Tu l'aimes, ce... ?

Elle a tressailli. Des petites rides au front l'ont enlaidie. Mais je ne l'ai jamais trouvée aussi belle qu'en cet instant d'indécision.

— Quand j'étais petite, j'avais peur quand il y avait des bombardements, mais ma mère finissait toujours par me rassurer. Elle me berçait avec une vieille chanson enfantine. Je ne me rappelle que le début.

Elle a chantonné si sourdement que je me suis rapproché d'elle. Elle avait la voix fausse :

Qu'il pleuve, qu'il pleuve
autant que tu voudras,
notre maison est en fer...

Elle a plié son cou. Elle ressemblait ainsi à une poupée désarticulée, un peu folle.

— J'avais une confiance à peine croyable en ma mère, Chaïbane. Malgré le bruit environnant, je m'endormais toujours. Puis, une nuit, parce que je m'étais réveillée en sursaut, j'ai découvert qu'elle était plus terrorisée que moi, mais qu'elle n'avait personne, elle, pour la tranquilliser. J'ai commencé, va savoir pourquoi, à avoir des maux de ventre. J'avais mal à ne plus pouvoir dormir la nuit. Mes parents ont vu un médecin. Il a dit que c'était naturel, que c'était de l'angoisse seulement.

Elle a essayé un rictus :

— Depuis, même ici, ça n'a jamais cessé. J'ai toujours des problèmes avec mes intestins, si tu vois ce que je veux dire. La dignité, dans ces conditions, est un luxe bien difficile.

Une dame aux cheveux blancs, qui nous observait depuis quelques minutes, nous a demandé un renseignement sur la destination de l'autocar. Elle arborait un sourire étonné. J'ai deviné qu'elle avait voulu vérifier si nous pouvions nous exprimer également en russe. J'ai donné le renseignement assez sèchement. La vieille curieuse a regagné, penaude, sa place dans la queue.

Crispé, j'ai soufflé :

— Tu n'as pas répondu à ma question.

— Si... Enfin, je ne sais plus. Mais est-ce qu'il s'agit de ça, en réalité ? Ce cousin, c'est un peu de ma famille, mon père, mon frère. C'est aussi ma peur, mes maux de ventre, notre saleté à tous. Alors, je l'aime, je les aime à travers lui. Ils sont un peu vivants, de cette manière.

Elle a parlé, elle s'est parlé à elle-même. Moi, j'avalais ses mots trop rapidement pour en saisir pleinement le sens. Elle a évoqué les vitrines des magasins, les sacs de sable utilisés à Beyrouth pour les protéger. Elle a ajouté que son cousin, c'était la même chose, que c'était un étai, que ça lui servait à colmater les brèches de sa vie. Je l'ai détestée pour ce lyrisme qui me condamnait.

La colère, une colère lasse, me revenait, comme un hoquet.

— Pourquoi... pourquoi alors à Boukhara... hier... l'après-midi... ?

Elle a eu une bouffée de chaleur au visage :

— Peut-être que, moi aussi, j'ai eu la nostalgie de l'oubli... n'avoir jamais respiré la mort... avoir un chez-soi, un avenir sans souvenirs affreux... être normal... Comme toi. Est-ce suffisant, Chaïbane ?

Trois jours plus tard, nous étions à Moscou après avoir transité par Tachaouz et Achkhabad. À la sortie de l'aéroport, nous avons pris le bus, ensuite le métro jusqu'à la station Maïakovski. Là, nous avons emprunté les longs escaliers mécaniques, puis j'ai aidé Nawal à arrêter un taxi. J'ai mis ses affaires dans le coffre. Il neigeait. Elle s'est vite engouffrée dans le véhicule.

Il s'apprêtait à démarrer quand j'ai tapé du doigt sur la lunette arrière. Nawal a baissé la vitre. J'ai adopté un ton désinvolte :

— Elle avait donc raison, la serveuse.

— Quelle serveuse ?

— Celle qui avait prédit que le pain retourné porte malheur...

Le taxi s'est vite perdu dans la circulation. Je suis resté cinq bonnes minutes à la même place. Puis j'ai frotté mon nez qui gelait.

Courbé par des rafales de neige, un grand escogriffe d'Algérien s'est éloigné, tout occupé par l'insupportable tâche de ne pas penser à son idiote de Palestinienne.

Partie Quatre

Juin 1987, nord-est de l'Algérie

Non, il ne l'a pas oubliée. Mais ce n'est pas faute d'avoir essayé. Quelle étrange besogne que de ne pas se souvenir, de s'employer à faire entendre raison à sa mémoire, rétive comme un chien hargneux, quand on n'a pas tellement de choses qui comptent à se rappeler !...

Il l'a donc injuriée, il a accolé à son nom les pires saletés. Il a proféré le mot « garce » plusieurs fois, « putain », et d'autres encore. Mais cette foutue mémoire battait en lui à la façon d'un cœur obstiné. À force d'appuyer dessus, à force de tenter d'arrêter ses battements, il a senti se former sur ce cœur un œdème, celui de sa propre saloperie.

Alors, de guerre lasse, il l'a laissée vivre en lui. Comme une ennemie, une ennemie infiniment tendre. Avec ce beau visage d'où la souffrance, imitant une eau terrible sur le sable, avait disparu rapidement pour s'enfouir au plus profond des viscères et s'y ancrer à jamais.

Devant son hôtel, il a remarqué un aveugle accroupi sur une natte qui, en échange de quelques pièces, psalmodie à longueur de journée les versets sacrés du Coran. Le matin, la voix de l'aveugle est claire et il croit en Dieu fermement. Qu'il y ait ou non des passants, une main placée en cornet autour de son oreille, il crie. Et ses tempes sont tendues à se rompre, à s'en donner le vertige.

Le soir, il est presque aphone, épuisé d'avoir mâché aussi longtemps les trop grandes Paroles d'effroi et d'espérance. Sa voix enrouée, à la limite du grincement, ne se remet à chanter que par saccades lorsque des pas passent tout près et font mine de s'arrêter. Il doit avoir faim, soif. Sa bouche bave. Il ignore qu'il bave, occupé à ruminer une malédiction contre la pingrerie des musulmans.

Chaïbane l'a observé plusieurs fois à cette heure de la journée, avant de regagner son hôtel. Il a fini par lui adresser la parole. Il lui a posé une pièce dans la main. Il a soufflé, surpris lui-même par sa question :

— Penses-tu réellement qu'Il t'en saura gré ?

— Qui ?

Les deux yeux ronds, vides, ont hésité sur la direction à fixer. Emporté par l'ivresse de la méchanceté, Chaïbane a ricané :

— Penses-tu vraiment que ton Dieu va t'aimer ?

L'aveugle est resté tout stupide, sans défense. Il s'est tortillé sur sa natte, a sorti son mouchoir. Il ne l'a pas utilisé. Sa gorge a chevroté. Puis il a fait la seule chose qu'il savait faire : il a entonné une sourate. Il a jugé probablement qu'on ne contredit pas quelqu'un qui vous a donné une pièce.

Les arcades qui servent de toit à l'aveugle ont paru l'écouter. Chaïbane a failli toucher l'épaule du mendiant. Il a failli lui demander pardon. Pas à lui. À elle, évidemment.

Il a seulement murmuré ces quelques mots :

— Pauvre idiot, va...

Et jamais il ne s'est senti aussi humilié.

Malgré la répugnance qu'il en éprouvait au début, il lui est arrivé à plusieurs reprises de prendre un café avec l'infirmier. Une sorte d'amitié canaille s'est développée entre eux. L'ennui et une bouffée de désespoir plus forte aidant, il a même accepté de l'accompagner une fois en ambulance.

Il avait téléphoné le matin à Moscou et quelqu'un lui avait appris qu'elle avait quitté l'Union soviétique depuis une semaine.

La voix, celle de la préposée à la surveillance du pavillon estudiantin, avait ajouté :

— ... Rapport aux événements là-bas...

Il s'était senti tout à coup comme si un animal lui avait mordu le crâne. Son corps avait réagi plus vite que sa cervelle. Il avait voulu piailler : « Quels événements ? » Quand l'infirmier lui a dit que, bah, puisqu'il n'avait rien à faire en attendant la réponse pour le boulot, pourquoi ne viendrait-il pas avec eux, il a sauté sur l'occasion. Son compagnon a pris ça pour de l'enthousiasme. Il a cligné un œil gourmand :

— Tu vas voir, il paraît que ce n'est pas très beau.

L'ambulance s'est arrêtée devant une HLM délabrée. Des poubelles mal vidées laissaient voir leur contenu. Des voisins surexcités ont montré l'appartement en question. Chaïbane a noté l'air intrigué de l'infirmier devant les commentaires des badauds.

Il a monté à toute allure les escaliers. Quand il est revenu, il s'est adressé à Chaïbane et au chauffeur. Sa voix grinçait de colère :

— Venez m'aider. Ce n'est pas une urgence, c'est un cinglé qui a une crise. Ils auraient pu nous prévenir, ces crapauds.

Ils ont eu du mal à se frayer un chemin jusqu'au troisième étage. Les portes des autres appartements étaient ouvertes. Personne ne voulait rater le spectacle.

À l'entrée du logis, ils ont trouvé un homme d'une trentaine d'années qui les attendait. Il avait le teint cireux de celui qui n'a pas fermé l'œil de la nuit. Il était pourtant rasé et portait un costume bien repassé. Il les a fait entrer dans un minuscule salon. La pièce était encombrée d'un divan et d'une trop grande table à manger. Sur des étagères, il y avait des bibelots bon marché. Dans un coin, trônait l'écran de télévision, surmonté d'un bouquet de fleurs en plastique. Il régnait un calme bizarre dans le salon, comme après un décès, mais sans la dignité que procure la mort en pareil cas. Saisi par l'anxiété, Chaïbane a toussé.

L'homme s'est retourné vers ses visiteurs, s'est rappelé qu'il ne les avait pas salués. Tout en lui montrait qu'il se considérait comme irrémédiablement déshonoré, mais qu'il tentait néanmoins de faire bonne figure et de respecter les usages. Il leur a proposé de boire du café. L'infirmier a refusé. Il a grommelé :

— Nous voudrions voir le... le malade.

L'homme a perçu l'hésitation. Il a rougi. D'un mouvement de menton embarrassé, il a montré une photographie pendue au mur. Le cliché était jauni et représentait un personnage coiffé à l'ancienne, avec une raie au milieu. Le visage souriait avec satisfaction.

— C'est mon père quand il était jeune. C'est lui, le malade.

Chaïbane a regardé plus attentivement le cadre. Il était difficile de trouver une quelconque ressemblance entre le gaillard de la photographie, figé pour toujours dans son sourire d'il y a trente ou quarante ans, et le personnage qui leur faisait face, atterré et bredouillant.

Il a montré la porte d'une chambre :

— Il est là. Je l'ai enfermé ce matin. Cette nuit, il a eu l'une de ses plus fortes crises. Il a dit qu'il finirait soit par se tuer, soit par nous tuer. J'ai envoyé depuis une semaine les enfants chez la mère de ma femme. Ma femme et moi, on ne peut plus tenir.

Il a tortillé ses doigts :

— Ça ne peut plus durer. Cinq ans que notre vie est devenue infernale. Exactement depuis qu'il est rentré de France...

L'infirmier a haussé les sourcils. L'homme a continué avec chaleur, soulagé de trouver un auditoire qu'il supposait attentif :

— Toute sa vie, il a travaillé dur dans un vignoble du Midi. Quand les affaires se sont mises à mal marcher, ses patrons l'ont viré. Il est rentré en Algérie vivre chez moi, avec ma femme et mes enfants. Mais de ne rien faire toute la journée, ça lui est vite monté à la tête. Alors, savez-vous ce qu'il a commencé à collectionner, comme des bouteilles de vin ?

L'infirmier, impatient, lui a demandé la clé de la pièce. Soumis, l'homme s'est exécuté. Quand la porte a été poussée, Chaïbane n'a pas vu tout de suite le fou. L'infirmier, lui, s'est figé. Derrière, l'homme en costume s'est écrié, d'une voix presque enfantine :

— Papa, je t'en prie, ne fais pas ça !

Le fou, debout sur une chaise, tenait deux bouteilles à la main. Il était dangereusement près de la fenêtre.

La pièce sentait mauvais, elle n'avait pas été nettoyée depuis longtemps. Dans une armoire vitrée, s'alignaient des dizaines de bouteilles, remplies d'un liquide jaunâtre, semblables à celles que brandissait le père en guise d'arme. L'infirmier a sifflé entre ses dents :

— Pourquoi n'avez-vous pas condamné la fenêtre ?

L'homme a répondu plaintivement :

— Je vous assure, j'avais posé un cadenas. Il a dû le casser.

Chaïbane a contemplé l'individu en équilibre sur la chaise. Les cheveux rares, la silhouette anguleuse, il arborait une expression de peur mêlée de ravissement. Le dingue a, ainsi, ressemblé à un galopin qui défie des adultes.

Une tristesse lourde a coulé en Chaïbane, le forçant à respirer plus fort. L'interrogation a bondi en lui si nettement qu'il a cru l'avoir énoncée à voix haute. Il a haleté. Il a pensé avec animosité : mais qu'est-ce que je fais ici ?

Le chauffeur, qui avait rejoint l'infirmier, a dit à l'adresse de ce dernier, un peu trop fort cependant :

— On y va ?

Le vieil homme a sursauté. Il a lancé une des bouteilles sur l'infirmier et hurlé en même temps :

— Allez-vous-en, ça ne vous regarde pas !

La bouteille a raté son but. Le liquide a éclaboussé l'infirmier. Chaïbane a eu un haut-le-cœur :

— Mais c'est...

Une autre bouteille a éclaté, juste au-dessus de Chaïbane, le mouillant entièrement.

— ... de l'urine !

Il lui a fallu quelques précieuses secondes avant de vaincre la paralysie due à l'écœurement absolu qui l'avait submergé. L'infirmier, de son côté, avait déjà bondi sur le fou et réussi à l'agripper au moment où celui-ci avait fait mine de sauter par la fenêtre.

Le vieux s'est débattu de toutes ses forces :

— Je ne suis pas fou... Mon fils est un menteur... Lâchez-moi, étrons de porcs...

L'infirmier a braillé :

— Apportez-moi quelque chose pour le ligoter !

Chaïbane s'est précipité dans le salon où il s'est heurté à une femme apeurée. L'épouse du fils, petite et boulotte, lui a fourré dans la main deux lanières de tissu. Interloqué, Chaïbane a compris qu'elle les avait préparées depuis longtemps. Bien avant leur arrivée.

Le vieux ne s'est pas arrêté d'injurier et de blasphémer. Quand il est passé devant l'entrée, pieds et poings liés, porté par l'infirmier et le chauffeur, il a craché sur son fils. L'homme, tête baissée, n'a pas eu un mouvement pour éviter le crachat. Il a essuyé lentement son visage avec la manche de la veste. Il avait la tête de quelqu'un qui va avoir beaucoup de remords et devra se le cacher. Chaïbane a été le dernier à quitter l'appartement. Sur le palier, la femme l'a agrippé par le bras, le suppliant :

— Dites... vous allez le garder, hein ?... Pour toujours... Dites, vous allez le surveiller ?

Elle l'avait sans doute pris pour un médecin ou quelqu'un du métier. Il y avait dans sa voix une telle envie d'espérer que Chaïbane a pratiquement pris la fuite. Dans les escaliers, on entendait les hurlements :

— Je ne suis pas fou... C'est vous, les bicots, les fous... Au secours, aidez-moi...

Le passage se révélant étroit, l'infirmier a pris le dément dans ses bras. Il lui a parlé à l'oreille, y collant quasiment ses lèvres. L'effet a été rapide : le fou s'est peu à peu calmé. Étonné, Chaïbane a remarqué la douceur précise des gestes de l'ambulancier. Presque de la tendresse. Gêné par son regard, l'infirmier a répliqué en forme d'excuse :

— On dirait un bébé.

Chaïbane a préféré se mettre devant, avec le chauffeur, pour ne pas avoir à regarder le corps qui gémissait. Il a pris une cigarette, a failli l'allumer, s'est ravisé avec la sensation d'être pris en faute : ne lui avait-elle pas soutenu — elle, toujours elle ! — que le bonheur, c'était souvent souffrir le moins possible ? Et pourquoi ce fou lui rappelait-il violemment la jeune fille ?

Le murmure de l'infirmier est devenu un ronronnement. Chaïbane a jeté un coup d'œil à travers la lucarne qui séparait la cabine du chauffeur de l'arrière du véhicule. Le vieil homme souriait, avec le même air de satisfaction qu'il arborait sur la photographie du salon.

L'odeur de pisse, qu'il avait fini par oublier, lui est revenue au nez, véritable coup de poing. Il a tâté sa veste humide. Il a été au bord de la suffocation. Il a fait signe au chauffeur de s'arrêter et de poursuivre sans lui.

Sarcastique, l'infirmier a lancé à Chaïbane :

— Qu'est-ce que tu croyais que c'était, notre pays ? C'est ça (il a désigné l'homme ligoté) et pas autre chose ! Celui-là, il a de la veine, crois-moi, puisqu'il a perdu ses illusions. Toi aussi, tu les perdras. Que tu aimes ou que tu n'aimes pas, de toute façon, ça ne changera rien. Alors il vaut mieux que tu t'y habitues, l'intello...

Au mot « intello », le chauffeur a, inexplicablement, éclaté de rire.

Je suis rentré à l'hôtel et j'ai pensé que lui au moins, le fou, avait succombé à sa passion. J'ai déchiré la photographie et j'ai jeté les morceaux dans la cuvette des waters.

Au moment de tirer la chasse, j'ai éprouvé une terreur sans nom, la crainte panique de noyer à distance la jeune fille. Furieux, j'ai repêché les morceaux de papier, je les ai lavés, séchés, puis recollés.

De trop rêver à elle m'a éreinté l'âme. J'ai laissé s'égarer le fil de mes idées. J'ai eu à l'esprit le visage de traviole de l'infirmier, visage pas très beau mais où je découvrais à regret une finesse que, probablement, je ne possédais pas...

Je me suis senti soupesé par les pupilles ironiques de cet homme. Lentement, sèchement, m'a saisi l'étonnement de me voir considéré comme un être mesquin et de réaliser que j'en présentais les symptômes extérieurs.

Alors j'ai préféré repenser à elle.

Moins habillée qu'une rivière.

Le lendemain, l'infirmier, après avoir hésité, lui a dit :

— Puisque le directeur qui doit t'engager n'est pas encore de retour, pourquoi continuerais-tu à t'ennuyer ici comme un rat mort ? Mon frère m'a prêté sa voiture. On va s'offrir un tour à Constantine et, si tu veux, on ira au bordel. Tu en as bien besoin.

L'infirmier n'a mis aucune familiarité dans son intonation. Chaïbane l'a fixé, déconcerté. L'infirmier a soutenu son regard, un sourire — ou une grimace — se dessinant légèrement sur ses lèvres. Chaïbane a haussé les épaules. Il a accepté la promenade à Constantine. Pour ne pas avoir l'air de se décider trop vite, il a émis une objection :

— Est-ce qu'on ne risque pas d'avoir des problèmes avec... avec les flics... ?

— Tu veux dire : à cause des manifestations ?

L'infirmier l'a considéré, un rien goguenard :

— Mais non ! Que vas-tu chercher là, l'ingénieur ? Il n'y a plus de bagarres à Constantine depuis une semaine. N'aie pas peur : ils ont déjà coffré tous ceux qui les intéressaient.

La 204, assez défraîchie, a roulé pendant une bonne heure. Ils ont un peu parlé. L'infirmier était d'excellente humeur. Il lui a rapporté ce qui avait fait jaser la ville, la veille. Il y avait eu l'inauguration en grande pompe d'un square par un haut personnage venu exprès de la capitale pour bien montrer que le calme était revenu. Aucune plante n'ayant eu le temps de pousser sur les plates-bandes du nouveau jardin, quelqu'un de la municipalité avait décidé d'acheter des centaines de fleurs chez un fleuriste et de les « planter » discrètement le matin même de la visite. Un arrosage intensif avait suffi pour que les fleurs ne se fanent qu'après la cérémonie. Le dignitaire, reparti presque immédiatement après le banquet, ne s'était douté de rien. Il s'était même montré très satisfait, semblait-il.

— Qu'est-ce qu'ils sont cons, ces gens-là !

Chaïbane a ri mollement. À deux ou trois kilomètres de la ville, l'infirmier s'est garé sur le bas-côté de la route. Il a sorti d'un cabas un gros Thermos à bec verseur.

Chaïbane a refusé en hochant la tête. L'infirmier a gloussé. Il a enlevé le bouchon du Thermos et a mis l'ouverture sous le nez de Chaïbane.

— Du vin ?

— Oui. C'est plus discret comme ça. Tu aurais tort de te priver. Le ramadan, c'est dans deux jours.

Il a servi d'autorité un verre à Chaïbane. Il a tourné le bouton de l'autoradio. Le vin avait un arrière-goût de café. L'infirmier a bu le contenu de son verre, s'est resservi une autre rasade.

Il était plus de six heures du soir. Ils ont siroté en

silence le liquide rouge. L'infirmier, à un moment, a posé une question, d'un air absent :

— Pourquoi ne m'appelles-tu jamais par mon prénom ?

Il s'est rendu compte qu'il ne connaissait pas son prénom. Et qu'il n'avait pas envie de le connaître. Il a quand même réagi :

— C'est quoi, ton prénom ?

— Hassan.

L'infirmier a soupiré. Il a repris un troisième verre. Chaïbane n'en était encore qu'au premier. Les voitures, sur la route, filaient à un train d'enfer. « Sans se retourner », a songé Chaïbane.

— Tu me méprises un peu, dis, l'ingénieur ?

Chaïbane a tenté sans grande vigueur de nier. L'infirmier l'a interrompu :

— Oh, ce n'est pas la peine de te défendre, frangin. Moi-même, je ne m'aime pas beaucoup.

Il a eu un mouvement de colère :

— Tu connais quelqu'un, toi, qui s'aime dans ce pays ?

Ils ont vu un film quelconque dans un cinéma du centre-ville. Il y était question du Ciel. Dans une scène, un prédicateur était interviewé : « Le sexe existe-t-il au paradis ? — Oui ! — Et ça produit quoi ? Des petits morts ? »

Des spectateurs ont ri dans la salle, d'autres ont sifflé. Près d'eux, quelqu'un a commenté à voix haute :

« Ils sont givrés, ces Américains. Les anges, c'est stérile ! »

Ensuite, ils se sont promenés. Chaïbane s'est montré surpris :

— Il n'y a pas beaucoup de dégâts.

L'infirmier a eu un geste de dépit.

— Pendant une semaine, ces crevures ont travaillé jour et nuit pour tout remettre en état. Tu vois, ils y sont presque arrivés.

Il a montré la foule qui déambulait tranquillement :

— Même les gens donnent l'impression d'avoir été réparés...

— Comment les choses ont-elles débuté ?

— Oh, ce n'est pas très compliqué : une banale grève d'étudiants dans une cité universitaire, une histoire de bouffe pourrie comme il y en a tant à la fac. Va savoir pourquoi, les flics, cette fois-ci, s'en sont mêlés. Peut-être que ça ne leur suffisait plus de baiser les gens dans les commissariats. Alors, ils ont tapé sur les gosses comme s'ils avaient eu en face d'eux des criminels. Une partie de la population n'a pas pu le supporter. Il y a eu des morts. Le ras-le-bol aidant, ça a dégénéré. Pendant deux ou trois jours, Chaïbane, Constantine a été quasiment en état d'émeute.

— Tu y étais ?

— L'avant-dernier jour seulement. Les abords de la ville avaient été bloqués par des barrages et il était formellement interdit d'y entrer. Mais j'ai pu quand même le faire parce que le dispensaire m'avait envoyé évacuer en ambulance un malade de chez nous vers l'hôpital central de Constantine. J'ai passé les nuits suivantes chez une tante.

Il a tourné un visage luisant d'enthousiasme vers Chaïbane :

— Je ne sais pas si tu connais bien Constantine, l'ingénieur. D'ordinaire, cette ville est si triste, si morne que même les corbeaux, dit-on, volent sur le dos pour ne pas la regarder. Eh bien, cette fois-ci, ces fameux corbeaux ont dû écarquiller les trous de leurs yeux pour croire ce qu'ils voyaient. Les gens étaient... étaient...

Il tremblait d'excitation. Chaïbane, résigné, a senti poindre en lui ce mélange de ressentiment et de jalousie qui l'assaillait régulièrement depuis son retour devant chaque manifestation de joie.

— Comment te dire... Malgré des affrontements très durs, les gens étaient... Je ne trouve pas les mots exacts... Oui, nous étions heureux... comme des enfants. Les gens ne savaient pas ce qu'ils voulaient. Ils s'en foutaient, d'ailleurs, mais ils se découvraient libres. Et ça, c'était nouveau pour eux.

Il a posé une main familière sur l'épaule de Chaïbane. Pour s'arracher à la fascination que le propos passionné de l'infirmier commençait à exercer sur lui, Chaïbane a failli lui cracher : « Tout ce bla-bla pour quelques bagarres ! »

Il n'a pas osé. Mais il a eu l'impression — la certitude... — que l'individu qui lui parlait avait deviné le fond de sa pensée et que, par une curieuse condescendance, il ne lui en voulait pas de son scepticisme.

— Quand j'étais chez ma tante, sa voisine de palier, une femme d'une soixantaine d'années, qui avait fait au moins deux fois le pèlerinage de La Mecque, est revenue du marché, légèrement blessée à la tempe. Elle avait été touchée par une des pierres que les gamins balançaient sur la police. Pendant que je la soignais, elle n'a pas cessé de me houspiller : « Presse-toi donc, mon fils, je veux voir comment ça va se terminer ! » Elle était excitée, c'était pas possible. Un vrai pou ! Et tu sais ce qu'elle m'a sorti ?... Que ça lui remettait en tête le temps de sa jeunesse... les manifestations contre les Français pendant la guerre..., que c'était... c'était tout comme, avec, malgré tout, une amélioration : les flics l'injuriaient dans sa propre langue... Et elle est vraiment repartie, l'ingénieur. Vraiment !

Il s'est tapé sur les cuisses.

— Ce qu'on a pu rigoler, certaines fois. Les chiens, par exemple... Ils ont lâché des chiens policiers, de véritables molosses, avec des dents, je te dis pas ! Le bruit a couru que ces chiens étaient dressés comme des soldats. Alors, pour se défendre, il suffisait de leur chanter l'hymne national. Ces satanés clebs s'arrêtaient net, comme qui dirait au garde-à-vous...

Chaïbane a persiflé :

— Et c'était vrai ?

— Mais non, bien sûr. On n'avait pas intérêt à se faire attraper. Mais on s'est bien marrés quand même.

Il a regardé fièrement Chaïbane. Puis son œil s'est assombri.

— Tout ça, évidemment, n'a pas duré.

L'infirmier a shooté dans une boîte de cigarettes vide. Il marchait et s'énervait au fur et à mesure qu'il parlait.

— Maintenant, on dirait que rien ne s'est passé.

Les gens sont redevenus des toutous. C'est bizarre, le peuple.

Le ton était amer. Il a dit tout bas :

— Sales Arabes...

Chaïbane a noté, contrarié :

— Pourquoi, tu n'en es pas un ?

Le rire de l'homme a déplu à Chaïbane :

— Ne te vexe pas, je me vise aussi. Tu sais bien que, nous autres Arabes, nous adorons nous insulter. Certains pratiquent l'autocritique. Nous, ce serait plutôt l'auto-insulte.

Il s'est gratté le bout de l'oreille, vaguement songeur.

— Avoue quand même que ce n'est pas toujours très gai d'être un Arabe...

Ils ont traversé la place jusqu'au passage souterrain. Quand ils ont entrepris de descendre les escaliers, Chaïbane, mû par une inspiration subite, a posé la question qui lui trottait dans la tête depuis un moment :

— Hassan, qu'est-ce que... tu penses des Palestiniens ?

L'infirmier l'a dévisagé, ébahi :

— Quoi... Des Palestiniens ?

Exagérant son expression de surprise, il a voulu plaisanter. Mais devant les traits crispés de Chaïbane, il a hésité, balbutiant au début. Il a finalement tourné la chose en dérision :

— Tu ne trouves pas qu'on a assez de problèmes ici ? Tu dois en avoir, du temps libre, pour t'occuper de ces affaires-là.

Chaïbane a distancé l'infirmier d'une enjambée. Il

a avisé un morceau de pain sur le sol. Il s'est baissé et l'a ramassé. D'un geste raidi par la rage, il a frotté le croûton avec la paume, y a déposé un semblant de baiser comme le veut la tradition et l'a coincé dans une encoignure pour que les gens ne marchent pas dessus. Hassan l'a rejoint, mi-inquiet, mi-exaspéré :

— Qu'est-ce que j'ai dit qui t'ait mis autant en colère ?

Chaïbane a gardé son masque blême.

— Rien.

Son compagnon s'est rapproché, son visage étroit rendu encore plus aigu par l'irritation.

— Écoute-moi, l'ingénieur, je suis capable de tout comprendre, figure-toi. Ce n'est pas parce que tu es allé à l'université que tu vas te permettre d'être arrogant avec moi. Quand j'étais mioche, je n'ai pas eu la chance que tu as eue, toi. Nous étions tellement pauvres dans ma famille que, lorsque l'instituteur nous demandait d'acheter des livres, moi, je les empruntais et je les recopiais, page par page, sur des cahiers, parce que c'était moins cher.

De ressentiment, il a presque crié :

— Et ton père, qu'est-ce qu'il faisait quand tu allais à l'école ?

Chaïbane a murmuré :

— Instituteur, justement.

L'infirmier, coupé dans son élan, a paru si désemparé que Chaïbane a souri. Soulagé, Hassan a cligné de l'œil :

— On fait la paix ?

Ils sont revenus vers la voiture, à peu près calmés.

Hassan a proposé de boire à nouveau. Chaïbane a refusé. L'infirmier, coup sur coup, a avalé trois verres.

Parce qu'il pensait au retour, Chaïbane lui a reproché de boire aussi vite. Hassan était gris. Il a grommelé qu'il avait le temps de se dessoûler avec les putains. Chemin faisant, il a fait une réflexion salace sur l'utilité de se branler avant d'aller voir une prostituée. On baise plus lentement, a-t-il affirmé, et on en a donc pour son argent.

Souvent un souvenir s'en va, revient, tergiverse et finit par se décider à vous sauter dessus. Telle cette phrase qu'elle lui avait balancée un jour de colère à Samarkand :

— Le chagrin, ce serait tellement plus facile si on en mourait. Mourir de chagrin, oui, ça, c'est une porte de sortie !

Elle a brassé l'air brusquement, ses mains voletant comme deux oiseaux énervés.

— Le problème, c'est qu'on n'en crève pas, du chagrin. On vit avec.

Il a pris cette phrase comme une insulte car il était évident qu'il ne pouvait pas la contredire.

Tout d'un coup, il en a eu marre, marre.

Marre d'elle.

Que j'étais bête !

La visite du bordel ne s'est pas faite du tout comme s'y attendait Chaïbane. Ils ont traversé la petite place des Chameaux, protégée d'un côté par la façade arrière du théâtre de la ville, longée d'un autre côté par une mosquée et un muret dissimulant aux regards des employés de l'imprimerie municipale l'entrée du quartier réservé. À cause de la tombée de la nuit, les vendeurs à la sauvette des vêtements de contrebande avaient pratiquement déserté les lieux. Contemplant les fidèles qui se pressaient à la porte de la mosquée pour la prière du soir et ceux qui contournaient le muret pour aller plus bas, l'infirmier a fait remarquer à Chaïbane qu'il n'y avait guère qu'une dizaine de mètres entre l'édifice religieux et la première « maison ». Et que, pour de la tolérance, c'était de la tolérance.

— C'est le cas de le dire : tu pries d'abord et tu vas baiser ensuite, ou le contraire, ça dépend de ce qui presse ! a-t-il précisé en éclatant de rire.

Chaïbane a été agacé parce que Hassan avait parlé sans baisser la voix. Un homme, barbu et en longue gandoura blanche, qui se déchaussait pour entrer dans la mosquée, s'est redressé, furieux.

Chaïbane, craignant un esclandre, a accéléré le pas. L'infirmier, toujours d'humeur exubérante, ne s'est aperçu de rien. Il a continué sur le même ton éraillé :

— Les trois institutions de base de notre pays, tu les connais, Chaïbane ? Moi, je peux te les énumérer...

Il a compté sur ses doigts :

— Le Parti, le bordel et la mosquée !

Le barbu a levé les yeux vers le ciel. Il a haussé les épaules et il est entré dans la salle de prière, ses souliers sous le bras, estimant probablement qu'on ne raisonne pas un animal pris de boisson.

— Eh, attends-moi !

L'infirmier a couru derrière Chaïbane. Ce dernier a fait volte-face brutalement au moment où Hassan lui agrippait le bras.

— Qu'est-ce qui te prend ? Tu veux qu'on nous tabasse ou qu'on nous mette en prison, c'est ça ?

L'infirmier s'est rendu compte que l'exaspération de son compagnon était réelle. Il s'est excusé piteusement :

— Euh... Je ferai plus attention la prochaine fois... Je suis un peu gai, c'est tout, je t'assure...

Ils ont fait quelques mètres. L'infirmier parvenait avec difficulté à dissimuler un sourire. Finalement, n'y tenant plus, il a avancé sa bouche vers l'oreille de Chaïbane.

— Tu sais, ce que je te racontais, ça concerne les institutions seulement. Le roi, comme partout ailleurs, c'est le fric. Le Parti, c'est pour avoir l'autorisation d'en faire, le bordel et tout ce qui y ressemble, pour le dépenser. La mosquée, elle, c'est pour se faire pardonner les deux premiers. Qu'est-ce que tu en dis, ça se tient, ma sociologie ?

Chaïbane a haussé les épaules, amusé. Il a quand même pensé : « Et l'armée dans tout ça ? » L'infirmier, décidément ragaillardi, l'a entraîné vers la première bâtisse. Se pressant contre les barreaux, il a dévisagé chaque femme, une à une, en y mettant l'attention gênante de l'homme soûl. Beaucoup semblaient le reconnaître. Elles échangeaient des rires entre elles, comme si elles se moquaient discrètement de lui. Il a récidivé dans plusieurs établissements, sans se décider.

Au fur et à mesure qu'ils ont descendu le quartier en pente, son visage s'est fermé, abandonnant le masque d'obséquiosité qu'il affichait habituellement devant l'ingénieur. Chaïbane s'est senti gagner par la tristesse inattendue de son compagnon. Le vague désir physique qui était né en lui au spectacle des jambes et des poitrines dénudées n'a plus suffi pour contrebalancer le sentiment de gêne sordide à se fondre dans ce public silencieux, patiemment fébrile, atteint, de maison de passe en maison de passe, d'un identique prurit au bas-ventre.

Ils se sont fait remballer d'une cinquième ou sixième maison par une matrone qui a jugé que l'ivresse de l'infirmier était trop manifeste à son goût. Excédé, il a éclaté :

— Que cherches-tu à la fin, Hassan ? Des jolies filles, tu en as déjà raté une dizaine au moins. Choisis-en une et vas-y, à la fin !

L'infirmier l'a pris au collet. Il a soufflé une haleine lourde.

— Écoute, petite nature, une bouche, ça sert à parler, pas à péter. Si ça ne te plaît pas, tu n'as qu'à foutre le camp !

Chaïbane, moins étonné par le changement d'attitude que par le désespoir hargneux de la voix, a dit, conciliant :

— Ça va, on ne va pas se disputer. Passe-moi les clés, je t'attendrai dans la voiture.

À l'angle d'une ruelle, une femme déjà âgée, aux traits maquillés avec outrance, n'a pas prêté attention à leur échange de paroles. Elle essayait, du pas de sa porte, de convaincre un adolescent réticent.

— Viens, je te prendrai moins cher que les autres. Et il y aura tout, tu comprends, tout. Alors pourquoi est-ce que tu hésites ?

Il a grillé cigarette sur cigarette. Il a allumé l'autoradio, a écouté pendant une demi-heure, l'a éteint. Les informations sur le Moyen-Orient étaient toujours aussi mauvaises. Il a éprouvé une étrange sensation, comme si son cœur, insidieusement, devenait « petit ». Il a agrippé le volant et a cogné violemment sa tête contre l'axe. Il ne s'est pas fait mal autant qu'il l'aurait voulu.

— Où es-tu... Où es-tu ?

Il n'a pas crié. Mais il a presque sursauté. De découvrir qu'il avait si peur pour elle, il a eu un goût d'intoxication dans la bouche. Il a pensé brusquement aux maux de ventre de la jeune fille. Avec une infinie pitié, une incommensurable tendresse. Comme une mère pense à son enfant malade.

Il a revu les perles de sueur sur l'arrondi des lèvres quand elle se mettait en colère. Il a entrevu ses dents. Il l'a réentendue déclamer ce poème qu'elle aimait tant :

Comment aurais-je cette intention
Comment pourrais-je t'oublier
N'es-tu pas comme les veines
Qui retiennent mon cœur ?

Quelqu'un est passé devant la voiture. Il n'a pas dû comprendre pourquoi le chauffeur tenait si fermement le volant, alors que la voiture n'était pas en marche. Il a peut-être conclu que le chauffeur rêvait.

Elle lui avait dit : il ne suffit pas d'aimer pour aimer. Il faut aussi savoir haïr.

Hassan n'est revenu qu'après deux bonnes heures. Sans parler à Chaïbane, il a bu à même le bec verseur.

Il a reniflé une première fois. Une seconde fois. Chaïbane s'est retourné, surpris : l'infirmier pleurait.

Ça lui a fait drôle, il a retenu un rire. L'infirmier s'est lancé dans une confession embrouillée, entrecoupée de sanglots avinés et de jurons. Chaïbane a saisi à peu près que Hassan avait rencontré une fille au bordel, longtemps avant.

— J'étais aussi soûl qu'aujourd'hui... Donc, c'est peut-être le vin... Mais elle m'avait paru si belle, si gentille... J'avais beaucoup bu et je n'ai rien pu faire, mais alors ce qu'on appelle rien... Plus j'essayais, plus ça empirait... Elle ne s'est pas moquée de moi, elle m'a préparé un café... On a discuté... Je l'ai embrassée...

Il s'est mouché bruyamment.

— Va pas croire, elle était très pudique, la môme malgré ce qu'elle faisait... En tout cas, plus pudique que toutes ces connasses qui se mettent, du jour au lendemain, un foulard sur la tête pour mieux se dégotter un couillon de mari... Et puis, moi, c'est la douceur... Cette douceur qui me tombait sur la caboche d'un seul coup... Ah, je n'ai pas pu, Chaïbane.

Il a examiné l'intérieur du Thermos. Il n'y avait plus rien. Il a continué, tête baissée.

— C'est que nous, la douceur, ce n'était pas une marchandise très répandue dans la famille... Le père qui avait la taloche facile, la mère abrutie par la soumission... Et trop de gosses à la maison à nourrir... Une véritable diarrhée qu'elle a eue, notre vieille...

Il a de nouveau utilisé son mouchoir. Il a parlé du ramadan qui commençait dans deux jours. Il a dit qu'il fallait prier, être bien avec Dieu. Que, d'ailleurs, il cotiserait pour la construction d'une mosquée dans son quartier. Il est revenu sur le sujet de la fille.

— Alors, je lui ai demandé : pourquoi ? Pourquoi fais-tu ce que tu fais ? Elle m'a répondu... Et puis, elle était si désabusée, la petite... La première fois, tu te dis que c'est impossible, pas moi, jamais... Et puis, tu as un estomac... Et puis, tu es dehors... Alors, tu faiblis et tu essayes de te convaincre : juste une fois, que je mange, parce que tu ne peux plus supporter cette faim qui dure, et puis, je chercherai autre chose, un travail... Quand c'est passé, tu as tellement honte, tu te jures que tu ne recommenceras plus. Tu le cherches, ce boulot... Mais tu n'as pas de compétences, pas de diplômes à part femme au foyer avant que ton mari ne te chasse... et que tes parents refusent de te reprendre...

Il dodelinait de la tête, sa voix prenant par moments

un timbre plus aigu, féminin, par imitation inconsciente peut-être :

— Même femme de ménage, tu ne peux pas. Les épouses se méfient de toi, tu es trop jeune... Et puis la faim revient, très vite, parce que tu as le malheur de te promener avec ce fameux estomac collé à toi... Et puis, pas de veine, tu as la solution devant ta gueule... Qu'est-ce que tu aurais fait, toi, l'ingénieur ?

Hassan s'est perdu dans ses réflexions. De temps à autre, lui venait un mouvement d'ivrogne, comme une envie de vomir. L'infirmier a raconté ensuite qu'il avait voulu passer la nuit avec elle, mais que la patronne avait refusé.

— Une année déjà... tout ça...

Chaïbane s'est demandé s'il mentait. Hassan a exigé une cigarette. Il s'est escrimé avec la boîte d'allumettes. Il a soufflé la fumée par les narines.

— La patronne m'a foutu dehors... Je suis revenu quatre jours après. Je travaillais, je ne pouvais pas me libérer plus tôt. Ce n'est pas ma faute...

Il a toisé méchamment Chaïbane.

— Tu penses que c'est des histoires de poivrot, avoue ?

L'ingénieur a eu peur d'une rixe, mais l'infirmier a recommencé à se lamenter.

— Quand je suis revenu dans le quartier, je ne me souvenais plus de la maison, ni de la fille... c'est-à-dire... je n'ai pas retrouvé la fille... Son portrait, si, je l'avais dans ma tête, tu penses bien, comme une carte d'identité... Mais aucune putain n'a pu me renseigner. Elles m'ont assuré que j'avais inventé... qu'il n'y avait pas de fille aussi belle que ça dans tout le bordel de Constantine... que j'avais des hallucinations... que je devais me soigner...

Il a montré le Thermos.

— Je me suis pointé un autre jour, mais soûl. Je me suis figuré que, si je me mettais dans le même état que la toute première fois, peut-être que je la reconnaîtrais. Ça n'a rien donné... Une bonne année que ça dure, que j'essaie chaque fois...

Il a regardé dans le vide, l'œil fixe :

— Je n'aurais pas dû la lâcher la première fois, vois-tu... C'est ma faute, je te dis...

Chaïbane a écouté, troublé par le bouillonnement qui perçait à travers la façade minable de cet employé d'un petit truc de province. Il a songé, interloqué, que cet homme soûl, affalé sur le siège, et le fou aux bouteilles d'urine avaient plus de consistance que lui.

— Qu'est-ce que tu attends pour rire, l'ingénieur ? C'est comique, ce que je te raconte, non ?

L'homme a ajouté avec la même inflexion de dérision, comme s'il prenait son interlocuteur à témoin d'une bonne farce :

— Entre-temps, je me suis marié. Une fille de famille, une vraie... Elle est déjà enceinte, la petite...

Il a ouvert la vitre pour jeter son mégot. La face légèrement dissymétrique était macabre.

— Pour ce que ça a servi, ce mariage... Pendant un mois, je me suis senti respectable. Je fréquentais des gens respectables, j'envisageais un avenir respectable. Un mois seulement... L'ennui a pris la relève... En réalité, l'ennui et la respectabilité, c'était la même chose, mais, brusquement, ça m'a pesé sur la poitrine comme une masse de fonte sur les poumons...

Il a paru presque dégrisé.

— Tu vois, Chaïbane, cette fille du boxon, si je la retrouvais, je crois que je serais déçu... Je ne l'aimerais pas... parce que ça ne se fait pas... Mais c'est de ne pas en être sûr. Les regrets, ça n'a aucune utilité... Mais tu ne peux pas les empêcher d'exister... et salement parfois...

Irrité, l'ingénieur a jeté dans un souffle :

— Alors, tu ne l'aimes pas, cette fille ?

L'infirmier s'est emporté, comme si lui-même s'était déjà heurté à la pointe de cette question :

— Si, je l'aime... Mais ce n'est pas comme ça qu'on doit aimer ! Bon Dieu, est-ce qu'on est là uniquement pour ne pas savoir, pour ressasser les choses qui auraient dû être ?

Il a roté.

— C'est comme un chien fidèle, les regrets, l'ingénieur. Tu as beau donner des coups de pied, ça te suit quand même.

Il y a eu un instant de répit, où on n'entendait plus que le souffle bruyant de l'infirmier, à la limite du ronflement. Hassan a voulu prendre le volant. Chaïbane s'y est opposé, lui faisant remarquer qu'il était trop ivre pour ça. L'effet sur l'infirmier a été désastreux.

Le ton est monté, sont venues les insultes. Chaïbane n'a pas voulu bouger du siège du chauffeur. L'infirmier est sorti de la voiture, a ouvert la portière du côté de Chaïbane. Il a dit calmement :

— Merde à toi, à ta mère et à tous tes morts !

Et il a donné un coup de poing sur le visage de l'ingénieur. Pour se défendre, Chaïbane, les yeux fermés, a poussé l'infirmier. Celui-ci a perdu l'équilibre. Dans le mouvement qu'il a eu pour se ressaisir, il s'est affalé sur la chaussée, la tête en avant.

Saisi d'une jubilation qui l'a aussitôt affolé, Chaïbane n'a fait aucun geste pour le secourir. Il est resté sur son siège à contempler le corps étendu. La lumière du réverbère éclairait la scène et lui donnait une apparence irréelle, hors du temps.

Le corps a bougé. Hassan s'est remis avec difficulté sur ses pieds. Du sang coulait de son nez. Il n'a pas eu un regard pour l'ingénieur. Il a ouvert sa braguette, en a extrait son sexe, le tenant braqué vers le haut. Un jet d'urine a jailli, traçant une courbe pour aller s'écraser un peu plus loin.

Il a hurlé, comme une plainte :

— Je te pisse dessus, mon Dieu... si c'est pour ça que Tu nous as créés... pour qu'on soit aussi malheureux...

Partie Cinq

Juin 1987, nord-est de l'Algérie

— Je t'aime.

Je me suis réveillé, affolé, parce que c'était sa voix à elle qui venait de me souffler : je t'aime. Et, en même temps, j'ai réalisé avec une espèce d'ivresse sèche que j'avais contrefait sa voix dans mon rêve. La tête soulevée de l'oreiller, un léger tremblement m'a saisi à la lèvre. Dans le noir de la chambre d'hôtel, j'ai compris — et j'ai repoussé en vain cette compréhension nette comme un rasoir — que même dans mon sommeil, même en usant de subterfuges, je ne croyais plus que je la reverrais.

De découvrir cela, avec, surtout, cette précision, je me suis rendormi, d'un coup, comme si un mur m'était tombé dessus. Au petit matin, une douleur au bas-ventre m'a, encore une fois, réveillé. Je bandais. J'ai eu horreur de cette érection parce qu'il m'a semblé qu'associer ainsi Nawal et ce membre gonflé dans ma main, c'était un peu abuser d'elle. Et c'est justement à cause de cette horreur qui me donnait malgré tout une certaine prise sur une image de plus en plus brouillée de Nawal que je me suis caressé. Comme une vengeance dérisoire, me faisant clamer : je prendrai plaisir de toi, alors même que tu ne le voudrais pas !

Quand le liquide poisseux a jailli, j'ai disposé mon autre main de manière à protéger les draps. Mais au lieu d'éprouver la jouissance misérable de la masturbation, mon attention, brusquement et du fond de tout mon corps, a été accaparée par un souvenir. « Sidérée » serait plus exact, comme on le dit de l'oiseau sidéré par le serpent. Sa joue. Ou plutôt comment, sous le coup d'une émotion, le mat de sa peau rougissait, lentement, rapidement — mon souvenir était incapable de choisir entre les deux termes —, passant du brun à une couleur rosée pareille à un parfum rare.

Malgré l'écoulement de la semence, je n'ai pas joui. L'intrusion de cette rougeur, de ce détail fragile, m'a frappé comme un coup de poing. C'était l'aube et je me suis rendu compte que j'avais rompu, par conséquent, le premier jour de jeûne du ramadan.

Je n'ai pas pris ma décision tout de suite. J'ai laissé passer plusieurs jours. J'ai fini par être reçu par le directeur de l'entreprise. Il venait de revenir de mission et, à en juger par son air frais et dispos, il n'avait pas dû beaucoup se fatiguer. Il a accepté de me recevoir sans faire beaucoup de difficulté. J'ai attendu juste les quarante minutes allant de soi pour que je n'oublie pas qu'il était le directeur général. Gêné par une cravate que, décemment, il ne pouvait desserrer devant moi, il m'a écouté sans intérêt excessif. Je ne sais pas comment il s'y est pris, mais la conversation a porté, au bout de quelques phrases, sur l'Allemagne, sur son efficacité, son organisation, et que « si nous, les Algériens, abandonnions notre fainéantise et travaillions autant... »

Il a parlé longtemps, appréciant visiblement mon attitude respectueuse et attentive. À la fin de l'audience, alors que je n'avais proféré que quelques onomatopées d'approbation, il m'a annoncé que j'étais engagé à partir de la semaine suivante. Il m'a tendu, avec la mimique du général condescendant à s'adresser à un simple soldat, un papier que je devais remettre au chef du personnel. Je l'ai remercié avec insistance. J'ai refermé soigneusement la porte. Je suis sorti du bâtiment. J'étais heureux. Parce que, maintenant, je pouvais décider, en toute connaissance, du prix à payer.

Alors, j'ai plié le mot du directeur trois ou quatre fois — je ne suis plus sûr du chiffre —, je l'ai déchiré et j'ai jeté les morceaux dans une poubelle attachée au mur de l'établissement.

J'ai pris le chemin de l'hôtel. J'ai fait le trajet sans réfléchir. J'ai traversé les arcades au-dessous desquelles s'était réfugié l'aveugle psalmodieur du Coran. L'aveugle était assis sur une peau de mouton, un pied ramené sous ses cuisses, l'autre étendu devant lui. Parce que je marchais vite, je n'ai pas pu éviter le pied qui dépassait. L'homme a glapi de colère.

— Que Dieu te crève les deux yeux, espèce d'aveugle !

Réalisant l'incongruité de son imprécation, le

visage du mendiant a hésité entre le dépit et le sourire. Je me suis confondu en excuses. Il a bougonné :

— Si c'est à nous, les aveugles, de montrer leur chemin à ceux qui voient...

Je me suis écarté de quelques pas. J'avais hâte de me retrouver seul. Le mendiant a perdu son sourire :

— Pour la peine, tu pourrais en profiter pour faire l'aumône.

Je me suis enfermé dans ma chambre. Je n'ai pas pu tenir plus d'une heure. Je me suis précipité au dispensaire. J'ai attendu l'infirmier pendant presque tout l'après-midi. Je ne l'avais plus revu depuis notre altercation. Je l'avais raccompagné chez lui, le portant pratiquement sur mes épaules du rez-de-chaussée au quatrième étage de son immeuble. Je l'avais déposé comme un paquet sale devant son logis. J'ai tapé à la porte. Une voix apeurée a demandé qui j'étais. J'ai filé avant que la femme n'ouvre la porte.

Quand Hassan a passé le portail, je l'ai agrippé et, quasiment au milieu du trottoir, je lui ai tout raconté : Nawal, le voyage, l'Ouzbékistan et tout le reste. Il s'est efforcé de dissimuler son étonnement, ne m'interrompant que pour prendre sa boîte à chique et, se rappelant le ramadan, la remettre dans sa poche.

À la fin, il m'a questionné :

— Qu'est-ce que tu attends de moi ?

— Un peu d'argent... pour le billet...

— Et les devises ?

— J'ai à peu près trois cents dollars, ce qui me

reste de l'étranger. Ça me suffira pour manger là-bas. Il me manque seulement l'argent du billet.

Il n'a rien ajouté. Le lendemain, il m'a apporté la somme demandée. Il m'a expliqué, ironique, qu'il valait mieux prendre un billet « excursion », beaucoup moins cher, mais valable un mois seulement.

— Si tu ne restes qu'un mois là-bas, évidemment...

Au moment de le remercier, les mots m'ont manqué. Bêtement, j'ai murmuré :

— Dis, l'infirmier, veux-tu être mon ami ?

Je devais être cramoisi. Il a secoué les épaules avec lassitude. Il a ri subitement, tel un idiot.

— Arrête ton cirque, Chaïbane. Pense plutôt à me rendre rapidement mon argent.

Il s'est éloigné, puis il a fait demi-tour. Son pantalon faisait poche aux genoux. Il n'était pas très bien peigné. Il m'a regardé dans les yeux.

— Tu débloques complètement, toi.

Il a eu le même coup d'œil globuleux, vide, que quand je l'avais frappé. Sa voix a graillonné :

— Mais peut-être que, pour toi, il est encore temps de partir.

J'ai tendu la main. Il ne l'a pas serrée. Il m'a embrassé.

« Damas la Grande, Damas la Sacrée... » J'avais lu vaguement que Damas était une grande oasis ceinturée de vergers. D'en avoir la confirmation du hublot de l'avion m'a fait frissonner d'anxiété.

Tout allait donc se jouer pour moi dans cette ville

prisonnière du désert. Où j'allais, en quelque sorte, être moi-même prisonnier de mon coup de tête. J'ai savouré ce mélange de peur et de fierté qui ne me quittait plus depuis Alger, m'étouffant presque par intermittence. Savoir que j'étais en train de commettre la bêtise de ma vie et d'en être incroyablement heureux me maintenait dans un état étrange. Je me suis senti tel un plongeur qui a quitté son perchoir et n'a pas encore atteint la surface de l'eau.

Les formalités de douane se sont très vite passées. Je me suis présenté au guichet « Étrangers ». Le préposé aux passeports a relevé, mécontent :

— Effendi, vous n'êtes pas un étranger, que je sache. Vous êtes un Arabe. Tous les Arabes sont chez eux en Syrie. Allez plutôt au guichet « Nationaux ».

Je n'ai pas perdu de temps. Je suis descendu dans un hôtel proche de la place des Martyrs. J'ai demandé la chambre la moins chère. Avachi par la chaleur et le jeûne, le gérant s'est soulevé de son fauteuil et m'a tendu une clé, le ton un tantinet méprisant :

— Vous partagerez la chambre 17 avec un autre client. Ça vous va ?

J'ai décidé de ne rien faire jusqu'au lendemain. Mon énervement était tel que je n'ai pu me résoudre à visiter la ville. J'ai passé le reste de l'après-midi à une terrasse de café, près de la place où, quelques jours auparavant, comme j'allais l'apprendre le soir même, deux hommes avaient été publiquement pendus pour une histoire d'espionnage. Le mobilier de la terrasse, à l'image de la chaise sur laquelle j'étais assis, était assez rudimentaire, ce qui expliquait que le patron du café l'eût laissé à la disposition du public, malgré la fermeture diurne occasionnée par le jeûne.

Plusieurs sièges étaient occupés. Un vieillard habillé du pantalon bouffant traditionnel s'est essuyé le front avec un grand mouchoir à carreaux. Il a ensuite dit quelques mots à son compagnon. Le compagnon a gardé le silence et le vieux, du coup, s'est plongé dans une profonde rêverie. De temps à autre, il ressortait son mouchoir, l'enfournait sous sa chemise pour s'essuyer les aisselles. Un porteur pliant sous le poids d'un réfrigérateur chargé sur son dos s'est arrêté. La corde qui tirait l'appareil ménager était plaquée durement contre son front par l'intermédiaire d'une pièce de feutre. Maintenant en équilibre son fardeau sur une marche, le porteur a soufflé quelques minutes. Ses yeux pleins de chassie se fermaient parfois à cause des gouttes de transpiration. Il est reparti sans mot dire, tous muscles tendus. J'ai pensé : comme s'il n'avait jamais existé.

L'individu au mouchoir m'a demandé quelque chose. Je n'ai pas compris sa question car il s'était exprimé en dialecte syrien. J'ai donné à tout hasard l'heure. Il m'a dévisagé avec une pointe d'agacement, comme si je m'étais permis une inconvenance. Son visage a repris l'impassibilité du jeûneur qui attend, mi-apathique, mi-stoïque, qu'une longue journée d'été veuille bien s'achever.

Faute de pouvoir consommer un café ou un thé, j'ai entrepris de lire et de relire les quotidiens locaux que je venais d'acheter, mais mon esprit était entièrement occupé à supputer les chances que j'avais de retrouver Nawal. Je m'étais interdit de penser à ce que je lui dirais. Je n'en avais aucune idée, du reste.

D'après les rares conversations que j'avais eues avec elle à propos de sa famille, sa mère avait quitté le Liban et s'était rendue chez un parent à Yarmourk, un camp de réfugiés situé à la périphérie de Damas. Il était probable que Nawal l'y eût rejointe. Du moins, j'ai voulu, plus que tout, m'en convaincre.

J'ai tiré un paquet de cigarettes de ma poche et l'ai remis encore une fois à sa place. Pour faire passer ma contrariété, je me suis astreint à compter, parmi les passantes, celles qui ne s'étaient pas contentées du foulard autour de la tête et du voile en cuir sur le visage, mais y avaient ajouté d'affreux imperméables gris souris. Elles étaient en trop grand nombre pour que je pusse continuer mon jeu. J'ai songé méchamment que cela devait suer dur sous la robe. Et qu'elles le méritaient.

Des militaires en treillis tacheté déambulaient sans but apparent sur le trottoir longeant la terrasse. Je savais déjà que les Syriens les surnommaient les « Panthères roses » à cause de la couleur des taches de camouflage. D'autres soldats, souvent protégés par des sacs de sable ou des guérites, se tenaient en faction devant des bâtiments officiels. L'impression générale était déconcertante : la guerre était proche, à portée de vue, si on considérait la présence importante des uniformes, lointaine, guère plus qu'une cruelle frivolité, si on remarquait d'abord le rose et la nonchalance des soldats.

À un certain moment, un homme est venu s'asseoir à une table voisine. Quand il a tiré un journal de dessous sa chemise, j'ai entraperçu un revolver. Il a surpris ma réaction. Il m'a examiné, sans se presser, exagérant l'ostentation de sa curiosité, se moquant de moi. Il a paru sur le point de me demander mes papiers. Pas très fier, j'ai détourné les yeux.

Quand les lumières, une à une, ont scintillé sur le mont Quassioun surplombant le nord de Damas, l'appel à la prière a donné le signal de la rupture du jeûne. J'ai regagné mon hôtel et j'ai avalé rapidement une assiettée de pois chiches et de la soupe.

Dans le salon, des clients fumaient béatement des narguilés en regardant les informations à la télévision. Je me suis pris à murmurer : « Pourvu que... pourvu que... pourvu que... »

De crispation, j'ai demandé, moi aussi, un narguilé. J'ai aspiré trop fort et j'ai toussé à m'en arracher le gosier. Il y a eu des rires dans le salon. Je suis sorti, ridiculement hors de moi, en bousculant le serveur.

Tard dans la nuit, j'ai rêvé du cousin. Je me suis réveillé, le corps moite.

Le chauffeur de taxi m'a lancé un coup d'œil perplexe à travers le rétroviseur :

— Yarmourk... Mais où exactement, à Yarmourk ?

J'ai répondu, conscient déjà que ma réponse n'était pas très intelligente :

— Au camp de réfugiés, pardi !

Il a trouvé mon exclamation cocasse.

— Mais nous sommes déjà dans le camp, effendi. Tout ça...

Il a montré les maisons en parpaing qui s'étendaient à vue d'œil sur deux ou trois kilomètres de part et d'autre d'une rue centrale. Il a claqué dédaigneusement la langue :

— Tout ça, c'est le camp des Palestiniens. Où voulez-vous que je vous dépose ? Dépêchez-vous. Moi, je travaille, je dois retourner à Damas.

Il a tortillé sa moustache.

— Et puis je n'aime pas cet endroit.

J'ai répliqué, agressif :

— Pourquoi, vous n'aimez pas les Palestiniens ?

La chaleur lui faisait deux larges auréoles aux flancs de sa chemise. Il a nettoyé son tableau de bord avec un chiffon sans daigner tourner son visage vers moi.

— Ils n'avaient qu'à pas venir chez nous. Maintenant, eux, ils s'installent, et nous, on est obligés de faire la guerre à leur place.

J'ai grogné :

— Bon, ça va. Je descends ici.

Devant cet amas de bâtisses mal dégrossies, dont certaines atteignaient les deux ou trois étages, et ces ruelles désertées pour cause de ramadan, mon euphorie est retombée comme un linge mouillé. Le camp pouvait abriter facilement dix à vingt mille habitants. L'imbécile que j'étais se proposait, purement et simplement, d'y dénicher une jeune fille dont il ne connaissait, en définitive, que le nom et le prénom et le fait qu'elle avait suivi des études médicales à Moscou.

J'ai erré une heure avant d'oser demander des renseignements sur une base aussi dérisoire. Il faisait chaud, les boutiques étaient fermées. De rares passants traversaient la chaussée, marchant vite pour se mettre à l'ombre. Ici et là, des murs étaient couverts de slogans. Sur des faire-part de décès en forme d'affichettes, des jeunes gens à la moustache naissante contemplaient la rue avec le sourire de convention qu'on adopte instinctivement devant un appareil photo. Les textes ne différaient guère les uns des autres : « Mort en martyr », « Tué dans une opération de la Résistance », « Mort pour la Palestine »...

Une devanture de magasin était barrée par une inscription à la peinture : « ... est un assassin ». Le début de la phrase avait été rendu illisible par une couche de goudron. Une publicité pour une marque de pyjamas venait s'y superposer, donnant à l'ensemble un effet burlesque inattendu : le personnage rondelet habillé du pyjama censé garantir des nuits confortables devenait un assassin.

Le soleil était déjà haut dans le ciel. Un petit vent sournois s'est levé. La poussière a transformé la sueur qui coulait sur mon visage en rigoles de sirop sale. Lentement, a commencé à sourdre en moi la peur d'être venu pour rien.

Dans une encoignure, un garçon — onze, douze ans — grattait consciencieusement le plâtre d'un muret avec un clou. Je me suis approché sans faire de bruit. La langue sur la lèvre inférieure, il achevait de sculpter la dernière lettre d'une phrase obscène. Il a entrepris ensuite de dessiner une silhouette dans une attitude scabreuse, s'y reprenant plusieurs fois.

Amusé, je me suis raclé la gorge. Il a sursauté, a lâché son clou et pris ses jambes à son cou. Il s'est arrêté lorsqu'il a estimé être hors de portée et m'a gratifié d'un bras d'honneur.

J'ai crié :

— Eh, qu'est-ce qui te prend ? Je ne t'ai rien fait, moi !

Il avait une voix fluette qui portait loin :

— Que Dieu ruine ta maison ! Pourquoi t'approches-tu des gens comme un voleur ?

Il a craché sur le sol.

— Je ne t'ai jamais vu ici. Tu es un policier, c'est ça ?

J'ai fait semblant de rire.

— N'aie pas peur. Je ne suis pas d'ici, c'est vrai.

Il a hésité, méfiant. Il a fini par se résoudre à m'attendre. Il était très brun, presque noir. Il ne s'était certainement pas lavé depuis un certain temps. J'ai tendu ma main, il l'a acceptée en rechignant.

Je lui ai expliqué que je cherchais quelqu'un. J'ai décrit Nawal. Avec une lueur de défi dans le regard, il m'a interrompu :

— Tu es juif ?

J'ai tressailli :

— Pourquoi me dis-tu ça ?

— Tu t'exprimes mal en arabe. Pour un Arabe, ce n'est pas normal.

Son assurance m'a désarçonné. J'ai bredouillé que l'arabe dialectal que nous utilisions en Algérie différait de celui d'ici et que je ne maîtrisais pas bien l'arabe classique.

— Comme toi d'ailleurs, ai-je ajouté, dérisoirement vindicatif.

— Ouais... Montre-moi ton passeport.

Le culot du galopin m'a irrité. Je lui ai mis sous le nez le document vert frappé de l'étoile et du croissant. Il a à peu près accepté de convenir que je n'étais peut-être pas un espion.

— Bon, bon. Pour la personne que tu cherches, je ne peux rien t'apprendre personnellement. Mais je connais quelqu'un qui sait tout sur ce qui se passe dans ces parages.

Je l'ai suivi. Nous sommes passés devant une cour de mosquée où une dizaine de gamins reprenaient à tue-tête chaque envolée coranique du cheikh. Un arbre au milieu de la cour nous cachait le visage du cheikh. Mon « guide » a paru soudain très pressé. Il a jeté un regard inquiet vers la cour.

— Eh, ne traîne pas comme ça, voyons !

J'ai répliqué le plus mielleusement possible :

— Tu n'aurais pas peur du cheikh, par hasard ?

Le petit gars n'a plus eu que son âge. C'était à son tour d'être embarrassé :

— Euh... Ma mère, toute l'année à l'école, ça ne lui suffit pas. Elle veut en plus que j'aille à l'école coranique pendant les vacances...

La personne en question, un vieillard allongé sur un lit de camp au fond d'une des rares boutiques ouvertes, ne put me donner une quelconque indication. Encore endormi, il s'est levé en titubant, contournant de justesse un cageot de légumes. Il a répété, désolé :

— Vraiment, je ne vois pas de qui il s'agit.

Il a interpellé quelques personnes qui passaient. Ils ont discuté avec animation, chaque nouveau venu m'interrogeant avec la même curiosité. Quelqu'un a fini par suggérer :

— Pourquoi n'iriez-vous pas chercher du côté du Croissant rouge ? Il y a un petit centre dans le camp. Si elle est médecin, il y a des chances qu'ils soient au courant là-bas.

Un homme, la trentaine, qui venait de se joindre à notre groupe, est intervenu, courroucé :

— Vous dites n'importe quoi à n'importe qui !

Il y a eu un brusque silence. Son regard a fait le tour de l'assemblée, en évitant soigneusement ma direction.

— Tous les ennuis qu'on a, vous n'en avez pas votre content, hein ? On vous demanderait l'adresse de vos femmes que vous la donneriez. Qui c'est, d'abord, ce type ?

J'ai senti comme une transmutation de l'atmosphère. J'ai lu clairement dans les yeux de mes interlocuteurs que chacun se disait : « Ah, mais oui... » et se reprochait sa précédente amabilité. L'homme au ton impérieux m'a fixé, narquois à présent :

— Et cette je ne sais qui, elle n'a pas de parents pour que vous la cherchiez comme une fille perdue ?

Quelqu'un a murmuré, approbatif :

— C'est vrai, ça. Ça a des parents, une fille.

J'ai mis mes mains dans mes poches pour qu'on ne les voie pas trembler de colère. L'enfant m'a tiré par la manche.

— Viens, on va au Croissant rouge.

Son attitude était nettement moins enthousiaste. Je lui ai emboîté le pas. Quand je me suis retourné, le petit groupe m'examinait toujours, avec, cette fois, une hostilité presque palpable.

Je fus reçu dans le couloir d'entrée par un médecin plutôt grognon qui ne saisit pas tout de suite ce que je voulais. Les volets étaient tirés à cause de la chaleur. J'ai reniflé une odeur passablement écœurante d'humidité et de médicaments.

— Et vous affirmez que cette personne a fait sa médecine à Moscou, c'est ça ?

— Euh, oui.

Il a joué nerveusement avec le stylo qu'il tenait à la main. Le visage moustachu était hâve de fatigue, vaguement triste.

— Vous êtes parent avec elle ?

— Non.

— Alors, pourquoi pensez-vous que je vous donnerais la réponse si je l'avais ? À quel titre ?

Je suis resté sans voix pendant quelques secondes. J'ai eu la sensation qu'on avait vidé sur ma tête un seau de salissures. Et que je devais puer.

J'ai commencé une explication confuse : que je venais d'Algérie, que je venais aussi d'URSS, mais d'abord de l'un, ensuite de l'autre, que je voulais transmettre un message à la jeune fille, que c'était important...

Je me suis arrêté, conscient de l'effet déplorable de mon entrée en matière. L'homme n'a pas eu un geste. Il n'était guère plus âgé que moi, plus sec seulement. Les tendons reliant le menton à la naissance de la gorge traçaient deux lignes noueuses sur son cou. Il a eu un clappement de langue désagréable.

— Non, je ne sais rien.

Je n'ai pas pu m'empêcher de le supplier :

— Je vous en prie, je viens de si loin...

Il m'a poussé vers l'extérieur, doucement, du plat de la paume.

— Je vous ai dit que je ne savais rien.

Il boitait. D'impuissance, une injure lâche et muette est montée du fond de moi-même : « Bien fait pour toi, estropié ! »

Il a refermé la porte sur moi. Sous l'effet de la lumière, j'ai cligné les yeux. Dix mètres plus loin, face à un mur, se tenait mon gamin. J'ai deviné qu'il pissait. Quand je l'ai rejoint, il s'est arrêté, mais sans s'écarter du mur.

— Pourquoi restes-tu planté là ?

— Je n'ai pas fini.

— Bon, alors continue.

Il a protesté, penaud :

— Je ne peux pas pisser quand on me regarde.

J'ai détourné la tête. Il s'est remis à son occupation.

— Tu as appris quelque chose ?

J'ai soupiré :

— Tu parles ! Tout le monde se méfie.

L'enfant a commenté, l'air de rien, tout en ajustant son pantalon :

— C'est peut-être vrai, au fond...

— Quoi ?

Guilleret, il a contemplé la petite mare à ses pieds que la poussière aspirait prestement.

— Que tu es un mouchard...

Je n'ai pas eu plus de chance, l'après-midi. Plus que la défiance, c'était souvent la simple ignorance, réelle ou simulée, qui m'était opposée.

Hamdi, l'enfant, en a eu rapidement assez. J'ai continué, seul, presque par acquit de conscience. Je suis retourné à Damas, dans un état de découragement avancé. J'ai attendu la rupture du jeûne dans la grande mosquée des Omeyyades, la tête vide, évitant de me poser des questions sur la suite de mon voyage, attentif uniquement à la fraîcheur et au calme de l'immense salle de prière.

J'ai mangé dans une gargote du souk d'El Hamidieh jouxtant la mosquée. Une quinzaine de personnes, silhouettes exténuées d'ouvriers ou de vendeurs ambulants, étaient assises devant des tables couvertes de toile cirée un peu passée, à la surface huileuse quand on y passait le doigt. L'atmosphère n'était pas très gaie, chacun ressentant comme une brimade le fait d'être éloigné de sa famille et de rompre le jeûne en pareille compagnie.

Le kebbé, un mélange de viande hachée et de blé concassé, était trop épicé. Je me suis contenté du yoghourt et d'un peu de thé. Ceux qui avaient terminé avaient déplacé leur chaise de manière à regarder la télévision. Un speaker faisait l'éloge de quelqu'un : le Guide, le Commandeur, le Père... J'ai saisi très vite qu'il s'agissait du président syrien. Au bout d'une dizaine de minutes, un client a proposé timidement de mettre le poste sur la chaîne jordanienne :

— C'est-à-dire... Ça va être l'heure des informations.

Traînant le pas de manière exagérée, le patron de la gargote a fini par se ranger à l'avis du client. Il tenait visiblement à ce qu'il soit établi pour tous les présents que ce n'était pas lui qui avait souhaité interrompre une émission sur le Chef de l'État.

Ça n'a pas changé grand-chose : un présentateur, étonnamment semblable au premier, moustaches et costume compris, encensait de son côté le Roi de Jordanie. La ressemblance dans le dithyrambe était si comique que j'ai souri. Le tenancier a cru que je désirais commander autre chose. J'ai bredouillé :

— Des fruits, si vous en avez.

Nous avons eu droit ensuite à l'actualité régionale, débutant par les images habituelles des combats au Liban. Le commentateur, s'exprimant en termes vagues, a indiqué que la situation des assiégés des camps palestiniens empirait et que la famine et la soif faisaient leur apparition.

Quelqu'un, qui grignotait laborieusement un oignon, a dit :

— Je suis curieux de savoir si, dans ces conditions, les Palestiniens font le ramadan ou pas.

Le client assis en face de lui a maugréé, de mauvaise humeur :

— Ils crèvent de faim, ces pauvres gens, et vous, vous vous souciez de leur ramadan...

Le premier client, sûr de son bon droit, s'est rebiffé. Il a élevé la voix, cherchant un public :

— Ce n'est pas parce qu'on ne mange pas suffisamment qu'on se doit de marcher sur la religion de ses ancêtres et ses préceptes !

Son vis-à-vis a haussé les épaules. Écartant l'oignon de sa bouche, le premier a essayé de marquer son avantage :

— Si vous voulez mon avis, c'est à cause de ça qu'ils se trouvent dans un tel pétrin aujourd'hui.

Le patron a coupé court à la discussion, aboyant presque, avec, dans la voix, un mélange de hargne et d'inquiétude :

— Ça suffit, les hommes ! Chez moi, on ne parle pas de politique et de ces cochonneries-là !

Il s'est épongé le front avec la serviette qui lui avait servi à essuyer des fourchettes. Son ton s'est fait conciliant :

— Tout ça, c'est un peu trop difficile pour nous, vous ne trouvez pas ? Alors, calmons-nous, ça vaut mieux pour tous.

La journée du lendemain ne s'est pas engagée sous de meilleurs augures. À la fin de la matinée, après trois bonnes heures de déambulations infructueuses, j'avais pris en horreur le camp et ses maudits habitants. Je me suis assis sur un rebord de mur, près d'une boulangerie. Une certaine animation, insolente par cette chaleur, régnait à l'entrée de l'échoppe.

Le crâne battant douloureusement sous un début d'insolation, j'ai observé les allées et venues joyeuses des enfants ressortant à tour de rôle avec une pile de galettes de ce pain très fin appelé pain tablier, cuit ici contre les parois des fours en terre. Avec des criaillements d'oiseaux, ils déposaient leurs galettes brûlantes à même le trottoir, le temps qu'elles refroidissent.

Le peu d'espoir que je conservais pourrissait doucement sous la chaleur. J'étais sûr que, si un chien m'avait reniflé, il aurait été rebuté par cette odeur de découragement et de sueur qui s'exhalait de moi.

Une espèce de fureur m'a secoué. Je me suis levé. Lentement, puis presque au pas de course, je me suis dirigé vers le Croissant rouge. Puisque cet imbécile d'éclopé savait — de ça, je m'en convainquais à mesure que je me rapprochais de l'antenne médicale —, alors il allait me révéler où elle habitait. De gré. Ou de force. Oui, de force si cela se révélait indispensable.

Un infirmier m'a fait pénétrer dans une pièce. Le bureau du docteur, m'a-t-il dit. Les volets étaient fermés. Je me suis morfondu pendant un quart d'heure dans la pénombre.

Un homme est entré. Il boitait.

— Bonjour... Ah, c'est vous !

Il a eu un ricanement.

— J'étais sûr que vous reviendriez.

Toute ma réserve de colère avait disparu. Je n'étais plus que malaise, épuisé de fournir à nouveau une explication.

Le bonhomme sec a plissé les yeux :

— C'est toujours pour la jeune fille que vous venez ?

— Oui.

— Pourquoi estimez-vous que j'ai changé d'avis ?

— Je n'estime rien. Ça dépend de vous.

J'ai tiré la photographie de mon portefeuille. Je la lui ai tendue. Il ne l'a pas prise.

— Savez-vous que j'ai beaucoup de travail ?

— J'imagine.

Ma réplique a été trop sèche. Ou trop ironique. Il a accentué le plissement de ses yeux, méprisant :

— Non, vous n'imaginez pas.

D'un placard, il a extrait une blouse blanche et me l'a jetée, comme on balance une épluchure.

— Suivez-moi.

Le dispensaire était encore plus petit que ne le suggérait son aspect extérieur. À l'étage supérieur, le seul, nous avons traversé une salle où étaient alignés des lits, la plupart occupés. Le docteur a ouvert une pièce, un réduit plutôt. L'odeur, forte, était identique à celle d'un W.-C. où la chasse d'eau n'aurait pas été tirée.

Il a écarté les rideaux, sans faire de bruit. Malgré mon dégoût, j'ai obtempéré à son geste d'entrer. Il a murmuré, rogue :

— Regardez comme elle est jolie.

Je me suis penché vers la forme blanche. La fillette était étonnamment belle, brune, avec des bouclettes et les cils longs d'une poupée de dessin animé. La tête, grosse comme un poing, dormait.

J'ai à peine entendu le chuchotis :

— Elle a dans les cinq ans.

Je me suis relevé, crispé :

— Mais pourquoi cela sent-il aussi mauvais ici ?

Le docteur a relevé le drap. J'ai failli l'en empêcher. Le petit corps était nu à partir du ventre.

— N'ayez crainte, elle ne va pas se réveiller. Elle est sous sédatifs.

Je me suis reculé car la puanteur était encore plus forte. Mon mouvement n'a pas échappé à mon compagnon. Il a désigné un tube qui sortait du bas-ventre de la malade.

— Vous voyez, elle a déjà une vessie artificielle. Mais l'anus, lui, ne fonctionne plus du tout. Alors, elle fait sur elle-même.

Il a remis le drap à sa place.

— Vous comprenez pourquoi elle est là, dans ce débarras. Les autres patients ne pouvaient plus supporter son odeur.

Encore une fois, une grimace fatiguée a barré son visage :

— Elle, quand elle se réveille, elle pleure. Elle a honte d'être aussi sale. Nous la nettoyons régulièrement, mais ça ne suffit pas.

Il m'a pris par l'épaule. Il m'a lâché avec brusquerie quand il s'est aperçu de la complicité que traduisait le geste.

— Parce que, voyez-vous, même à cet âge, une petite fille, c'est coquet et ça sait si elle est belle ou pas. Alors, un tel gâchis...

J'avais oublié l'odeur. Le docteur a arrangé les rideaux.

— Comment est-ce arrivé ?

— Une connerie de balle perdue à Beyrouth pendant un assaut contre Chatila. Par rapport aux autres, elle a eu de la chance : elle a été évacuée. La Croix-Rouge l'a refilée aux hôpitaux de Damas. Et ceux-là nous l'ont repassée. Logique, puisqu'elle est palestinienne.

Il a soupiré.

— L'ennui, c'est que nous n'avons pas les moyens de la garder.

Il a refermé la porte. Je le précédais. Il m'a lancé, sarcastique :

— Reconnaissez qu'elle est dix fois plus mignonne que votre Nawal. Vous la prenez ? Ça vous ferait à la longue une belle épouse.

Je suis demeuré bouche cousue. J'ai noté, bien sûr, l'utilisation du prénom. Dans le bureau, il a extrait d'un tiroir un Thermos et des tasses. L'homme, derrière son bureau, m'a montré la tasse de café. J'ai dissimulé mon étonnement. Il a dit :

— Vous croyez en Dieu ?

— Vous pensez qu'il est nécessaire de croire ou de ne pas croire en Dieu pour boire une tasse de café ?

Il a ri. J'ai dit à mon tour :

— Et vous ?

— À force de pratiquer ce putain de métier, on découvre tôt ou tard qu'il n'y a qu'un unique, un vrai Dieu. En fait, Dieu est une femme : Grand-Mère la Mort. En tout cas, c'est la seule qui dispose d'arguments non négligeables.

Parce que je voulais être dans ses bonnes grâces, j'ai pris une tasse de café. J'avais encore le cœur sur les lèvres à cause de la petite malade. Nous avons siroté en silence le liquide pâteux et amer. Il a eu une expression rusée :

— Pourrais-je avoir la photographie ?

L'expression s'est maintenue sur sa bouche tandis qu'il examinait la photographie.

— Ainsi, vous avez fait plusieurs milliers de kilomètres pour une simple histoire de cul.

Cela avait été énoncé sur le ton de la constatation anodine. J'ai sursauté, plus choqué qu'insulté :

— Je ne vous permets pas...

Il m'a fixé avec les mêmes yeux froids, moqueurs :

— Vous avez d'autres motivations ?

Je me suis dirigé vers la porte. J'ai eu un début de vertige en franchissant le seuil. Une dizaine de pas plus loin, je me suis arrêté pour souffler : quelque chose m'étouffait.

Un scarabée est passé à deux ou trois centimètres d'une de mes chaussures. Il s'échinait à traîner une boulette de bouse plus grosse que lui. Une interrogation m'a traversé l'esprit, burlesque : les insectes s'épuisent-ils, eux aussi, à poursuivre un but qu'ils ne peuvent atteindre ? Le scarabée, à cet instant, m'a semblé la chose la plus importante de ma vie. J'ai décidé que, quand il dépasserait l'autre chaussure, il ne me resterait plus qu'à partir...

La voix du médecin a retenti quasiment à mon oreille. Il y avait un noyau d'irritation dans sa question :

— Vous l'aimez... vraiment ?

Alors, à cet homme qui m'avait tourné en dérision, qui venait de railler ce que j'avais de plus cher, j'ai donné la réponse la plus sincère, la plus exacte, qu'à moi-même je n'avais pas encore osé fournir :

— Oui. Et ce n'est pas bon. Ça fait comme un trou, une escarre dans l'âme. Le pire, c'est que j'ignore pourquoi je suis là.

J'ai attendu qu'il me brocarde. Il était surpris, sur le point d'émettre une protestation. Ses lèvres ont esquissé une moue. Le scarabée avait largement dépassé le seuil que je lui avais fixé. L'homme a finalement dit :

— Vous avez bien de la chance de pouvoir vous occuper de ces choses-là.

Son ton était tranquillement envieux. Sa main droite tenait un collier dont il égrenait les grains d'ambre. J'ai persiflé :

— Vous avez fini de faire le comique avec votre chapelet ? On va croire que vous êtes un pilier de mosquée.

Il a réagi, amusé :

— Non. C'est pour mieux me muscler le bout des doigts, mon ami...

— Alors, vous allez souhaiter avoir bonne conscience...

De sa démarche chaloupée, il s'est dirigé vers la cuvette de zinc. Un peu exaspéré malgré l'habitude que je commençais à avoir de ses revirements, je lui ai fait observer que je n'avais pas compris sa remarque.

— Mais si. Comme tous ceux qui viennent chez

nous, vous allez vous sentir obligé de me dire : racontez-moi votre vie.

J'ai haussé les épaules. Docile, j'ai répété :

— Racontez-moi votre vie.

Il m'a ignoré. Il a lavé les deux assiettes avec de l'eau tirée d'un bidon. Nous venions juste d'avaler chacun une omelette. Au dispensaire, Akram m'avait écrit l'adresse sur un bout de papier. Il m'avait demandé si je m'y rendrais tout de suite. Je lui avais rétorqué que non, que je ne m'y attendais pas, que je devais m'y préparer, que j'irais sûrement le lendemain. « Venez chez moi, avait-il insisté. Ce n'est pas trop loin. Nous grignoterons quelque chose. Nous parlerons si ça vous chante. » Son sourire en coin avait fait que je n'avais pas pu me dérober.

J'ai pris une cigarette, y ai renoncé parce qu'il n'y avait pas de cendrier. La cuisine était peinte à la chaux, en bleu, avec des bandes marron au plafond simulant des bûches. L'autre pièce servait de salon et de chambre à coucher.

Tout en essuyant les couverts, Akram m'a expliqué que la maison appartenait à un riche Palestinien, un dirigeant de la Résistance, qui leur avait loué le rez-de-chaussée à prix d'or et qui, lui, vivait en ville. Il a ricané :

— Nous aussi, nous avons nos vrais patriotes.

Avant de préparer les omelettes, il avait soigneusement fermé les fenêtres. Il les a rouvertes. Il n'y a plus d'odeur, a-t-il précisé. Cela pouvait déplaire aux voisins en période de ramadan. Lui n'y accordait pas d'importance, mais son père aurait été horrifié d'apprendre que son fils ne jeûnait pas.

— Ils doivent s'en douter cependant. Tout se sait dans le camp...

Il m'a montré le balcon de la bâtisse d'en face. Une rangée de vêtements y était suspendue.

— Regardez le grand caleçon à pois rouges et bleus, à droite. La mère, ainsi que ses enfants, est maigre. Donc ça ne leur appartient pas. Le père, par contre, le seul qui ait le gabarit adéquat, est un vénérable imam. Par conséquent, nous en déduisons que l'un des imams du camp met des dessous plutôt bizarres. Ça ne vous fait pas rire ?

Il avait retrouvé cet accent de clownerie raide qui m'avait porté sur les nerfs au dispensaire.

— ... Là, ces lanières de tissu qui sèchent, ça indique que la jeune fille de la famille a eu ses premières règles. La mère, elle, utilise de plus grandes bandes...

Je l'ai interrompu :

— Pourquoi m'entretenez-vous de ça ?

Le médecin s'est composé un masque de fausse naïveté :

— Vous ne me demandiez pas de vous raconter ma vie ? C'est ça notre vie : le camp, sa crasse, sa pauvreté. Quand quelqu'un pète dans le camp, on est obligé de se boucher le nez, tellement on est les uns sur les autres. Ajoutez-y les mouchards, la peur, la surveillance...

Il était hilare. Et c'était de la colère finement appliquée sur de l'hilarité :

— ... À croire que le Bon Dieu, il a voulu fignoler particulièrement notre bonheur, à nous les Arabes, en créant, dans l'ordre : le Prophète, l'armée et les services de renseignements !

Il a nettoyé la table des débris de nourriture. J'ai dit :

— Vous êtes toujours comme ça, toujours furieux ?

Il a rangé le chiffon. Il a tiré une chaise, s'est assis pesamment. Il a massé le pied qui boitait. Il a ronronné, doucement méchant :

— Vous pensez aimer une Palestinienne sans vous salir un petit peu ? La mouise, à fréquenter, c'est contagieux.

À l'évocation de Nawal, quelque chose — peut-être ce qu'on nomme facilement le cœur... — a trébuché dans ma cage thoracique. À voir ainsi associées la jeune fille et l'idée de malheur, à entendre exposé, explicitement, en fait allant de soi, ce que je me taisais le plus soigneusement, un mélange d'effroi superstitieux et de rancune a explosé en moi. J'ai crié n'importe quoi :

— Mais pourquoi vous en prenez-vous à elle ? Vous aimeriez qu'on s'en prenne à quelqu'un que vous aimez... À... à votre mère, par exemple ?

J'ai repris, hors de moi :

— Oui, votre mère, si je disais du mal d'elle ?

Il m'a scruté, y mettant une attention de ruminant. Il a entrepris d'expirer bruyamment. Pour rire. Mal. J'ai eu la certitude que cet éclat de rire, suivi d'un autre, c'étaient en réalité des morceaux de tristesse. Il a dit :

— Bonne suggestion. Mais vous ne seriez pas le premier. D'ailleurs, moi-même, je pourrais vous y aider.

Il m'a demandé abruptement si je désirais encore du café. Perdu, j'ai acquiescé. Nous sommes passés au salon-chambre à coucher. Il est reparti dans la cuisine. J'étais blême.

Il est revenu avec une tasse.

— Vous aviez quel âge, lors des événements de Suez ?

J'ai froncé les sourcils :

— J'avais encore deux à trois ans à poireauter avant de naître. Pourquoi ?

— Nous sommes à peu près du même âge. J'avais à l'époque quatre mois. Quatre courts mois.

Il avait à nouveau son chapelet à la main. Il le faisait tournoyer de temps à autre autour de son poignet.

— Moi aussi, j'avais une mère. Tous, nous avons une mère. Cela semble si évident, pas vrai ?

Il a vu que je ne buvais pas le café. Il a pris la tasse et y a plongé les lèvres.

— Quand les Anglais et les Français ont essayé de prendre le canal, les Israéliens en ont profité pour occuper le Sinaï. En passant...

Il a lancé en l'air le chapelet et l'a rattrapé.

— ... En passant, ils ont bombardé notre village. Plus pour s'amuser que par véritable nécessité militaire. Parce que, si vous les aviez vus, les nôtres, des paysans, incultes, analphabètes, sans armes...

Il y avait du mépris dans sa voix.

— La terreur s'est emparée des gens. Pensez donc, ils n'avaient pas oublié Deir Yassin et tous ceux que les commandos juifs y avaient égorgés. Mon père n'était pas au village. Il s'en était allé, quelques jours auparavant, négocier l'achat d'un petit troupeau de moutons. Pour que nous ayons plus tard un héritage, plaisantait-il. Dans l'épouvante générale, ma mère, une toute jeune femme, a pris la fuite avec mes deux sœurs, deux et trois ans, et... m'a oublié !

Il a tapé du doigt sur son torse.

— Vous vous rendez compte ! Ça ferait rigoler les cafards, ça : oublier son propre marmot ! Mon père a retrouvé ma mère dans le hameau où la plupart des habitants de notre village s'étaient réfugiés. Quand elle lui a avoué que je lui étais tout simplement sorti de la tête, comme ça, pfuit... et qu'elle n'en avait pris conscience que lorsqu'il était déjà trop tard pour revenir sur ses pas...

Il s'est penché vers moi, prenant un ton d'intense confidence, tel un squelette pince-sans-rire :

— Il faut que je vous apprenne que, pour mon père, j'étais le premier mâle de sa progéniture, ma pauvresse de mère ayant eu la mauvaise idée de donner naissance d'abord à deux filles. Une vague connaissance de la famille leur avait permis d'utiliser comme abri une ancienne écurie. Mon père y a enfermé ma mère et, devant les petites, chaque jour, pendant deux semaines, il l'a fouettée. En se reposant chaque fois que son bras était fatigué. Ma mère ne criait pas parce qu'elle ne voulait pas alerter les voisins, ils les auraient peut-être mis dehors. Mais surtout parce qu'elle avait infiniment honte d'avoir pu oublier, ne serait-ce qu'un instant, son enfant, la chair de sa chair. Mon père, lui, frappait, frappait. C'était une manière pour lui de se venger de la guerre, de l'humiliation, de la subite pauvreté. À la fin, je suis persuadé que ce n'était plus sa femme qu'il battait, mais, à travers elle, les Juifs qui leur avaient volé leurs terres et tous ces Arabes qui leur avaient promis qu'ils regagneraient la Palestine en deux, trois batailles.

J'ai enchaîné, inquiet d'être ému :

— Comment vous a-t-on retrouvé ?

— Trois mois plus tard. Les combats s'étaient calmés. Une vieille femme m'avait recueilli. Elle ne s'était pas enfuie. Elle était trop décrépite pour que ça en vaille la peine. Elle a franchi les lignes de cessez-le-feu et m'a ramené à ma mère. Les coups avaient hébété ma mère. Elle a refusé de s'occuper de moi. Je l'ai compris plus tard, je devais lui inspirer de l'horreur. Le lendemain de mon arrivée, elle avait disparu. Depuis, jamais personne n'a eu de ses nouvelles. Déshonoré, mon père s'est mis à sa recherche, parcourant toute la région, malgré le danger, les Juifs, questionnant les uns et les autres, comme un fou.

Avec le pouce et l'index, il a dessiné un cercle :

— Pour rien. Zéro absolu. Il a fini par abandonner. Des années plus tard, il a marié mes deux sœurs ; moi, je suis resté avec lui. Voilà trente ans qu'il prend des tranquillisants. Un par jour, pour tenir bon. Maintenant, c'est moi qui lui procure le Valium. Je lui dois bien ça.

J'ai dit :

— Il l'aimait ?

— Je ne sais pas. Lui non plus ne doit pas le savoir. Ou alors il se ment à lui-même. Le mensonge, c'est le sel des hommes, c'est ce qui leur permet de vivre, n'est-ce pas ?

J'ai attaqué de nouveau, sèchement :

— Vous aimiez votre mère ?

— Peut-on aimer quelqu'un dont on ne se souvient pas ?

Pour la première fois, il était mal à l'aise. J'ai insisté, avec l'ardeur d'un chasseur à l'approche du terrier :

— Auriez-vous souhaité aimer votre mère ?

— C'est bête, votre interrogatoire.

Il a eu un « Ah ! » d'irritation. Sa pomme d'Adam est montée et descendue, se frayant difficilement un passage à travers le cou tendineux. Il s'est levé, s'est accoudé à la fenêtre. Il me tournait le dos. Tout à coup, sa nuque s'est détendue. Il m'a montré la botte de foin jetée dans un coin de la minuscule courette.

— Vous n'avez pas vu le cheval de mon père...

— Parce qu'il a un cheval ?

— Si on peut qualifier ainsi ce monument de rhumatismes. Mon père s'est associé à un paysan des environs. L'un cultive, l'autre va régulièrement au marché vendre les produits du premier. À eux deux, ils ont bricolé une carriole que tire le cheval. Pour mon père, ce canasson, c'est en somme la part de capital qu'il apporte dans l'association. Eh bien, il y a une chose qui m'intrigue.

Il avait récupéré son mordant :

— Il le soigne tellement, cet abruti de cheval, toujours à le bichonner, à lui choisir le meilleur foin, que j'en suis à me demander avec appréhension...

J'avais deviné la fin de la phrase. J'ai souri. Il m'a adressé un clin d'œil de réconciliation :

— C'est vrai, ça : qui préfère-t-il, son anguleux de cheval ou son boiteux de fils ?

Il m'a raccompagné à la porte. J'ai voulu le remercier. Il a murmuré, d'une voix un peu de nez :

— Ce n'est pas la peine.

J'ai franchi le seuil. J'allais lui serrer la main. Appuyé sur le chambranle, il s'est gratté le menton.

— Aimez-vous les contes ?

J'ai hésité, déconcerté :

— Oui, comme tout le monde... bien que j'en aie passé l'âge.

Il a repris, indifférent à ma réticence :

— Quand nous étions petits, une tante, une sœur de mon père, s'est longtemps occupée de nous. Il y avait aux alentours de l'endroit où nous vivions alors une ferme en ruine que plus personne n'habitait. Au milieu de la cour, se trouvait un vieux puits, tout aussi abandonné, recouvert de ronces. Pour éviter que nous nous en approchions trop, ma tante nous avait raconté que, des siècles auparavant, une fille de cuisine avait été chassée de la ferme après avoir été accusée à tort d'avoir cassé une assiette précieuse. De désespoir, elle s'était jetée dans le puits. Depuis, nous assurait ma tante, chaque soir, on entendait les plaintes navrées d'un fantôme qui recomptait interminablement sa vaisselle.

Je l'ai dévisagé, impatient :

— Où voulez-vous en venir ?

— C'est simple. Les bons jours, quand je me rappelle le passé, j'imagine que c'est ma mère qui tient le rôle de la conteuse, pendant que mes deux sœurs et moi sommes autour d'elle à l'écouter et à avoir délicieusement peur. Les autres jours, les mauvais jours, quand rien ne marche, ce fantôme qui n'arrive pas à avoir son total d'assiettes, ces sanglots incessants, eh bien, c'est ma mère incapable de s'arrêter de compter ses enfants et qui s'aperçoit chaque fois, morte de frayeur, qu'il lui en manque un.

Le médecin avait le haut du visage caché par l'ombre du cadre de la porte. J'avais le soleil dans les yeux. J'attendais. Il a dit, avec la même inflexion âpre :

— Dans mes rêves, je réussis parfois à me réveiller avant qu'elle ne se jette dans le puits. Pas à tous les coups, cependant. Je n'ai pas encore acquis suffisamment d'agilité dans mon sommeil.

Il est sorti de l'ombre, avec son habituel sourire-grimace. Il m'a serré la main, affable :

— Cela répond-il à votre interrogatoire de tout à l'heure ? Vous verrez, on est si aisément prisonnier de cette connerie de passé.

Je ne suis pas rentré directement à l'hôtel. J'ai erré dans Damas pendant des heures, remontant le boulevard du Roi-Fayçal, redescendant la rue Saroudja, poursuivant jusqu'au parc de Zénobie, désemparé, incapable de mettre de l'ordre dans mes idées. Même la contemplation de la ville, sévère avec ses bandes noires striant les trottoirs et les façades de plusieurs édifices, n'a pu ôter de ma tête la pensée que ma démarche, au mieux, se conclurait par le ridicule.

Qu'allais-je dire à la jeune fille ? Accepterait-elle seulement de m'écouter ? Ou, pire, s'y résoudrait-elle avec, dans les yeux, cette immense fatigue, combien décourageante ?

Assis sur l'herbe, protégé par l'ombre d'un arbre, j'ai lutté contre la sensation d'être un futur perdant. Avec les précautions qu'aurait déployées un graveur, je me suis astreint à reconstituer dans ma tête, trait par trait, son portrait. En commençant par le plus neutre, les cheveux, qu'elle avait noirs, lâchés sur les épaules, parfois tirés en queue-de-cheval. Le menton, volontaire et fragile, les joues, le nez. Le front, semblable à la façade d'une maison de village où il y aurait eu le souvenir d'une terrible peine. La bouche. Et je me suis souvenu que je ne l'avais embrassée qu'une seule fois.

J'ai terminé par les sourcils et le détail des yeux. Quand j'ai dessiné les deux iris clairs, j'ai eu le coup au cœur du photographe enfermé dans sa chambre noire qui voit « se révéler » le cliché. Pendant une pénible seconde, une expression de dureté blessée a flotté sur le beau visage enfin reconstruit. Puis les courbes au-dessous des yeux se sont adoucies et...

J'avais fait sourire Nawal. J'ai frissonné, de ce bonheur du corps qui reçoit des gouttes de pluie au plus fort de l'été. M'est venu aux lèvres, telle une récompense, le mot de tous les musulmans du monde : « Mektoub, ce qui doit être sera. » S'il était écrit que je serais rabroué, alors je le serais. Et ma volonté n'y changerait rien.

Au moins aurai-je tenté, jusqu'au bout, de forcer la serrure de mon destin. Après... après, on verra.

Tard dans la nuit, j'ai regagné ma chambre. Je me suis déshabillé et j'ai cherché mon pyjama. Je l'ai trouvé dans mon sac de voyage, mais tout au fond, sous la pile de vêtements. Tout était en ordre, à part le pyjama. Cela m'a frappé car j'étais à peu près sûr de l'avoir mis au-dessus. J'ai vérifié que rien ne manquait.

L'affaire m'a désagréablement intrigué, au point que je suis descendu à la réception. J'ai dit à l'homme en maillot de corps affalé sur son fauteuil que je pensais que quelqu'un avait fouillé dans mes affaires. Et que ça ne pouvait être mon colocataire puisqu'il était parti la veille.

Il a mal pris la chose. Il s'est redressé, agressif :

— Vous insinuez quoi ? Vous a-t-on volé des objets, des vêtements ?

J'ai reconnu que non. Il a tranché, sèchement :

— De quoi vous plaignez-vous, alors ?

En m'allongeant sur mon lit, j'ai décidé que l'incident du pyjama était clos et qu'il valait mieux pour moi me concentrer sur la journée du lendemain. Quelque part dans ma cervelle ensommeillée s'est agité un tout petit moustique : le premier jour, je m'étais renseigné sur le camp de Yarmourk auprès de cette même réception...

Ma main assoupie a esquissé le mouvement de revers des doigts qu'on a pour éloigner un insecte récalcitrant.

La veille, Akram m'avait fixé rendez-vous pour la fin de l'après-midi au dispensaire. Selon lui, il était préférable que je ne me présente pas tout seul chez les parents de la jeune fille.

— Pour palestiniens qu'ils soient, ce sont d'abord des Arabes. Vous vous voyez leur annoncer que vous êtes venu rencontrer la fille de la maison ? Mais vous auriez droit à toutes les insultes de la planète !

Il avait proposé de m'accompagner ou, mieux, de se faire inviter, lui, pour le repas du soir...

— Et je vous emmènerai avec moi. Je prétendrai que vous m'avez rendu visite inopinément et que je me suis permis...

— Ils vous connaissent bien, ces gens ?

— À force de défiler ici, qui pour soigner une diarrhée sanguinolente, qui pour une infection, qui pour je ne sais quoi d'autre... Je dois avoir vu la plupart des derrières et des ventres des habitants de Yarmourk. Ça crée des liens, ça.

Il avait ri. J'avais regardé mes mains, gêné. J'avais dit :

— Vous êtes gentil quand vous le voulez. Pourquoi jouez-vous si souvent au cynique ?

Il avait montré ses dents de plus belle. Il avait accentué sa voix de nez :

— Il y avait et il y avait et il y avait Allah en toute place, aucune terre et aucune mer ne sont vides de Lui... Aucune catastrophe, aucune saloperie aussi... C'est Lui le Cynique. Moi, je ne fais que L'écouter et traduire, camarade.

J'ai attendu le médecin dehors, près de la porte de l'établissement. Une demi-heure après l'heure du rendez-vous, il est sorti. Il était d'humeur bougonne. Plus voûté, le visage tiré, il a grommelé un « salut » maussade.

— Quelque chose ne va pas ?

— Ah, c'est la petite. Si ça continue, elle va s'attraper une septicémie. Foutu pays...

Il a laissé tomber une obscénité. Nous avons cheminé côte à côte, lui boitant de plus en plus. Il s'est arrêté devant un marchand de gâteaux.

— On ne va pas s'amener les mains vides.

À le voir choisir chaque carré de pâtisserie, le soupeser soigneusement malgré le pli soucieux de son front, j'ai éprouvé une bouffée d'amitié pour ce curieux personnage.

Beaucoup de passants le saluaient. Les ruelles se sont vidées rapidement.

— Pressons-nous, il reste moins d'une heure avant la rupture du jeûne.

Nous nous sommes arrêtés devant un mur aveugle dont seule une porte peinte en vert rompait la tristesse. Akram a frappé. Il m'a jeté un coup d'œil en biais, puis m'a donné une tape familière sur le dos.

— Tu as peur, avoue-le.

Je n'en menais pas large, en effet. Quelqu'un a ouvert. Le regard de la femme, âgée, mafflue, la tête recouverte d'un fichu d'où s'échappaient des boucles noires, s'est d'abord posé sur moi, exprimant une surprise muette, inquiète, ensuite sur le médecin. Quand elle l'a reconnu, son visage s'est éclairci.

— Oh, docteur, nous avions fini par croire que tu n'allais pas venir. Entrez, entrez...

Elle a trottiné devant nous. La moitié de la surface de la cour était grossièrement dallée, l'autre servait de jardinet. L'angle formé par les deux pans du muret d'enceinte était encombré par une collection hétéroclite d'objets : une pioche à la tête rouillée, un lit à ressorts, des casseroles inutilisables, deux pneus de récupération et d'autres objets à la destination plus vague. Au milieu, était posée, un peu de guingois, une bâtisse composée d'un rez-de-chaussée et d'un toit plat bordé d'un semblant de balustrade. Des quatre coins supérieurs de la construction, s'échappaient, telle une touffe d'épines métalliques, les extrémités des tiges de fer au moyen desquelles on avait armé les piliers. Un escalier en bois, collé à l'un des murs, permettait d'accéder à la terrasse. La femme, s'accrochant à la rampe, a escaladé les marches en ronchonnant. Son corps lourd se reposait toutes les deux ou trois enjambées.

— Un de ces jours, quelqu'un se cassera le cou ici. Et ce vieux décati de cheikh qui insiste pour manger à la terrasse. Il dit que c'est plus frais...

Elle a hoché le menton, riant d'une petite voix aiguë :

— Plus frais, c'est possible, à condition qu'on y arrive.

Quand nous avons débouché sur la terrasse, un vieillard, assis sur une natte, a tenté de se lever. Akram s'est précipité vers lui.

— Reste où tu es, Abou Ali, ne te dérange pas pour nous.

Il s'est penché, a déposé un baiser sur l'épaule de notre hôte. Akram m'a désigné du doigt :

— C'est un ami, il vient de débarquer chez moi. Je me suis permis de...

L'homme l'a interrompu :

— Et tu as bien fait ! Mettez-vous à l'aise. Il y a une natte roulée, là-bas, à droite. Tire-la, docteur.

Nous avons pris place. J'ai examiné furtivement Abou Ali et la femme, espérant voir surgir Nawal d'une seconde à l'autre. Mon cœur a battu à m'en rendre difficile la respiration. Cette femme, était-elle la mère de la Palestinienne ? Et Abou Ali : le grand-père ?

— Ça va comme tu veux, mon fils ?

Abou Ali s'était adressé à Akram.

— Ça va, oui. Et toi, ça va ?

Le vieux a répondu sur le même ton :

— Ça va.

Il s'est tourné vers moi. La plupart de ses dents de devant manquaient ou étaient réduites à l'état de chicots. Quand il a cessé de parler, ses lèvres sont rentrées légèrement dans sa bouche. Il m'a examiné avec la curiosité de quelqu'un qui s'oublie. Le bord du gilet était élimé, avec, çà et là, de petits trous circulaires dus probablement à la cigarette.

— Et toi, l'ami de notre ami, ça va ?

J'ai articulé, des chats dans la gorge :

— Ça va, merci.

J'ai ajouté, sentant qu'on attendait quelque chose de moi :

— Et vous, ça va ?

Abou Ali a redit, brusquement moqueur :

— Ça va, ça va.

Ses yeux ont pétillé, s'esclaffant en silence. Il a passé la main sur sa bouche pour cacher ses dents cassées.

— C'est bien de nous, les Arabes. Partout, ça se déglingue, chacun de nous déguste plus que sa part d'emmerdes, et, quand tu demandes à quelqu'un son opinion, il te répond toujours que ça va.

Akram a commenté, mi-souriant, mi pète-sec :

— Peut-être que ça ne leur suffit pas...

La femme, elle, ne s'était pas assise. Affairée, elle a posé une grande table basse entre nous.

— Bon, c'est pas tout, ça. Je descends aider ta fille.

— Oui, oui, va aider Aziza à monter les plats. Ne traîne pas, on n'a plus qu'une demi-heure, on va se faire avoir de vitesse par le muezzin.

Elle a redescendu les escaliers, avec les mêmes grommellements qu'à la montée. Abou Ali a caressé sa barbe grise. Sa voix avait la méchanceté rosse d'un chenapan :

— Ma sœur, si ça continue, elle exigera bientôt que je lui débrouille un ascenseur.

Nous avons conversé de tout et de rien. Quand il a su que j'étais algérien, il s'est échauffé. Il m'a questionné sur l'Algérie, plein d'une fébrilité contenue :

— Votre pays, votre belle Algérie... Ah, quand nous étions jeunes, c'était ça, notre modèle... Votre guerre, on se disait que si c'était possible pour vous, ça l'était certainement pour nous... Quoi, on était tous des paysans, les mêmes ici et là-bas...

Il a récité pour lui-même, comme une chanson :

— Ben M'hidi, Zighout Youcef... et tous les autres. Qu'est-ce qu'on a pu rêver !

Il a soupiré. On sentait que ce soupir venait de très loin. De sa jeunesse.

— Dieu tout-puissant, comme tout passe vite !

Le vieillard a pris conscience que l'atmosphère devenait trop grave. Penaud, il s'est excusé :

— Pardonnez-moi, les enfants. À mon âge, on radote plus que de raison.

Il a fait craquer ses phalanges, le visage rendu parcheminé par cette remontée inattendue du passé. Le silence s'est installé. Pour tromper mon impatience, j'ai regardé les pots de fleurs. Heureux d'avoir trouvé un moyen inoffensif de reprendre notre conversation, Abou Ali m'a montré un bac en fer rempli de terre dans lequel poussait un arbuste à petites feuilles :

— Sens comme c'est bon, c'est du romarin. La grande boîte de conserve à côté contient du thym. Ces deux plantes ont la propriété d'éloigner les moustiques. Vous avez ça chez vous ?

Je me suis raclé la gorge pour me préparer à répondre. Des cris ont éclaté, suivis d'une porte qu'on claque. Les bruits provenaient de l'autre côté de la rue. Une voix d'homme a proféré une série d'imprécations.

Abou Ali s'est soulevé de sa natte et s'est précipité vers la balustrade. Quand il s'est retourné vers nous, il a mis un doigt sur la bouche, nous faisant signe, en même temps, de le rejoindre. Ses vieilles prunelles avaient repris cet air de gaieté propre aux personnes très âgées, proche du sourire niais, sans direction, du nourrisson.

— C'est Ghassan et sa femme... Pas croyable ce qu'ils adorent s'engueuler ! Alors, en période de ramadan, ça éclate pratiquement chaque jour.

Il a murmuré, ravi :

— Vous allez voir. Maintenant, il va se réfugier

dans son camion. Il n'en sortira que si sa femme vient le chercher. Certaines fois, il lui arrive d'y passer des nuits entières avant qu'ils se réconcilient.

L'homme a hésité, a lancé une dernière invective, puis s'est engouffré dans le camion, un Dodge bâché visiblement fatigué. Abou Ali a glissé :

— Je parie ce que vous voulez que sa femme n'osera pas, malgré tout, laisser passer l'heure de la rupture du jeûne sans lui donner à manger. Si mégère qu'elle soit, elle est très croyante et, pour elle, ce serait un véritable péché.

Nous avons patienté quelques minutes. Le vieux épiait avec une intensité étrange. Sa lèvre inférieure pendait. Une femme est sortie d'une porte, s'est dirigée vers le Dodge. Elle s'est approchée de la portière avant et s'est mise à parlementer, avec, on le devinait d'ici, de la colère. L'homme s'est finalement décidé à s'extraire du camion.

Abou Ali nous a gratifiés d'un « Qu'est-ce que je vous avais dit ? » victorieux. Se penchant en avant, il a crié :

— Ghassan, venez manger avec nous.

Le couple, étonné, a cherché d'où provenait la voix :

— C'est toi, Abou Ali ?

— Oui, venez, toi et ta femme !

L'homme, embarrassé, a consulté son épouse. Il a relevé la tête :

— Eh, on ne peut pas, le repas est prêt chez nous. On ne voudrait pas gaspiller de la nourriture.

Abou Ali a balayé l'argument en hurlant :

— Au contraire ! Apportez tout ce que vous avez

préparé. On a un invité chez nous. Un étranger, un Algérien. Comme ça, il goûtera un peu de tout... de nos plats et des vôtres !

Il y a eu un bref conciliabule entre le nommé Ghassan et sa femme. Celle-ci ne débordait pas d'enthousiasme. Le mari a levé finalement les mains en signe d'acceptation.

Abou Ali a regagné sa place, frétillant d'excitation.

— Vous verrez. On s'amuse beaucoup avec eux.

Un instant plus tard, des bruits de voix et de vaisselle se sont élevés de l'intérieur de la cour. Bientôt, à la queue leu leu, surgissant progressivement des escaliers, sont apparus Ghassan, son épouse, la sœur d'Abou Ali et une femme. L'homme portait un plateau, les femmes, des assiettes, des marmites et du pain.

Les mucosités de mon nez se sont desséchées. Ma bouche, elle, s'est rouverte et refermée, altérée. J'ai préféré en attribuer la cause à la chaleur sèche, poussiéreuse. La femme, Aziza donc, portait une robe d'intérieur à manches courtes. Le visage, un paquet de rides, était pâle avec des taches de son, surmonté d'une véritable mousse neigeuse de cheveux, ramenés en chignon.

Très maigre, les veines saillant comme sur un écorché, elle paraissait plus légère que la marmite qu'elle tenait. Elle a plaisanté avec la femme de Ghassan. Quand elle souriait, les pattes-d'oie autour de ses yeux repoussaient les autres rides :

— Alors Aïcha, toujours aussi soupe au lait ?

La grosse femme a protesté :

— C'est de la faute de ce bouc... Plus il vieillit, plus sa mauvaise foi empire.

Ghassan a failli exploser. Se souvenant qu'il n'était pas chez lui, il a murmuré doucereusement :

— Que Dieu nous garde des chèvres séniles !

Du tac au tac, Aïcha a rétorqué :

— Que Dieu nous garde des entêtés ! S'ils cognaient du front contre des pierres, ils les casseraient !

Tout le monde a éclaté de rire. Pendant que je m'évertuais à participer à l'hilarité générale, une panique décousue s'est frayé, par à-coups, un chemin vers mon ventre.

Ce n'était pas tant la ressemblance, mais les cheveux... Blancs, entièrement. Elle m'avait dit : « En une nuit, ses cheveux avaient blanchi. Je ne pensais pas que cela était possible, je croyais que c'était seulement une manière de parler. » Oui...

La mère de Nawal a distribué des assiettes et des couverts, presque sans voir où elle les posait, tant son attention était accaparée par les répliques que s'échangeaient Ghassan et sa femme. La dispute s'était rapidement transformée en jeu, les deux protagonistes s'efforçant de trouver à tour de rôle les qualificatifs les plus féroces.

Les yeux embués par le rire, Akram a taquiné Aïcha :

— M'ma Aïcha, on sent bien que tu ne l'échangerais pas, ton Ghassan, même si on t'offrait mieux, hein, un étalon par exemple ?

Brusquement attendri, un peu ridicule, choqué également, le visage plantureux n'a plus su quelle expression adopter. Les joues fanées sont devenues écarlates. Ghassan a fait « Euh, euh », décontenancé par la familiarité du médecin.

— Docteur, voyons...

Akram est parti d'un véritable fou rire, irrépressible. La cascade a pris une telle ampleur que les autres se sont arrêtés de rire, gênés par cette force même, sans commune mesure avec le comique du propos. Mais les éclats étaient si disproportionnés, si torrentiels que, par contagion, un par un, nous sommes repassés du silence au hoquet timide, puis du ricanement à l'explosion à gorge déployée. Je savais que je n'aurais pas dû les imiter, je savais que j'allais payer. Je savais parce que j'avais peur.

La sœur d'Abou Ali, la première, est parvenue à reprendre son souffle.

— Je t'en prie, Ghassan, raconte-nous comment tu as connu Lalla Aïcha...

Ghassan s'est essuyé le front avec la manche de sa chemise. Sale par endroits, elle était collée au corps par la transpiration. Il a maugréé :

— C'est de l'histoire ancienne, tout ça. À quoi ça mène de rabâcher ce qui est révolu ? Nous sommes si vieux, maintenant.

La sœur d'Abou Ali a protesté, persuasive :

— Mais justement parce qu'on est vieux. On peut se permettre de tout dire, ça ne tire pas à conséquence.

— Mais je vous l'ai déjà raconté !

— Ça ne fait rien. Fais-le pour notre invité.

Il s'est tourné vers moi, soupçonneux. De nouveau, la puissante odeur de sueur a envahi mes narines.

— Tu vas te moquer de moi, fiston ?

— Mais non, je vous assure.

Repris par l'atmosphère de gaieté, flatté également par l'intérêt du groupe, il s'est gratté le fouillis de poils grisonnants qui sortaient de sa chemise.

— Je n'ai pas toujours été comme vous me voyez. On ne dirait pas, mais j'ai été jeune, moi aussi. Elle aussi, d'ailleurs, une véritable gazelle...

La grosse Aïcha a gloussé de contentement.

— ... Et plus fine. Ça va, ne me regarde pas avec ces yeux ! On vivait dans un coin perdu. Moi, je travaillais comme aide-mécanicien dans la ville d'à côté, à Naplouse, sur la rive ouest.

Il a ajouté, pour moi :

— De l'autre côté du Jourdain, en Cisjordanie, si tu veux, du temps que ces mécréants de Juifs ne l'avaient pas encore occupée. À cette époque, le roi de Jordanie faisait ses quatre volontés chez les Palestiniens.

Il a ruminé, sombre :

— Ses mille volontés, plutôt. Enfin... Qu'est-ce que je disais ? Bon, ne voilà-t-il pas qu'Aïcha me tape dans l'œil. Aïcha, c'était la fille des voisins. Je le lui fais comprendre. Elle me comprend, mais de loin : un sourire par-ci, un autre par-là. Un jour, je la coince et je lui propose tout de go d'aller au cinéma à Naplouse. Elle n'aura qu'à raconter qu'elle va chez une parente. Une semaine après, on se retrouve ensemble à Naplouse, moi, mourant de joie et elle, de trouille. Je l'emmène dans un cinéma, je lui tiens discrètement la main, j'étais aux anges et... savez-vous ce qui est arrivé ?

Le bougre soignait son suspense, bien que le public,

à mon exception et à celle du médecin, ait semblé au courant :

— J'allais rarement au cinéma. Je ne gagnais pas assez d'argent pour ça. J'ignorais donc que, de temps à autre, on passait l'hymne royal jordanien et qu'il fallait se lever, sinon... Moi, j'étais occupé à baratiner Aïcha. Quand ils ont diffusé l'hymne, les spectateurs se sont levés, mais nous, nous sommes restés assis. Nous nous sommes retrouvés au commissariat. Aïcha a été renvoyée chez elle. Moi, j'ai passé deux nuits en cellule jusqu'à ce que ces gueules de chiens de policiers soient convaincus que je n'étais pas un opposant politique à Sa Majesté. Foutre de Majesté, je vous jure !

Il a cherché où cracher, mais les pots de terre étaient trop éloignés.

— Quand je suis revenu chez moi, le scandale a éclaté. Comment ? J'avais séduit la fille des voisins, la honte... Sept jours ne s'étaient pas écoulés que nous étions mariés, sans qu'on nous demande notre avis. Pour un film... Après, j'ai eu la réputation au village d'être un gars peu recommandable. D'ailleurs, malgré le mariage, nos deux familles sont demeurées longtemps brouillées.

Ghassan a pointé son index vers sa femme, railleur :

— Visez ça, pour un peu, elle chialerait d'émotion !

Akram a avancé le torse. La mère de Nawal lui a touché l'épaule, avec une douceur grave :

— Chut, docteur ! Il vaut mieux que tu te taises. Tu vas encore débiter une bêtise.

Elle a pris un air rêveur :

— On ne devrait pas autant plaisanter, un jour de ramadan. Ça peut attirer le mauvais sort.

Au loin a retenti l'aboiement d'un chien. Le jour tombait, déjà les détails des maisons du bord opposé de la rue n'étaient plus discernables. Le groupe s'est apaisé, complice dans l'attente tranquille de la satisfaction de la faim.

Subrepticement, par larges taches qui, soudain, se muaient en trous de pénombre, la lumière s'est ramassée pour gagner l'autre côté de l'horizon. Le soir, timidement, ensuite littéralement entraîné par son poids, a entamé sa grande transformation en nuit.

Alors, au moment où, comme l'ordonne le Prophète, « Vous ne parviendrez plus à distinguer un fil blanc tenu verticalement entre vos deux mains », s'est élevée la voix chevrotante d'un muezzin, clamant à tous les vents l'unicité de Dieu et la grandeur de Son Envoyé.

Abou Ali, le plus âgé, s'est mis sur ses pieds, suivi par Ghassan et les trois femmes. Ils ont disposé leurs nattes en direction de La Mecque, puis ils ont prié. Après chaque génuflexion, la femme de Ghassan lâchait un laborieux « Han ! » avant de parvenir à se redresser.

Nous sommes restés dans notre coin, Akram et moi. Je n'ai pas osé, mais je crevais d'envie de prier, non pas pour ce que cela représentait, mais pour effectuer les mêmes gestes que mes hôtes, m'incliner, me relever aux mêmes moments, participer à leur connivence.

La prière a été de courte durée, expédiée plutôt. Quatre « Que Dieu accepte votre prière ! » se sont succédé, auxquels ont fait écho quatre « Amen » soulagés. Akram m'a soufflé à l'oreille, pendant que les autres convives se rasseyaient :

— Où est-ce qu'elle est donc, ton amoureuse ?

J'ai tressailli, craignant que quelqu'un ne l'eût entendu, malgré le léger brouhaha. La mère de Nawal, me regardant, a dit :

— Nous avons un peu délaissé notre pauvre invité. Père, tu ne nous as même pas appris comment il s'appelait !

— Chaïbane...

J'avais répondu gauchement, intimidé par le regard où luisait le reflet de la lampe à pétrole.

— Chaïbane, tu dis... Que Dieu te donne la paix et qu'Il apaise tes jours et les gens que tu aimes. Goûte à cette soupe, mon fils.

J'ai baissé les yeux sur mon assiette tandis qu'elle la remplissait. « Les gens que tu aimes... » Si elle savait qu'en me souhaitant cela, elle émettait principalement des vœux pour sa propre fille... Aïcha a interpellé Aziza. Elle avait attaqué avec appétit sa soupe.

— Présente-lui d'abord les plats. Je parie qu'ils mangent différemment chez eux...

— Bien sûr, tu as raison, ma tante. Tu vois, Chaïbane, cette salade, c'est du taboulé...

Elle a avancé une assiette creuse :

— C'est du blé concassé mélangé avec de la tomate, du persil et de la menthe... Ça, c'est du mnazzalé, de la viande rissolée avec des haricots... Tu peux y mettre aussi des aubergines ou des courgettes. Par contre, ça...

La mère de Nawal, amusée, a expliqué la composition des autres plats. Akram a chargé à ma place :

— Mon ami a fait ses études en Union soviétique...

— Ah ? c'est bien, ça... Ce truc, c'est du knafi, un gâteau de pâte feuilletée au fromage... Mon Dieu, pardonne-nous, quelles folies on commet en Ton Nom pendant le ramadan. Toutes nos économies y passent !

Elle a ri, englobant d'un mouvement circulaire l'ensemble des plats.

— Et je ne te dirai pas lesquels ont été préparés par moi et lesquels par Aïcha. Ainsi, tu pourras toujours penser que c'est moi la meilleure cuisinière !

J'ai pressenti qu'Akram n'abandonnerait pas aisément :

— Mon ami a étudié à Moscou. Il a eu son diplôme cette année.

Aziza a eu, pour la première fois, l'air intéressé par les paroles du médecin.

— C'est vrai ? Mes félicitations... À Moscou ?

Une lumière de bonheur est passée sur son visage :

— Ma fille aussi a terminé ses études, cette année. À Moscou aussi... Quelle coïncidence, hein ?

Les pupilles sombres se sont rétrécies sous l'effet du plaisir :

— Vraiment, quelle coïncidence ! Ma fille a fait médecine. Et toi ?

— Hydraulique, la science concernant l'eau, l'irrigation, toutes ces choses. On en a bien besoin, au pays.

J'ai enchaîné, conscient de l'attitude silencieusement narquoise d'Akram :

— C'est... euh... étonnant. Le bâtiment de notre

institut était à une dizaine de mètres de celui de médecine... Même que nous avions un restaurant universitaire commun. Peut-être que je l'ai rencontrée, votre fille ?

J'ai reposé ma soupe, persuadé qu'un nouveau-né aurait deviné que je mentais effrontément. Alors, autant y aller sans plus de précautions...

— Comment s'appelle votre fille ?

La vieille femme dégustait son labné. Elle a dit, un peu de yoghourt dépassant de sa lèvre inférieure :

— Nawal... Nawal Adnane. Est-il possible que vous la connaissiez ?

Aziza m'a fixé. Le labné dessinait une traînée blanche sur son menton. J'ai affermi ma voix, mais je n'ai pu l'empêcher de grimper vers l'aigu :

— Oui, bien sûr, Nawal... Nawal Adnane... C'est bien ça... Je l'ai bien connue...

J'ai précisé, sans vergogne :

— D'ailleurs, il était impossible qu'on ne se croise pas. Il y avait peu d'Arabes à Moscou. Alors, on avait décidé de se réunir dans une espèce d'amicale. Pour parler de nos pays, de nos problèmes respectifs, vous voyez le genre...

J'ai ajouté, faussement joyeux :

— Mais quand même, pour une coïncidence, c'en est une fameuse !

Akram a fait tinter sa cuillère contre la paroi de son assiette. Il a murmuré, perfide :

— Ça, tu peux l'affirmer, mon coco.

J'ai évité de réagir. La femme a trépigné, prenant à témoin son père, puis les autres invités, en tournant la tête de gauche à droite :

— Vous vous en rendez compte ! La terre de Dieu est petite... Ce jeune homme connaît ma fille ! Venir de si loin... C'est-il possible, tout ça ?...

Ghassan était absorbé par ce qu'il mangeait. Il introduisait une bouchée, la tâtait un peu à l'intérieur de sa bouche et l'avalait en un bruit de succion appliqué. Sa femme lui a donné un coup de coude.

— Écoute, tu peux t'arrêter de bâfrer un instant ?

— Eh, qu'est-ce que ça a d'extraordinaire, se rencontrer ? Chaque jour, moi, je rencontre des gens que je n'avais jamais vus avant et que je ne connaissais ni d'Ève ni d'Adam !

Il a bu un verre de petit-lait, satisfait :

— Toute la vie est formée de coïncidences. Sinon, on prévoirait tout, non ?

— Oh, toi !

Assommé par le passage brusque du jeûne à la satiété, Abou Ali avait les yeux voilés. Il a bâillé et s'est arrangé pour être mieux à l'aise. Il s'est rapidement endormi, la bouche ouverte, les traits abandonnés.

Aziza s'est frotté le coin des lèvres. Sa figure pétillait. Elle m'a souri. Différemment. J'ai réalisé que c'était une marque de reconnaissance parce que je lui fournissais l'occasion de parler de sa fille.

Le gosier serré, j'ai prononcé les mots pour lesquels j'étais venu :

— Pour le coup... je crois que j'aimerais beaucoup la saluer... Est-ce... est-ce que je pourrais la voir ?

J'ai avalé ma salive et j'ai attendu. J'ai surveillé les traits du visage qui me faisait face. Les commissures des lèvres de la Palestinienne se sont légèrement affaissées. Elle a dit, mélancolique :

— Pour cela, il aurait fallu que tu sois là il y a trois semaines...

Elle a apostrophé sa tante :

— Sûr que je serai bien contente quand elle reviendra définitivement.

La sœur d'Abou Ali a soupiré :

— Moi aussi... Et puis, on la mariera avec Hijazi quand lui aussi sera de retour. Et ils auront un petit pisseur ou une petite pisseuse...

Sa bouche s'est arrondie en cul-de-poule, s'apitoyant sur elle-même :

— C'est péché d'être envieux, mais j'aurais tant désiré que Nawal soit ma bru... Et je n'ai même pas d'enfants. Ah, ma sœur de Beyrouth a bien de la chance...

— Maudis Satan, ma tante. Tu sais bien que chacun a son lot de bonnes et de mauvaises choses sur cette terre et que ça ne dépend que du Créancier suprême. Crois-tu que ça soit le paradis pour elle et son fils, là-bas, à présent ?

La mère de Nawal a tapoté la cuisse de sa tante. Celle-ci a grommelé un : « Excuse-moi, maudit soit le Lapidé, tu as raison. »

Quelque chose de semblable à la glu, la salive devenue liquide étranger, m'a empêché d'intervenir. Akram écoutait, circonspect, à l'affût d'un instant de faiblesse de ma part. La mère de Nawal s'est égayée. Elle tenait la main de sa tante et la caressait. Des deux, elle paraissait la plus atteinte par l'âge.

— Te souviens-tu quand elle était petite fille, un

vrai bout de femme ! Et ce qu'elle voulait devenir ? Coiffeuse pour dames ! Hein, si ce n'est pas comique, ça. Tu n'as pas oublié, ma tante ? D'autant que tu étais sa victime préférée...

La sœur d'Abou Ali a mimé l'effroi courroucé :

— Elle me poursuivait jusqu'à ce que je cède. Et puis après, mon Dieu, mes pauvres cheveux... Sous prétexte de chignon, elle me les tortillait à m'en faire avoir des migraines. J'avais l'air d'une folle quand j'échappais à la séance de coiffure !

J'ai pris une serviette. Je me suis essuyé la bouche parce que je savais que le repas allait s'arrêter là. J'ai demandé, élevant la voix pour attirer l'attention de la mère :

— Elle reviendra... d'où ?

La vieille femme a expliqué, étonnée :

— De Moscou... D'où est-ce que tu voudrais qu'elle revienne, mon fils ?

J'ai insisté lourdement :

— Vous avez dit : trois semaines ?

— C'est ça. Elle est venue de Russie, a passé deux jours avec nous. Puis elle est repartie. Elle a dit qu'elle avait des démarches pour des papiers... Je l'avais même grondée, ça n'était pas bien de dépenser autant d'argent pour un si court séjour...

Elle m'a toisé, pas encore inquiète :

— Elle aurait dû attendre de tout boucler avant de rentrer une fois pour toutes.

Elle a répété, vaguement ahurie :

— Elle était radieuse, comme la lune à son quatorzième jour... Et je l'ai grondée, la pauvre petite... Ce n'était pas raisonnable.

J'ai eu froid. Une brise s'était levée qui séchait les plaques de sueur sur le corps. J'ai lâché, décidé à en finir :

— Ce n'est pas possible. Trois semaines, ce n'est pas possible.

La mère de Nawal a tressauté. Le petit tas de rides s'est ratatiné, soudain très veule, très fragile.

— Sauf ton respect, mon fils, qu'est-ce que tu dégoises là ?

Elle a passé sa main sur sa robe, effleurant les motifs floraux. J'ai eu pitié d'elle. Parce que j'étais, de nouveau, un perdant, j'ai désiré être méchant. J'ai dit, très doucement :

— Ce n'est pas possible. J'ai téléphoné à son pavillon de Moscou, il y a moins de dix jours. On m'a effectivement appris qu'elle était partie à la date que vous citez. Mais, à aucun moment, il n'a été question qu'elle soit revenue.

Elle a paru très préoccupée par une saleté sur une fleur de la robe. Elle a posé la main libre sur l'autre main. Elle ne s'est pas avisée que mon explication impliquait que ma présence ici, chez elle, n'était pas due au seul hasard. Malgré l'entrelacs serré des doigts, elle n'a pas réussi à dissimuler leur tremblotement. Les taches brunes de l'âge ressortaient plus nettement sur la pâleur des joues.

— C'est une attrape, ça, mon fils ?

— Non.

Elle a paru rentrer en elle-même, se posant des questions et y répondant simultanément, comme si elle était formée de deux interlocuteurs, l'un voulant convaincre l'autre :

— Est-elle rentrée à Moscou ?... Mais oui, elle me l'a affirmé... Mais si elle n'y était pas, il y a dix jours ?... Ce n'est pas concevable... Où serait-elle allée alors ?... Dieu tout-puissant !...

Elle a porté une main à sa bouche. Hormis la tante et Aïcha, personne ne s'était aperçu du changement d'atmosphère. Les deux femmes contemplaient la mère de Nawal, bêtes, ne comprenant pas encore ce qui s'était produit. Ghassan mangeait avec une application soutenue, Abou Ali, profondément assoupi, avait la tête qui retombait sur la poitrine.

Elle maintenait ses doigts sur sa bouche, les griffant presque. J'ai eu la conviction qu'un oiseau affreux battait des ailes dans sa tête pour s'en échapper.

Ça a débuté par un son rogue, étranglé, dans le larynx. Elle s'est levée d'un bond, renversant au passage la table basse. C'était plus qu'un cri, un hululement :

— Ma fille... Elle va mourir... Ah... Elle est partie le rejoindre... son cousin...

Dans son désarroi, elle a tenu sa robe de telle manière que ses maigres jambes étaient visibles jusqu'aux genoux. Elle glapissait :

— Ils vont la tuer à Beyrouth... Ah... Elle ne mérite pas ça...

La sœur d'Abou Ali et Aïcha se sont précipitées vers Aziza. Elle a couru plus vite qu'elles vers les escaliers, disparaissant bientôt de notre vue. Sur la terrasse, il n'y a plus eu que les hommes.

Ghassan a jeté un regard navré vers la nourriture qui maculait le sol. Tassé sur sa natte, Abou Ali geignait comme un bébé, abasourdi par la présence de soupe chaude sur son pantalon. Ghassan s'est rapproché du vieillard, l'aidant à se nettoyer. Il m'a lancé, hostile :

— Qu'est-ce que tu as dit à Aziza, trou du cul ?

Je me suis tenu coi. La lampe à pétrole donnait un relief extraordinaire à la silhouette fessue de Ghassan. Akram a soufflé, placide :

— À mon avis, tu es capot, Chaïbane.

Des mouches se sont acharnées sur un bout de viande. J'ai poussé le morceau du pied, loin de moi. Une voix stridente, essoufflée, a braillé :

— Docteur, viens vite ! Docteur...

Nous avons dévalé les escaliers. Une lampe électrique, nue, éclairait faiblement la pièce. Sur une banquette, une forme humaine, recouverte entièrement par un drap blanc, gigotait.

— Non, ne me l'enlevez pas, c'est mon linceul !

La tante et Aïcha, une au pied du lit et l'autre à son chevet, se démenaient pour arracher le drap. Le médecin a fait un signe. Les deux femmes ont lâché l'étoffe. Le corps a continué à se cabrer, se calmant progressivement, par soubresauts.

La sœur d'Abou Ali s'est tamponné les yeux. La graisse de ses joues ballottait, défaite. Sous la lumière crue de l'ampoule, elle avait viré vers le jaune foncé.

— Docteur, elle répète qu'elle est morte. Quel crève-cœur, tout ça !

Akram s'est penché sur Aziza qui maintenait farouchement le tissu sur son visage. Il a posé la paume à l'endroit du front. Il a chuchoté tendrement :

— Tranquillise-toi, petite mère. Il ne va rien arriver à ta fille. Ne te bile donc pas.

La voix s'est effritée, sourde :

— Ne me mens pas, mon fils. Mon mari a été égorgé là-bas. Mon fils a été égorgé là-bas. Ma Nawal, elle aussi, va mourir. C'est une fille, elle est faible, ils vont sûrement la tuer. Quel sens ça a, que je reste vivante, toute seule ?

Elle a cessé de s'adresser au médecin :

— Couds bien le linceul, ma tante. Comme ça, tu m'empêcheras de revenir importuner les vivants. Fais creuser profondément la tombe et recouvre-la de henné.

Elle a eu un bruit de gorge, vite étouffé :

— Peut-être que les anges auront pitié de moi...

Je suis sorti. J'ai refermé la porte verte derrière moi. J'ai marché le long de la ruelle. Un chat qui fouinait dans un tas de détritus a détalé, effrayé. J'ai pris la grande route. D'une maison, m'est parvenu un bout de chanson, à l'alacrité triste. J'ai tendu l'oreille. L'homme chantait, sans s'accompagner d'un instrument :

... la vie, la vie,
ô tes deux saisons merveilleuses :
le malheur a douze mois,
tout le reste, c'est le bonheur...

Je n'ai pas su où j'avais déjà entendu ce refrain. En marchant, j'ai soulevé de la poussière. De nouveau, j'ai eu très soif.

J'ai songé au sommeil du Prophète, blessé dans sa chair par les infidèles mecquois, le soir de la grande défaite d'Ohod. Il avait voulu dormir longuement pour ne pas regretter ce qu'il n'avait pas su prévoir, pour nier sa fatigue et ce terrible doute devant la lourdeur de la tâche que son Dieu lui avait confiée. Comme lui, j'ai désiré m'enfouir dans le sommeil. Pas dormir seulement, car dormir n'empêche pas la douleur de rêver. Mais s'assoupir contre les parois réconfortantes d'une anesthésie, pour créer l'espace le plus grand entre ce qui venait de m'être dit et ce que je devais en penser.

Je suis donc resté dans mon lit jusqu'au milieu de l'après-midi. Et j'ai rêvé, malgré tous mes efforts : c'était une cérémonie mortuaire et quelqu'un, ainsi que c'est la coutume chez les Arabes, bourrait de coton la bouche d'un mort. D'une morte...

Le lendemain, je me suis promené dans Damas. Comme si c'était encore d'une quelconque utilité. De la visite d'un musée — celui de la Ville ou des Beaux-Arts, je ne sais plus — la seule chose que je tirai, à mon corps défendant, ce fut un rappel. C'était à Khiva, dans le mausolée de Mahmoud Pahlavan, le Lutteur sacré. Dans une des petites pièces où les carreaux de majolique étaient dentelés jusqu'à l'éblouissement de fioritures calligraphiques, elle s'était évertuée à déchiffrer l'intérieur d'un cartouche. Elle avait lu lentement la déclaration de l'artiste, vieille de plusieurs siècles, avec la fierté d'un enfant qui vient à bout d'un exercice difficile : « Ces fleurs servent de modèles au printemps, elles sont le souvenir d'Abdoullah sur la terre

Elle avait grimacé, avec un pli de commisération :

— C'est singulier, chacun souhaite de toutes ses forces qu'on se souvienne de sa personne. Mais si tu comptes tous les êtres humains qui se sont succédé sur la terre, quel abîme caserait cette énormité de souvenirs ?

Je n'avais ni appuyé ni réfuté ce que sa question contenait de réponse. Maintenant, arpentant pour la deuxième fois, pour m'épuiser davantage, les trottoirs de la rue de la Victoire après avoir tenté vainement de m'intéresser au chantier de restauration de la citadelle de Damas, j'ai su que j'aurais dû rétorquer que n'importe quel minuscule relief du cerveau était un gouffre en soi, que la moindre pliure de cœur était une aubaine pour la mémoire. J'ai deviné la suite, aussi : elle m'aurait pris en flagrant délit de grandiloquence. Elle aurait ricané, comme elle l'avait déjà fait, de ce bruissement sec des lèvres :

— Heureusement que tu n'as pas de chapeau, il brûlerait, tellement tu t'échauffes par moments...

Le soir, j'ai dîné d'un simple sandwich, avalé avec l'aide d'une canette de soda. Au milieu des odeurs de café grillé, de thé, des bruits de voitures, des tintements des gobelets de cuivre des vendeurs de jus de réglisse, des conversations des flâneurs sortis se reposer d'une dure journée, des interpellations de marchands de souvenirs pour appâter le client, j'ai entrepris l'apprentissage de la résignation, cette mort au profil bas qui vous enveloppe, une fois que vous l'avez accueillie, avec la douceur de sables mouvants.

Parfois, la colère me reprenait, étrangement violente, jalouse, aussi enragée qu'un chacal tirant sur sa patte clouée. J'ai été étonné d'être le théâtre de sentiments aussi puissants, moi qui me savais si fade, et de n'être capable ni de les affronter ni de les réduire à merci.

Heureusement, l'être humain est lâche. Cela le rend capable de vivre, c'est-à-dire, plus prosaïquement, de se fabriquer les moyens pour supporter longtemps la compagnie de ses défaites. Vers minuit, j'ai acheté auprès de revendeurs à la sauvette une bouteille de whisky. Le revendeur m'a juré que le whisky était écossais, j'ai fait semblant d'être convaincu bien que le bouchon de la bouteille fût décacheté. J'ai payé — cher — et je me suis enfermé dans ma chambre d'hôtel. Une demi-heure après, j'avais déjà englouti la moitié de la bouteille. L'alcool ne valait pas tripette, mais que cela m'importait peu sur ce lit, marinant dans ma propre sueur ! Devant mes yeux, se dessinait l'image d'un lièvre fuyant à toute allure. Il m'a paru à l'instant que j'avais poursuivi cet animal terrifié pendant toute mon existence. De temps à autre, il m'avait été donné de l'entrevoir, de m'en approcher et presque de le capturer. Mais je n'avais pas été suffisamment bon chasseur pour terminer la battue. J'ai été sûr que jamais je ne le serais.

Une terrible convoitise s'est emparée de moi, dérisoire et aiguë au point que j'aurais juré que mes os en avaient mal : l'embrasser une fois, une toute dernière fois, sur les lèvres.

Quelques lampées de whisky plus tard, mon envie

est devenue plus modeste et se serait contentée de la plante de ses pieds. De ses pieds. De ses pieds...

Le garçon m'a réveillé vers midi pour le nettoyage de la chambre. Il n'a pas caché son dégoût quand il a vu la bouteille presque vide. Il a ronchonné quelque chose à propos du ramadan et du respect des autres. J'ai procédé à une toilette rapide alors qu'il arrangeait les draps. J'ai failli lui demander du café, mais j'ai renoncé : il m'aurait répondu par une insulte.

Je me suis rasé. Cela n'a pas amélioré l'aspect de mon visage car un vaisseau avait éclaté dans un œil. Je suis sorti et, assez rapidement, j'ai pu trouver une agence de voyages.

La salle était climatisée. Il y avait beaucoup de monde. J'ai pris un siège et un magazine touristique qui traînait sur une table basse. Paradoxalement, j'étais content d'avoir si mal au crâne. Cela restreignait, du même coup, les possibilités de mon imagination.

C'est probablement le grand portrait du chef de l'État, derrière les préposés aux terminaux, qui a joué le rôle de déclic. De son air impérieusement bon, deux minuscules mares gelées à la place des yeux, il me souriait chaque fois que je levais la tête de ma revue.

Je n'y avais plus pensé depuis des années. En réalité, je pouvais même fixer avec précision le jour qui avait constitué le début de ces années d'amnésie : exactement celui de mon premier départ pour l'Union soviétique. Tant de choses s'étaient révélées nouvelles pour moi, tant de sensations et de gens avaient accaparé mon attention que je n'avais plus eu ni le courage ni la place dans ma tête pour me livrer à l'exercice du retour en arrière — et, par conséquent, du chagrin — à propos de ce monsieur qui s'était éteint, fatigué de vivre, quelque six mois avant ce fameux départ.

Mon père — puisque c'est de lui qu'il s'agissait — avait eu, lui aussi, la possibilité de mettre une date sur la journée à partir de laquelle il n'avait plus osé regarder en face le fier-à-bras idéaliste qu'il avait été pendant la guerre d'indépendance. Cela, il ne me l'avait appris que progressivement, une décennie plus tard environ, quand il avait jugé que j'avais atteint l'âge des conversations adultes. « Pendant toute ma jeunesse, quand nous combattions pour faire déguerpir les Français, nous avions tous à la bouche un seul mot : liberté. Et nous l'avons tellement répété, je l'ai tellement sorti de mes lèvres, ce mot, qu'il en a fini par devenir de la bave

Il caressait son menton, aplati comme une flaque sur le cou, et ajoutait : « Ce n'est pas une manière de parler, fils. Quelques mois après l'indépendance, j'avais décroché un poste d'instituteur, mais la paie était si maigre que j'avais accepté de prendre, en plus, la gestion d'une petite bibliothèque de quartier. Ce travail ne m'occupait pas beaucoup tout en me permettant de joindre les deux bouts. Le local avait une vitrine qui donnait sur la rue et on nous avait ordonné d'y accrocher le portrait du Président. Oh, ce n'est pas que ça me plaisait, loin de là, mais nous sortions de la guerre, nous voulions reprendre notre souffle, goûter un peu au repos. Alors nous faisions semblant d'ignorer que s'installait lentement le régime du parti unique, avec sa bêtise, sa police, sa sécurité militaire et sa nouvelle aristocratie. Nous espérions qu'il était provisoire, que ce que nous appelions avec tendresse la « Révolution » allait s'ébrouer et se débarrasser de ces parasites. J'ai donc obéi et j'ai placé une immense affiche du Raïs sur cette vitrine. Trois ans ont passé, puis il y a eu ce que tu sais. Un matin, nous nous sommes réveillés tandis que la radio diffusait des airs martiaux. Nous avons compris qu'il s'était passé des choses graves. Quelqu'un est venu en courant chez moi m'apprendre qu'il y avait eu vraisemblablement un coup d'État. Il m'a conseillé d'aller rapidement ôter l'affiche, sinon j'allais être pris pour un partisan de l'ancien président et je courrais le risque d'être arrêté. Je n'ai pas beaucoup hésité : j'ai pensé à toi, mon fils, à ta mère et... à moi aussi, je l'avoue. Le surlendemain, des militaires en jeep se sont présentés, nous ont distribué des portraits du nouveau maître de l'État, un colonel rouquin au regard triste, et ont attendu que nous les mettions bien en vue. Pendant la journée, il ne s'est rien passé. D'ailleurs, dans tout le pays, il n'y a pas eu beaucoup de remous. Je te l'ai déjà dit, les gens étaient épuisés, ils avaient eu leur content d'horreurs, ils avaient vu tomber des centaines et des centaines de milliers de morts, ils avaient connu la faim, l'herbe qu'on mange, le désespoir, tout ce qui rabaisse l'homme... Les gens n'ont pas pu se remettre à se battre, d'autant que ce n'était plus contre des colons, mais contre d'autres Algériens, cette fois... »

Mon père parlait à l'adolescent que j'étais alors, les mains animées d'un curieux tic : il posait le pouce et l'index sur les commissures de ses lèvres et les faisait glisser jusqu'à la base du menton, dessinant le contour d'une barbiche imaginaire. Et l'adolescent, qui aimait passionnément cet homme gras au corps informe, qu'il avait cru sans failles ni tourments particuliers, l'adolescent écoutait son père lui décrire par le menu comment il s'était avili.

« La première journée et les suivantes, il ne s'est rien passé. La vitrine n'a pas été brisée. Mais, chaque matin, je me précipitais à la bibliothèque pour nettoyer les crachats que des protestataires, à la faveur de la nuit, avaient lancés sur le portrait. Cette guérilla a duré presque un mois. J'étais d'accord avec les crachats, mais je ne les essuyais pas moins avec rage, sous les regards méprisants des passants. Imagine ce chiffon frottant ces taches visqueuses ; au fond, par procuration, j'avais l'impression que je crachais sur mon enfance, sur nos souffrances dans le maquis, sur les camarades dont les corps avaient pourri dans les djebels. Le temps a passé, je suis même devenu fonctionnaire modèle, j'ai grimpé les échelons. Un autre est venu, et son portrait avec. D'autres personnes nous ont ordonné à leur tour d'oublier jusqu'au nom du précédent. Pourtant, mon fils, c'est à partir de ces matinées, quand mes mains étaient épaisses de la salive des autres, que mon corps a commencé à se relâcher, à se boursoufler, à transformer les muscles de sa jeunesse en cette graisse qui m'étouffe

Et le père obèse avait cligné les yeux, ébahi par sa propre franchise. Et moi, le fils, rouge de honte, en avais voulu à cet inconnu de détruire mon amour pour lui.

— Il y a une place pour Alger, après-demain, tôt dans la matinée. Les autres vols vers l'Algérie affichent complet jusqu'à la semaine prochaine. Prendrez-vous cette place ?

J'ai gonflé ma poitrine comme si l'air me manquait. J'ai opiné de la tête. Dehors, j'ai relu avec une attention nauséeuse l'horaire du décollage : neuf heures trente. Quelque chose en moi s'est endormi, une bête fourbue, du sommeil sans illusions de qui se sait insomniaque. J'ai soupesé avec inquiétude le temps qui allait me faire face, avec sa gueule de sentinelle ironique qui me balancerait régulièrement ses paquets de journées, de mois, puis d'années dans un insupportable ennui dont l'unique but serait de me faire vieillir. J'ai eu besoin d'être absent car j'ai senti que je serais dans l'incapacité de supporter cette continuelle moquerie, cette mélasse de moi-même.

Je ne pouvais penser à elle. J'ai donc repensé à mon père. Et à cette fameuse journée des crachats. Malgré mon application, ma mémoire, avec la bête obstination d'une machine détraquée, revenait à chaque fois se fixer sur cet instant de veulerie. L'image avait été trop forte pour mes quinze ans et mon père, effrayé, s'en était rendu compte juste après qu'il me l'eut imposée. Voulant dissiper le malaise — je le dévisageais, il me dévisageait —, il avait tenté de m'égayer avec une histoire datant de ses débuts d'instituteur.

Un ami de l'administration l'ayant averti de l'arrivée de l'inspecteur, il avait menacé sa classe des pires représailles si elle n'apprenait pas par cœur la leçon qui correspondait au jour de la visite. Sa confiance en l'efficacité de ses avertissements n'était pas, cependant, sans limites. Il avait préféré se prémunir contre un éventuel manque d'enthousiasme de ses écoliers en utilisant le stratagème suivant : d'abord, effectuer une répétition générale de la leçon en question, puis exiger que les écoliers lèvent tous le doigt lorsqu'il poserait une question devant l'inspecteur. Ceux qui sauraient effectivement répondre lèveraient la main droite, les autres, la main gauche. L'inspecteur, selon mon père, n'y avait vu que du feu et l'avait très bien noté.

Mon père avait ri. J'avais ri, par mimétisme, d'une grimace qui avait souhaité être de la connivence, mais qui n'était pas parvenue à dissimuler que j'avais entrepris de le mépriser, que, même si l'enfant que j'étais allait continuer de l'aimer, cet amour était pourri dorénavant par du dégoût.

Je m'étais cru bien supérieur à l'époque à cet homme désemparé. Je m'étais éloigné de lui, moi, son fils unique, l'enfermant graduellement dans mon indifférence, l'écrasant sous mon silence, jusqu'à ce qu'à la fin, n'ayant plus le choix, il choisît d'en suffoquer. Ah, mon père, tu es bien mon frère, maintenant...

J'ai pris un taxi pour me rendre au dispensaire du camp. J'ai souhaité remercier Akram et le saluer avant mon départ. Je n'étais pas dupe de cette ruse imbécile avec moi-même, mais j'étais trop éberlué de désespoir pour m'empêcher de revenir vers ce territoire où, si Nawal l'avait voulu, j'aurais pu faire de moi, de mon père et du reste du monde, mes amis.

L'infirmier de garde, après m'avoir appris que le médecin n'était pas venu le matin, a ajouté, perplexe, que ce n'était pas dans ses habitudes de s'absenter sans prévenir, qu'il était peut-être malade. J'ai décidé d'aller chez lui, mais l'infirmier m'a rattrapé à quelques mètres de la sortie.

— Eh, l'ami, c'est vous qui avez rendu visite au docteur, il y a deux ou trois jours ?

J'ai répondu que oui.

— Une vieille femme s'est présentée cette matinée. Elle cherchait une connaissance du docteur, un étranger. Elle voulait absolument qu'il passe la voir.

Je l'ai interrompu :

— Avait-elle des cheveux blancs ?

— Euh... oui. Tout blancs. On aurait dit de la neige. Elle était un peu nerveuse. Vous la connaissez ?

On peut faire n'importe quoi d'un être humain avec un peu d'espoir. J'ai couru, ridiculement pressé sous la chaleur. Au croisement de deux ruelles, j'ai glissé sur des ordures ménagères. Des enfants se sont moqués de moi. J'ai répliqué à leurs gloussements par un éclat de rire, comme quelqu'un qui glapirait de douleur. Ils ont détalé, pris de peur. Je suis arrivé devant le mur à la porte verte, ruisselant de sueur.

La tante a ouvert, puis a failli refermer la porte. Ses yeux m'ont fixé, hostiles :

— Tu n'es pas le bienvenu ici, mon fils.

Une voix — celle de la mère de Nawal — a crié :

— Si, tu l'es ! Monte, mon fils.

La sœur d'Abou Ali s'est écartée, grommelant entre ses dents. J'ai grimpé les escaliers branlants. Je n'ai pas vu tout de suite Aziza, des vêtements mis à sécher sur une cordelette me barraient le passage. J'ai reconnu le parfum léger du savon à l'huile de laurier. C'est cette même tranquillité qui m'a convaincu que Nawal ne se trouvait pas dans la maison.

La voix a dit :

— Avance. Avance, mon fils.

J'ai écarté une robe. La vieille femme était assise sur le sol et étendait sur un drap du froment concassé. Elle aplanissait de la main le tas de grains. Je me suis assis près d'elle. Elle m'a souri et a ajouté, comme si elle reprenait une conversation que nous venions juste d'interrompre :

— Nous l'avons bouilli hier. D'ici ce soir, ce sera sec. Si tu veux, je te ferai une soupe avec.

Des marques de griffure traçaient des lignes parallèles sur la chair de son visage. Elle a souri de nouveau et cette bonne humeur irréelle m'a fait frissonner à la manière de la chair de poule que produit un tissu qu'on déchire. J'ai eu un goût de sel dans la bouche.

Elle s'est penchée en avant de façon à atteindre un tas de grains plus éloigné.

— Tu aimes Nawal, mon fils ?

Je ne m'attendais pas à cette question. Pourtant, j'y ai répondu comme à la seule interrogation prévisible :

— Oui, j'aime votre fille. Mais elle ne m'aime pas.

J'ai contemplé sa nuque couturée de rides profondes. Elle s'est redressée, fragile, épanouie.

— Ce n'est pas ça le plus important, tu le sais bien. Il suffit qu'on aime.

Elle a marqué une hésitation, interdite à l'avance par ce qu'elle se préparait à proférer.

— Moi, je te dirais plus : je me fiche qu'elle m'aime ou pas, puisque je suis sa mère et qu'elle est plus que ma vie.

Elle avait lâché ces mots, des mots de tragédie, et je les ai sentis, chiens avides, se mettre à rôder autour de nous. Elle a dit :

— Alors... je peux te parler d'elle ?

— Oui.

Le oui s'est refermé sur moi avec la force d'une mâchoire de loup. Elle ne m'a pas parlé de sa fille. Mais d'abord d'elle-même, quand elle était petite. Son père avait une orangeraie.

— Pas une vraie plantation, moins d'une dizaine d'arbres. Mon père, à l'époque, était obligé de se louer à la saison chez d'autres Palestiniens plus riches. Mais moi, j'étais persuadée, dur comme fer, que c'était une immense plantation. Il y avait un épervier...

Je voyais son visage à contre-jour. Il avait pris ainsi une couleur d'argile. J'ai baissé les yeux, ne sachant pas comment elle me regardait.

— Cet épervier survolait si régulièrement l'orangeraie que j'avais fini par penser qu'il nous protégeait, que c'était un gardien. En été, presque chaque matin, je me levais très tôt, souvent même avec la Trompeuse, tu sais, cette étoile qui précède l'Étoile du matin et qu'on prend parfois pour elle. Je le guettais et la peur ne me quittait que lorsque je le voyais réapparaître, tournoyant très loin au-dessus de nos arbres. Aussi longtemps que cet oiseau a plané sur mon enfance, rien ne m'est arrivé. Un soir, des hommes se sont introduits furtivement chez nous. Ils portaient un homme blessé. J'ai reconnu, terrifiée, un oncle à moi. Une balle lui avait broyé la gorge. Il haletait. Il a longuement réclamé à boire. Ma mère, n'y tenant plus, lui a fait ingurgiter un peu d'eau. Il s'est étouffé rapidement, sous nos yeux. J'ignore qui lui avait tiré dessus. Quelqu'un a soufflé à mon père qu'ils étaient tombés sur une patrouille. C'étaient peut-être les Anglais. Ou les Juifs. Nous avons enterré mon oncle comme un voleur. Crois-moi ou ne me crois pas, c'est à partir de ce jour que je n'ai plus aperçu l'épervier.

La mère de Nawal a trituré entre ses doigts des grains de froment. L'impatience qui m'avait gagné au début du récit a disparu. Je me suis installé dans l'attente de ce qui était inévitable. Parfois, la vieille dame oubliait qu'elle s'adressait à un interlocuteur. Son ton baissait et je devais tendre l'oreille. Elle a murmuré :

— Épervier... mon épervier...

Elle a porté sa main à la tempe, là où battait une veine foncée. Elle avait dû être belle dans sa jeunesse. Elle a frotté à plusieurs reprises la veine. Jusqu'à s'en faire mal, ai-je eu l'impression. Lorsqu'elle a retiré sa main, la peau, blanche, était rouge.

— Quand j'ai atteint l'âge de me marier, le souvenir du rapace s'était estompé. Ah, ce mariage... Je me le rappelle comme si cela s'était passé hier. Les parents de mon futur époux étaient venus chez nous demander ma main. Ma famille faisait semblant de considérer que c'était une visite ordinaire. Alors il y a eu tout un jeu. Les uns disaient à mon père : nous ne goûterons pas une goutte de ce café si tu nous refuses ce pour quoi nous nous sommes déplacés. Mon père répondait qu'il fallait d'abord boire le café et ensuite demander.

Elle a ri, du rire impudique d'une jeune fille heureuse. J'ai ri également car, autrement, j'aurais été épouvanté. Puisque je connaissais la suite.

— Nous avons suivi la tradition jusqu'au bout. Une vieille matrone, un peu guérisseuse, un peu magicienne, a prétendu qu'il fallait que le futur marié change de prénom pour que notre mariage soit réussi. Nous avons obéi pour mettre toutes les chances de notre côté. Il s'appelait... Il s'appelait...

Elle s'est interrompue, choquée :

— Doux Prophète... Je ne me souviens plus du tout du premier prénom de mon mari...

L'effort de concentration a provoqué des tiraillements sur son visage. Elle a soupiré, vaguement honteuse :

— Dire que j'étais persuadée que jamais je n'oublierais le moindre détail sur eux... Même dans ma tête, ils sont en train de mourir.

Sur le drap, le froment s'étendait avec une belle régularité. Aziza est restée figée, les paupières ne cillant presque pas. J'ai songé qu'elle risquait une insolation. Mes jambes, progressivement, se sont engourdies.

Elle a rompu le silence :

— Quand je les ai vus, massacrés, là-bas...

Elle a dit « là-bas » en pointant du doigt vers l'horizon, les pupilles effarées :

— Quand nous les avons trouvés, découpés comme des poulets maigres, ce n'est pas vers Dieu que je me suis tournée. J'ai été sûre que Dieu était aveugle et sourd et qu'Il avait autre chose à faire. Sinon, comment cela aurait-il été possible ?

Elle a porté un poing vers son cœur.

— Pardonne-moi, mon Dieu. J'ai crié alors et ma prière n'est pas montée vers Toi puisque Tu ne t'étais pas opposé à ça. J'ai supplié de toutes mes forces mon épervier, mon oiseau de jadis, de les faire revivre, de remettre ensemble ces jambes et ces bras. Mais lui non plus ne s'est pas manifesté. J'étais devenue païenne pour rien.

Je n'ai pas pu supporter son regard. J'aurais voulu qu'elle pleure. Mais pas ces yeux secs. Ce qu'elle disait me bourrait la poitrine, m'emplissait les poumons. Elle a posé sa main sur la mienne. Sa peau était rêche. Elle a dit :

— Le chagrin est une trop rude maison, mon fils. Aide-moi.

Elle s'est levée, trop brusquement ragaillardie. J'ai pressenti qu'elle préparait quelque chose. Le cœur battant, je l'ai suivie des yeux.

— Le linge est sec. Je vais l'enlever.

Même sans le toucher, de ma place, on s'apercevait que le linge était encore humide. Devant mon air intrigué, elle a rougi. Elle a quand même enlevé de la cordelette une robe et un châle, les posant sur son avant-bras. Tenant ainsi son linge, elle s'est rapprochée de moi. Surmontant une dernière réticence, un sourire crispé sur les lèvres, elle a retiré de son corsage un petit paquet enveloppé dans un mouchoir. Elle me l'a tendu, de manière presque sournoise, comme si je ne devais pas vraiment le remarquer.

Elle a laissé tomber sur le sol la robe et le châle. Elle a esquissé quelques pas autour de moi. Elle est repartie vers la cordelette, a pris d'autres vêtements. J'ai soupesé le paquet, hésitant à dénouer le mouchoir.

— Quand j'ai eu Nawal...

Elle s'est retournée brusquement vers moi, pour voir si son début de phrase avait porté. J'ai pâli.

— Nawal était un très beau bébé, si comique avec sa tête sans cheveux, joufflue. Ah, mon fils, tu aurais crevé de rire si tu avais vu comme elle braillait !

De nouveau, le linge est tombé de ses bras. Un lent bourdonnement est monté en moi, envahissant ma cervelle.

— Son père était content au point que nous avons fait une grande fête. C'était rare, chez nous, des réjouissances pour une fille. Nous l'avons lavée avec de l'eau salée. Elle se débattait en poussant des hurlements, mais c'était nécessaire pour que la peau soit lisse et sente bon. D'habitude, c'est une femme qui apporte le sel en guise de bénédiction, mais le père a insisté pour s'en charger. Je lui ai répété que ce n'était pas une tâche pour un homme, on s'est presque disputés, mais il s'est entêté. Il est rentré dans la chambre, tenant le sel et souriant de toutes ses dents. Devine ce qu'il a présenté comme justification ?

Elle s'est avisée que je ne pouvais répondre. Ses bras ballaient à ses côtés. Elle a détourné les yeux. Cela m'a étreint avec la violence d'un coup de bâton :

elle n'avait qu'une envie, celle de se taire et de pleurer. Pourtant, avec la fébrilité d'une mauvaise actrice, elle simulait une espèce de nostalgie attendrie. Elle a repris, un peu essoufflée :

— Il a prétendu que, de cette façon, non seulement elle sourirait toujours, mais, de plus, ce serait avec son sourire à lui. Est-il possible d'être vaniteux à ce point ?

J'ai commencé graduellement à comprendre sa ruse. La vieille femme ajoutait à mes souvenirs sur sa fille d'autres souvenirs à elle, si émouvants, si ensoleillés, que, tout doucement, elle espérait que nous partagerions la même intensité de douleur. Et qu'alors je serais dans l'incapacité de refuser ce qu'elle s'apprêtait à me demander.

— Une fois, dans la cour, j'avais suspendu à quelques centimètres du sol une outre de petit-lait. Elle avait deux ou trois ans et elle adorait le petit-lait, la diablesse. Je suis entrée dans la cuisine, la laissant seule près de l'outre. Elle s'y est agrippée, jusqu'à ce que le fil qui retenait l'outre casse. Quand je suis revenue dans la cour, le sol était inondé. Nawal, toute mouillée, la bouche collée à l'ouverture de l'outre, aspirait goulûment le petit-lait. J'ai failli la corriger, mais elle était si satisfaite d'elle-même que je n'ai pas pu. Une autre fois, à quatre ans, elle est tombée sur un buisson d'épines. Elle était pleine de piqûres, mais elle ne s'est pas plainte. Elle avait trop peur que je la gronde. Je lui avais interdit d'aller de ce côté...

Je l'ai interrompue, sèchement :

— Pourquoi m'avez-vous donné ce paquet ?

Elle a éludé ma question. Elle a poursuivi, sur le même ton précipité :

— Pour vivre, mon fils, j'ai besoin de me souvenir d'eux. Mais maintenant que Nawal est partie, plus je me souviens d'eux, plus je me sens mourir. Tu comprends, petit ?

Elle s'est penchée vers moi, son souffle atteignant mon front. Son agitation est retombée. Elle a murmuré, mortellement fatiguée :

— Est-ce que tu saisis, fils ? C'est comme si je crevais de faim et que je coupe des bouts de ma chair pour me rassasier. J'apaise mon ventre, c'est vrai. D'un autre côté, je meurs.

J'ai dénoué le mouchoir. Il y avait un petit livre, écrit en caractères précieux, dorés. Un coran.

J'ai repris, irrité, prêt à sangloter :

— Pourquoi m'avez-vous donné ça ?

Elle a posé sa main sur ma tête. Elle a caressé mes cheveux.

— C'est un cadeau de ma mère quand je me suis mariée. Que Dieu élève ton rang, mon fils. Va remettre ce livre à Nawal, ça la protégera. Tu l'aimes, tu me l'as dit...

J'ai senti mon front se mouiller. J'ai levé la tête. Des larmes petites et lourdes tombaient droit de ses yeux, sans couler sur son visage.

— Remets-lui le coran et ramène-la vite ici. Je t'en prie, elle n'est pas née pour mourir.

J'ai presque crié. Ou plutôt, j'ai écouté, stupéfait, ma bouche dévoiler — et me dévoiler — l'ampleur de ma peur :

— Mais je ne peux pas... C'est impossible ! C'est... c'est trop...

J'ai vu une grimace affreuse se former sur sa figure. Elle a eu un geste de protestation devant le mot que j'allais prononcer.

— Non, ne le dis pas !

Elle a couvert son visage strié de griffures avec ses deux mains. Elle pleurait maintenant de tout son corps. Elle a hoqueté :

— Pourquoi... pourquoi ne veux-tu pas ? Ne m'as-tu pas juré que tu l'aimais ?

Une voix s'est élevée derrière le rideau de vêtements, hargneuse :

— Mais parce que c'est un lâche. Oui, pour sûr, un véritable lâche !

La femme s'est avancée, des rides de mépris autour des lèvres.

— Mais pourquoi lui parles-tu, Aziza ? Tu vois bien que ce n'est pas un homme. Calme-toi, ma bonne fille. Ça ne sert à rien de te mettre dans cet état.

À son expression, il était clair qu'elle avait suivi notre conversation depuis le début. Sa lourde lippe pendait, hésitant entre des mots de consolation pour sa nièce et la colère que je lui inspirais.

— Pourquoi l'as-tu fait pleurer ? Va-t'en !

La sœur d'Abou Ali a hurlé, presque hystérique :

— Va-t'en d'ici !

Parce que j'avais des fourmis dans les jambes, je ne me suis pas exécuté rapidement. Elle s'est mise à me lancer du linge humide, une veste, puis des sous-vêtements, en ahanant de fureur.

J'ai dévalé les escaliers. J'ai heurté du visage

l'extrémité d'une planche placée de guingois avec d'autres outils, près de la porte. Pinçant mon nez entre deux doigts pour empêcher les gouttes de sang de me salir, je suis sorti dans la rue. J'ai refermé la porte. Même après cela, j'ai entendu distinctement les sanglots mêlés des deux femmes, ceux d'Aziza, pareils à un gémissement prolongé et les autres, plus bruyants et entrecoupés de reniflements, de sa tante.

Vingt mètres plus loin, j'ai constaté que mon autre main serrait encore le petit ouvrage. D'émotion, j'ai ouvert ma main. Le livre est tombé sur des épluchures, grand ouvert. J'ai éprouvé la jouissance vague, grave, d'une sensation de perdition. J'ai avancé de quelques pas. Un homme, derrière moi, m'a interpellé :

— Eh ! Vous avez laissé tomber quelque chose.

L'individu brandissait un pinceau. Il blanchissait à la chaux la façade d'une maison. Essuyant sa paume libre sur son pantalon, il m'a dévisagé, sans hostilité, un peu goguenard :

— Vous saignez. Vous vous êtes fait mal ?

Je me suis baissé pour reprendre le livre. Je n'ai pas desserré les lèvres car, autrement, je me serais vidé.

J'ai opté, pendant le reste de la journée, pour l'hébétude. Je suis allé à l'endroit du camp où les taxis collectifs s'arrêtaient. J'avais décidé de retourner à Damas. Je me suis assis sur une dalle de béton qui ressemblait à un banc. Un mur faisait de l'ombre. Des taxis sont passés, mais je n'en ai pris aucun. Un chauffeur a arrêté sa voiture. Il a ouvert le capot et a farfouillé dans le moteur. De temps à autre, il pestait contre le véhicule. Il a mis de l'eau dans le radiateur et a tenté de relancer le moteur. Après une demi-heure d'efforts, il a abandonné. Il a pris un coussin dans sa voiture, est venu dans ma direction. Il m'a dit bonjour, a lâché : « Il fait chaud, pas vrai ? », a posé le coussin et s'est allongé sur la dalle, la tête sur le coussin. Il n'avait même pas essuyé la graisse de ses mains. Presque immédiatement, il s'est endormi.

J'en ai ressenti du dépit. Alors, je me suis dit qu'elle avait peut-être raison, la tante, que j'étais sûrement un dégonflé, que moi et moi, quel triste couple nous allions composer à présent. Une espèce d'ébriété due à cette peur d'une représentation si dévalorisante pour moi-même m'a empoigné. J'ai eu envie d'arrêter ce passant qui regardait avec amusement le chauffeur ronfler sur sa dalle, de lui demander de me regarder, moi, de le convaincre que ce n'était pas ma faute, que je n'étais pas aussi lâche, et puis, hein, comment aurait-il agi à ma place ? J'ai voulu me mettre en rogne, là, assis sur le béton. Parce que me mettre en colère m'aurait peut-être permis d'échapper à ces yeux qui me glaçaient la nuque, ces yeux que je reconnaissais, ceux de mon enfance, quand il était évident qu'un homme ne pouvait être que courageux. Car, sinon, à quoi servait-il de grandir ?

Je n'ai pas senti la soif, ni la faim. L'après-midi était déjà très avancé quand le chauffeur s'est réveillé. Il s'est gratté la tête, avec ses doigts pleins de cambouis. Il a agrippé son coussin, a murmuré « merci » à mon intention, comme si j'avais été censé veiller sur lui et sur la voiture, et s'est penché de nouveau, avec la même avidité, sur son moteur.

Elle avait au poignet deux bracelets qui avaient cliqueté lorsqu'elle s'était arrangé les cheveux. Ils étaient assis dans un self. Elle avait boutonné son manteau. Dehors, il pleuvait. Des clients aux yeux bridés jetaient de temps à autre un regard distrait sur ce couple de touristes. Elle avait soupiré, très légère :

— Ah, que je voudrais boire un verre d'eau de fleur d'oranger !

Et lui, il lui avait répété qu'il l'aimait. Mais peut-être n'était-ce pas comme ça que les choses s'étaient passées ? De quoi lui avait-elle parlé auparavant pour qu'il osât de nouveau aborder ce sujet ?

Elle avait, en tout cas, commenté le tout avec une indifférence appuyée :

— Tu crois ? Qu'est-ce que ça change ?

— Je ne sais pas. Mais je ferai tout pour le savoir.

Elle l'avait dévisagé bizarrement, en biais. Quelque chose lui avait inspiré une pointe d'espoir, l'avait émue, et cette même pointe, la jeune fille l'avait transformée, par une impulsion de colère, en suspicion. Elle avait fermé les yeux pour clore là-dessus la discussion :

— Au fond, nous ne sommes que des mots.

Il avait désiré ne pas prendre la phrase au sérieux, la considérer comme une réflexion jetée comme ça, une pique de conversation. La face aux paupières baissées était devenue lisse, trop lisse, peau d'une morte mordue par une vipère.

En lui avait commencé à couler, telle une source, la stupéfaction de n'être que lui-même, incapable de modifier le visage de celle qu'il pensait aimer plus que tout au monde.

Moins d'une heure me séparait maintenant de la rupture du jeûne. Il ne me restait plus, en définitive, qu'à rendre une dernière visite à Akram avant de quitter pour toujours cet endroit de malheur. J'ai failli me dispenser de cette visite. J'ai calculé, cependant, qu'elle m'aiderait peut-être à mieux mettre un point final à tout ceci, de façon que je puisse me dire, par la suite, après mon retour en Algérie, que si ma fuite avait été une défaite, au moins elle n'aurait pas été « bâclée ». Inepties, évidemment, que tout ce scénario cérébral, mais l'intelligence et ses acrobaties occupent et j'avais bien besoin d'être occupé.

Je suis allé directement chez lui. L'infirmier de garde avait supposé, le matin, que l'absence du docteur était due à un alitement. En chemin, j'ai acheté des gâteaux et des fruits. J'ai facilement retrouvé la maison. Devant la porte, il y avait une charrette dont les bras reposaient sur le sol.

— Qu'est-ce que tu veux, patron ?

Les petits yeux, ronds comme des boutons de chemise, m'ont examiné avec un mélange d'obséquiosité inquiète et de déception, on aurait dit qu'ils s'attendaient à voir quelqu'un d'autre. J'avais oublié que le médecin ne vivait pas seul. Cet homme âgé, au front bas, au cou réduit aux muscles, était sans doute le père d'Akram. J'ai bredouillé, mal à l'aise, que j'étais un ami du docteur, qu'au dispensaire, on le croyait malade et que je souhaitais le saluer avant mon départ.

Il a jeté un coup d'œil au paquet de gâteaux et aux fruits. À contrecœur, il s'est effacé pour que j'entre, grommelant derrière moi que son fils n'était pas à la maison, mais qu'il y serait certainement avant la rupture du jeûne.

— Tu peux l'attendre ici, a-t-il ajouté, presque aimable, en me montrant le canapé.

Il m'a laissé seul dans la pièce. Je l'ai entendu s'affairer dans la cuisine pendant un bon quart d'heure. Puis il m'a posé une question. Parce que je ne l'avais pas bien entendu, je l'ai rejoint à la cuisine.

Agenouillé sur le sol, face à une bassine pleine d'eau savonneuse, il lavait des vêtements. Le contraste était frappant, à la limite du malaise, entre la silhouette lourde de bœuf et les gestes délicats, quasi féminins, des mains manipulant le linge. Je n'ai pas eu envie de sourire.

— Tu connais bien mon fils ?

— Non... pas très bien.

De nouveau, les rides autour des yeux ont exprimé de la méfiance. Il s'est tu, frottant de plus belle la chemise qu'il avait en main. Sur le feu du réchaud à gaz, était posée une casserole d'où s'échappait une odeur agréable. Il s'est raclé la gorge, m'a demandé l'heure. Il avait le bas du pantalon éclaboussé par l'eau savonneuse.

— Ah...

Il n'a pu dissimuler une exclamation d'inquiétude. Il a porté une main humide à sa bouche. Il a toussé, dans une tentative maladroite de noyer son agitation.

— Tu comprends, patron, d'habitude, quand il veut rentrer en retard, il me prévient. En plus, euh...

Il a hésité :

— Quand je suis allé au dispensaire, ils m'ont appris qu'ils ne l'avaient pas aperçu de toute la journée.

Vaguement affolé à mon tour, j'ai tenté de détourner le fil de ses pensées en le complimentant sur son fils. J'ai gaillardement menti en affirmant que beaucoup d'habitants du camp m'avaient fait l'éloge d'Akram, qu'il était réputé sérieux et compétent, etc. Le discours a détendu le père.

— Pour ça, oui, c'est un excellent fils. D'ailleurs, j'y ai veillé depuis qu'il est tout gosse.

Il a lancé, avec une vanité au bord du défi, comme si j'allais mettre en doute sa proclamation :

— Et puis, il me le rend bien.

Je lui ai proposé de l'aider. Je ne pensais pas particulièrement à la lessive, mais à une quelconque tâche de cuisine. Il s'est mépris et a refusé, d'une voix aiguë, inattendue :

— Non, les affaires de mon fils, personne ne les touche !

Il a trituré nerveusement le col de la chemise. Il s'est replongé dans le silence. On n'a plus entendu que le clapotis de l'eau et le bruit de vapeur de la casserole. Ensuite, à la manière de quelqu'un qui continue un discours dont la première moitié a déjà été énoncée dans sa tête, il a expliqué lentement, me prenant visiblement pour un simple d'esprit :

— Ce n'est peut-être pas très clair pour toi, patron, mais j'ai tout fait pour lui. Depuis que ses sœurs se sont mariées, je lui prépare ses repas, je lui lave ses vêtements, je les repasse jusqu'à présent.

Il a hésité. La tête de vieux bœuf a oscillé. Ses yeux se sont éclaircis.

— Au fond, je suis pratiquement sa mère.

Nos deux regards se sont rencontrés. Il a lu dans le mien que sa remarque à propos d'être « sa » mère impliquait une explication sur la « vraie » mère. Ses cheveux, gris par endroits, collaient à son front à cause des gouttelettes d'eau.

— Ma pauvre épouse est morte en le mettant au monde.

Il n'a pas cillé ; c'est moi qui ai baissé la tête.

— C'est comme ça, patron : le petit, il est né, et elle, elle est morte. Il donne et Il reprend, le Tout-Puissant. Et ne va pas Lui demander pourquoi.

J'ai eu honte de l'avoir surpris en flagrant délit de mensonge. Exaspéré par ma connaissance de ce que j'aurais dû ignorer, j'allais lui rétorquer qu'il n'avait aucune raison de me servir du « patron » à tout bout de champ, étant donné que je n'étais patron de rien. L'appel du muezzin s'est élevé, tranchant.

Le père a été pris de frénésie, me bousculant au passage :

— Vite, vite, il faut mettre les couverts. Il va être là d'une minute à l'autre. Mon fils, quand il a faim, il n'a aucune patience...

Il a placé au milieu du salon une table basse, a déposé trois assiettes et des verres. Il a ramené la marmite et une soupière. Il est retourné à la cuisine, rapportant le pain et des fruits. L'homme gros, avec des seins pareils à des mamelles pendant sur son ventre rebondi, a constaté que la table était entièrement mise. Il a jeté un coup d'œil à la porte, le visage déçu. J'ai réalisé que quelque chose en lui avait superstitieusement espéré que sa précipitation à dresser la table allait « hâter » le retour du fils.

D'un geste mécanique, un peu parce que les bonnes manières l'y forçaient, il m'a prié de m'asseoir et de partager leur repas. Il m'a demandé si je voulais commencer par la soupe. J'ai dit oui. Lui ne s'est rien servi.

J'ai avalé deux ou trois cuillerées. Il y avait une carafe sur la table. Il a avalé, coup sur coup, deux verres d'eau. Il a éructé, s'est excusé de ne pas m'avoir souhaité bon appétit. Il s'est rempli un troisième verre, le vidant comme si cela le dopait. Il a lancé une imprécation contre son fils.

Je lui ai suggéré que ce n'était pas bien de rompre le jeûne de manière aussi frugale, de ne boire que de l'eau après une journée de ramadan.

— Non, plus tard. On dirait que j'ai une arête dans la gorge.

J'ai été sur le point de réitérer mon conseil de manger quand même. Il s'est levé, a murmuré qu'il allait faire un tour, vérifier si son fils n'était pas repassé entre-temps au dispensaire. Il y était peut-être retenu par un de ces damnés malades.

— Reste ici, s'il te plaît, jusqu'à mon retour. Il ne faudrait pas qu'il trouve la maison vide pendant mon absence. Ça l'inquiéterait, tu vois.

Il est revenu deux heures plus tard. Entre-temps, j'avais grignoté quelques pommes de terre du ragoût. Je m'étais convaincu, sans beaucoup d'efforts, que l'inquiétude du père était disproportionnée, qu'Akram était un adulte, qu'il pouvait lui arriver, comme tout un chacun, de rentrer tard ou de découcher si cela lui chantait.

— Misère de moi !

L'homme frisottait sa moustache, regardant à plusieurs reprises l'horloge murale. Je n'ai pas pu me retenir :

— Mais peut-être vous inquiétez-vous inutilement ? Avec le métier qu'il a, il a besoin de se détendre. Il est peut-être au cinéma... Peut-être chez...

Il a écarquillé les yeux. J'ai fini par grommeler, de mauvaise humeur :

— Chez des amis... Oui, pourquoi pas ?

Il a eu un plissement des lèvres malveillant. Il a

compris que j'entendais : « Chez une fille. » De sa voix de basse, il a explosé :

— Mon fils n'est pas un voyou. De toute façon, il m'aurait averti !

Maîtrisant sa colère, il a ajouté sur un ton sardonique :

— Quand tu prétends que je m'inquiète à tort, alors là, patron, on sent que tu n'es pas palestinien.

J'ai haussé mentalement les épaules. La conversation prenait un tour qui me déplaisait. Je me suis préparé à prendre congé. Il m'a saisi par le bras.

— Non, patron, par la Face de Dieu, ce n'était pas pour te vexer. Reste avec moi, tu m'aideras à patienter.

Le vieil homme suppliait presque, pesant sur mon bras :

— Tu dormiras sur ce canapé, patron. Tu n'as pas de travail, demain matin, hein, patron ?

La fréquence des « patron » devenait si importante que, pour le faire taire, je me suis résigné à accepter.

Il a eu un ricanement de soulagement.

— On tuera le temps. Oui, on tuera ensemble ce maudit temps qui nous tue sans cesse...

La soirée s'est péniblement traînée. Le vieil homme a bu une quantité phénoménale d'eau, sans prendre un seul morceau de nourriture solide. Nous n'avons pratiquement pas parlé. Je crois que son corps était trop absorbé à se « manger » d'angoisse pour pouvoir s'occuper d'autre chose. L'eau était là pour « doucher » la peur quand elle atteignait un trop haut niveau. J'ai été mécontent d'avoir cédé à l'insistance de l'homme. Son anxiété a fait resurgir la mienne, plus forte, comme si elle saillait de moi. Plus laide, aussi : parce que cette anxiété se voyait reflétée dans les yeux du père. Du coup, d'une manière ou d'une autre, je ressemblais à cet individu sénile qui se droguait à l'eau. J'ai fini par m'endormir sur le canapé. À deux reprises, j'ai été réveillé par le bruit des mouvements du père. Ouvrant la fenêtre. La refermant.

Vers quatre heures, cinq heures du matin, la voix crachotante du même muezzin a signifié le début d'une nouvelle journée de jeûne. Le père a longuement prié. Je l'ai observé du coin de l'œil : borné par son angoisse, entêté à dissuader le sort. Quand il s'est arrêté de prier, il faisait complètement jour. Il est sorti. Je me suis levé. Après m'être débarbouillé, je me suis disposé à partir, bien décidé à ne pas rester une minute de plus.

J'ai entendu l'ébrouement d'un animal. J'ai regardé par la fenêtre. Le père d'Akram avait ramené un cheval et l'attelait à la charrette. Malgré ce qu'en m'avait dit le médecin, l'alezan, bien qu'un peu maigre, avait encore de l'allure. La main du vieux a flatté à plusieurs reprises l'encolure du cheval. Celui-ci a répondu par des mouvements joyeux.

Quelqu'un s'est approché à ce moment du père. Il lui a glissé quelques mots à l'oreille et s'est éloigné à grandes enjambées furtives. Le père me tournait le dos, le visage m'était donc caché. J'ai su, cependant, que quelque chose était arrivé. J'ai ouvert la porte. Le père, tel un automate, s'est remis à atteler le cheval. L'alezan, affairé à mâcher des épluchures qu'il avait trouvées sur le sol, a bougé, manquant faire trébucher le père.

La suite s'est enclenchée avec une rapidité de film muet. L'homme a ramassé une planche abandonnée et a donné un violent coup sur le museau du cheval. Sous la douleur, l'animal s'est à demi cabré, renversant la charrette. Mais il n'a pas tenté de fuir. Il a tourné des orbites épouvantées vers son propriétaire, comme s'il lui demandait d'expliquer la provenance incroyable de la souffrance. Le vieux s'est déchaîné, assenant une volée de planche sur le garrot et le flanc du cheval. Je me suis élancé. J'ai crié, mais je ne sais pas s'il m'a entendu car l'alezan hennissait de toutes ses forces :

— Arrête, il ne t'a rien fait, le cheval !

Alors, j'ai aperçu le visage du père. Je me suis immobilisé. J'ai eu peur à mon tour de recevoir un mauvais coup. L'homme bégayait. Un filet de salive sortait de ses lèvres :

— Ils l'ont... l'ont... arrêté...

— Mais qui ? Qui ?

L'homme a semblé comme fou. Il a élevé sa planche dans ma direction. J'ai reculé. Il l'a abattue sur le jarret du cheval, qui s'est empêtré dans le harnais et s'est affalé. Il ne hennissait plus, presque assommé. Il produisait un son de gorge qui ressemblait à un aboiement. Le père a continué de haleter :

— Les maquereaux, ils l'ont arrêté... Les maquereaux, il n'a rien fait...

Des gens sont sortis des maisons environnantes. Personne n'a osé s'avancer. Au milieu du cercle, le père tenait sa planche souillée par la poussière et le sang du cheval. Le visage gris de l'homme s'était calmé, de la morve coulait de son nez. Sa poitrine se gonflait et se dégonflait au rythme de sa litanie :

— Rendez-moi mon fils... Rendez-moi mon fils...

Quelqu'un a soupiré auprès de moi, doucement, infiniment navré :

— Saleté de vie...

Comme le rat, frère des vers, auquel l'instinct indique soudainement que son avenir n'est plus qu'une question de distance entre son chasseur et lui, j'ai détalé. Littéralement. Non, je n'étais pas fait pour tant de brutalités et de malheurs, de tristesse et d'impuissance ! La tante d'Aziza pouvait avoir raison, j'étais sûrement un pleutre, un poltron, tout ce qu'on voulait, mais je n'avais ni l'envergure ni la force d'âme pour me frotter au désespoir de ces morpions de Palestiniens, d'affronter, en somme, leur Actualité ou leur Histoire.

Je me suis enfermé dans ma chambre d'hôtel. Je n'ai pas bu d'eau. Je n'ai pas analysé ma réaction, ni éprouvé de commisération envers Akram ou envers son père. J'ai à peine eu le temps d'imaginer le soulagement que j'allais éprouver le lendemain, pendant que l'avion me ramènerait à mon point de départ.

On a frappé à la porte. J'ai dit :

— Oui ?

— Ouvrez.

Je n'ai pas reconnu la voix du garçon d'étage. J'ai ouvert. Deux hommes se tenaient devant moi. L'un d'eux, l'air morose, habillé d'un costume banal de fonctionnaire mal payé, a exhibé une carte que je n'ai pu déchiffrer. Le deuxième s'est éclairci la gorge, encore poli :

— Vous pourriez nous accompagner ?

Ce n'était pas énoncé sur un ton menaçant. Mais ce n'était pas une prière.

Partie Six

Juin 1987, Damas

Des trois, quatre heures qu'il passa dans les bureaux de la sécurité, ce fut de la gifle qu'il se souvint le mieux. Après. Non pas tant à cause de la douleur, le coup n'ayant pas été donné avec force, mais de ce qui lui apparut comme une évidence soudaine, que les doigts de l'homme sur sa gencive venaient de révéler : la gifle épousait parfaitement les contours de sa peur, elle avait — et cela l'humilia profondément — la « forme » de son âme.

L'interrogatoire avait été long et fastidieux, les questions si ternes, du genre père ? mère ? études ? voyages ? qu'elles accrurent, par contrecoup, son inquiétude. L'attitude de celui qui le questionnait n'était empreinte ni d'intérêt ni d'animosité à son égard. Seulement de cette indifférence du bureaucrate, si éprouvante pour celui qui n'ose rien y opposer.

On l'emmena dans une autre pièce, partagée en deux par du verre translucide. On l'y laissa seul pendant une demi-heure. La salle sentait le vieux tabac et la sueur. De l'autre côté de la paroi, deux hommes discutaient. L'un d'eux tapait à la machine.

Il s'astreignit avec ardeur à les écouter, s'inventant une préoccupation ridicule pour échapper à l'emprise de ce qui ressemblait un peu trop à un début d'affolement. Une des voix demanda un stylo. L'autre rechigna :

— Achète donc ton propre stylo. Tu n'arrêtes pas de me les piquer !

Il entendit le bruit d'un tiroir qu'on ouvre. La première voix reprit, dans un autre ton :

— Dis, il m'est arrivé un drôle de truc, hier.

— Ah ?

— Je n'avais pas touché à ma femme depuis plus d'un mois. Je ne sais pas pourquoi, mais rien que d'y penser, la chose avec elle, ça m'ennuyait. Hier, quand je suis sorti pour aller au café, après le repas du soir, j'ai vu un matou qui besognait une chatte. Alors, je suis rentré à la maison et j'ai appelé ma femme. Quand nous en avons fini, je me suis rendu compte que je n'en avais pas vraiment eu envie. Elle aussi, elle l'a compris. Elle a fait une de ces figures, puis elle a chialé.

Celui qui tapait à la machine a grogné :

— Tu ne peux pas garder des dégueulasseries comme ça pour toi ? Pourquoi tu me racontes ça un jour de ramadan ?

Le deuxième individu a renâclé :

— De quoi tu veux qu'on parle dans ce foutu bureau ? D'ailleurs, toi, tu n'oses même plus éternuer, de peur de péter !

Il ne put suivre le reste de la conversation. On le ramena dans le précédent bureau. Près de celui qui l'avait interrogé, se trouvait quelqu'un, visiblement plus gradé. La tête baissée sur des feuilles de papier, il lui lança :

— Pourquoi êtes-vous en Syrie ?

La question avait été posée comme si la réponse n'avait pas d'importance. Il hésita, bredouilla entre ses dents :

— Pour faire du tourisme...

L'officier aux traits mélancoliques reprit, aussi négligemment :

— Quand la manifestation aura-t-elle lieu ?

Il ne put s'empêcher de sursauter.

— De quelle manifestation s'agit-il ?

Le militaire le regarda, souriant presque :

— Vous n'allez pas nous faire croire qu'avec toutes ces allées et venues dans le camp, vous n'étiez pas informé ?

Il avait donc été surveillé. Il fut pris d'une irrépressible envie de pisser. Il décida de tout dire. Quand il eut fini, celui qui l'avait questionné le matin rit franchement :

— C'est pas vrai, ça ! Il affirme lui-même qu'il est un petit couillon qui a fait des milliers de kilomètres parce qu'il est follement amoureux d'une fille, mais, à part ça, qu'il n'est au courant de rien d'autre !

Il rougit parce que l'atmosphère avait viré à la moquerie graveleuse. Même l'officier semblait s'amuser. Il surprit le clin d'œil, puis les deux phrases chuchotées que ce dernier échangea avec son subordonné :

— On le garde ?

— Ce n'est pas la peine, chef. Le docteur a fait, à son propos, une déclaration à peu près semblable.

On lui rendit ses papiers, d'une manière si cérémonieuse que cela provoqua un véritable fou rire chez l'un des militaires. De se sentir si rabaissé, quelque chose éclata dans sa poitrine :

— Dites, je suis sûrement un imbécile. Mais le docteur, lui, ne l'est pas.

Un silence hostile lui fit face. Le gradé le dévisageait, lèvres serrées. La gorge nouée, il continua :

— Oui, pourquoi l'avez-vous arrêté ? Il n'a rien fait et, au dispensaire, ils ont besoin de lui.

L'officier s'était approché de lui. Ce fut à ce moment qu'il reçut la gifle.

— Toi, le bien-aimé de sa mère, ici, on est en Syrie et on n'a pas à recevoir de leçons ! Mon père à moi a été pendu du temps des Français parce qu'il en avait marre que des étrangers lui dictent en permanence ce qui était le mieux pour lui. Nous, on voulait vivre tranquillement et il y a eu les Israéliens, les Palestiniens...

Les traits du militaire étaient blêmes. Craignant un autre coup, l'Algérien porta la main à sa joue. La voix avait poursuivi, coupante :

— On l'avait prévenu, le cher docteur. Nous ne voulons pas de manifestations, ici. Ses compatriotes ont foutu la merde à Beyrouth. Lui et ses pareils, ils veulent refaire ça à Damas. On va lui mettre un gourdin dans le cul, à ton ami. Comme ça, il n'oubliera pas de sitôt qu'il n'est pas chez lui. Quant à toi...

Le militaire baissa la voix, extérieurement calmé :

— ... Si tu veux un conseil, déguerpis, retourne chez toi, prends une épouse et rappelle-toi toujours que nous sommes des peuples frères.

Il n'y avait aucune ironie dans les yeux de celui qui l'avait giflé. Au contraire, le visage comme trempé dans la saumure le fixait avec une expression — qui l'étonna autant que la gifle — gelée par une étrange amertume. Celle, peut-être, du policier qui sait qu'il fait un sale métier.

Il a marché dans Damas, coupable de se sentir coupable. Il a essayé à deux ou trois reprises de chasser cette idée saugrenue qui s'engluait dans son crâne depuis qu'il avait quitté l'immeuble noirâtre de la sécurité. Parce qu'il en était sorti, lui, alors qu'Akram y était resté — là ou ailleurs, mais, de toute façon, entre leurs mains —, il ne pouvait se dépêtrer de la conviction que, d'une manière ou d'une autre, il l'avait trahi.

Il s'est arrêté devant la devanture d'une échoppe. Un citronnier en plastique la décorait, dérisoire substitut aux vergers de la réalité. Il a songé : suis-je en plastique, moi aussi ? Il a continué son chemin. Un garçonnet d'une dizaine d'années, assis sur les talons, apostrophait les passants, leur proposant ses services de cireur. Alors, pour la première fois de sa vie, il a posé son pied sur une caisse à cirage.

À la seconde même où il ajustait son pied, il a su qu'il avait désiré se prouver qu'il n'était pas le seul à pouvoir être humilié. Le cireur, sans même lever les yeux, s'est attaqué à la chaussure. Il a trempé une brosse dans une espèce d'eau savonneuse et en a shampouiné le dessus du soulier. Toujours n'offrant que sa nuque sale au regard de son client, il a essuyé le cuir avec un chiffon et s'est mis à le cirer vigoureusement.

Il a accepté les pièces — dont deux livres supplémentaires que Chaïbane avait volontairement ajoutées — sans broncher, sans un mot de remerciement. Peut-être a-t-il cru que l'homme s'était trompé et que s'il avait remarqué de la surprise chez l'enfant, il aurait réclamé le remboursement des pièces en sus.

Il s'est éloigné du petit être à la voix éraillée, le laissant figé pour toujours dans son métier de cireur. Au bout d'une heure de déambulation, ses chaussures étaient de nouveau poussiéreuses. Il s'en est aperçu. Il a souri à l'idée qui venait de naître en lui. Et qui n'avait aucun lien avec la poussière de ses souliers. Dans un kiosque, il a acheté deux tablettes de chocolat, un collier multicolore à bon marché, un peu grand peut-être, et, après une hésitation, un flacon de parfum.

Il a regardé sa montre. C'était l'heure de la troisième prière. Presque en même temps, le muezzin a appelé les gens à croire encore une fois à la vie éternelle. Il a pris un taxi, toutes pensées essartées.

Devant le dispensaire, son courage a failli l'abandonner. Il a poussé la porte. L'infirmier de garde, celui qui l'avait renseigné à sa précédente visite, a tressailli :

— Vous venez pour le docteur ?

Il a fait non de la tête. Il a ajouté, montrant le paquet :

— C'est pour la petite du premier étage.

Le visage de vieille fève de l'infirmier a paru sur le point de demander quelque chose. Son regard s'était posé sur la joue du visiteur, là où la peau était légèrement tuméfiée. Chaïbane a dit, grimaçant :

— On m'a posé des questions.

L'autre n'a fait aucun commentaire. Chaïbane a monté l'escalier. À mi-chemin, l'individu en blanc l'a interpellé, agressif :

— Elle va très mal. Elle ne veut être soignée que par le docteur. Alors, on l'oblige et elle se débat. Je n'ai pas pu la nettoyer aujourd'hui.

Il a traversé la salle du haut. Des malades bavardaient entre eux. Personne n'a fait attention à lui. Il a ouvert doucement la porte du réduit. Les rideaux étaient tirés. Il est resté debout jusqu'à ce que ses yeux s'habituent à la pénombre. L'odeur était forte, comme au premier jour. La gosse dormait.

Il y avait une chaise à côté du lit. Il s'y est assis, le paquet sur ses genoux. Il a contemplé la fillette. Il a ressenti une sorte de petite mort, doublée, paradoxalement, d'une coulée de bonheur à la vue du visage de l'enfant : elle était si délicatement jolie...

Il a attendu qu'elle se réveille, sans un geste, sans rien penser. Il est demeuré ainsi un long moment.

Ce fut elle qui le fit sursauter. Elle le lorgnait depuis quelques minutes, les yeux grands ouverts détaillant attentivement cette tête immobile, inconnue d'elle. Son regard a rencontré le sien. Il y a deviné un mélange de frayeur et de curiosité.

— Tu es qui, l'homme ?

Elle tenait le bout de drap de manière à pouvoir en recouvrir sa tête si la réponse lui déplaisait.

— Euh... moi ?

— Tu es docteur, toi aussi ?

— Non... Je suis l'ami du docteur Akram.

À l'énoncé du prénom, elle s'est renfrognée. Oubliant sa frayeur, elle a boudé. Elle s'est retournée vers le visiteur, fâchée :

— Pourquoi qu'il ne vient pas ?

Chaïbane a eu envie de rire car l'enfant zézayait. La question lui a fait cependant l'effet d'une douche froide. Il a trouvé cela juste, de retourner vers l'humeur qui était la sienne à son arrivée au dispensaire.

— Il est très occupé, le docteur, mais...

Le reste de la phrase lui est venu si facilement qu'il en a soupiré d'aise :

— Il m'a chargé de te transmettre un paquet.

La petite avait rosi de plaisir. Même dans la pénombre, c'était visible. Intimidée, elle a saisi le paquet. Elle a sorti les deux tablettes de chocolat, puis le collier. Elle l'a mis autour du cou, a eu le mouvement involontaire de quelqu'un qui cherche un miroir.

Le collier était beaucoup trop grand pour elle. Chaïbane a murmuré, ému :

— Il te va très bien.

Coquette, la fillette a opiné du menton. S'appuyant sur le coude, elle a extrait finalement le flacon de parfum. Son sourire a disparu. Sur cette tête de cinq ans, le brusque effacement de la joie avait quelque chose d'indécent, de trop adulte. La gosse a bégayé, s'est lancée dans un début de phrase. Puis elle s'est immobilisée, réfléchissant à ce qu'elle allait inventer. Chaïbane a réalisé qu'elle préparait un mensonge. Il a songé, éperdu : « Prie, crétin, pour avoir l'air le plus crédule possible !

— Tu sais, pour l'odeur dans la chambre...

— Oui ?

Chaïbane s'est astreint à se composer des traits indifférents.

— C'est un chien. Il rentre dans ma chambre et fait ses besoins sous mon lit. Et puis, Amou Mahmoud, il veut pas nettoyer.

L'enfant a dévisagé avec anxiété Chaïbane. L'explication avait-elle été convaincante ? Chaïbane, glacé par la pitié, s'est arc-bouté sur sa chaise pour affermir sa voix. Il a dit, très sérieusement :

— Oui, c'est connu. Les crottes de chien, ça pue beaucoup...

La fillette a renchéri :

— C'est sale, les chiens !

Heureuse d'avoir été crue — et par une grande personne — elle a ouvert le flacon, a aspergé de quelques gouttes ses cheveux.

— Tiens, mets-en sur ta moustache.

Elle a ri. Chaïbane, aussi, a ri :

— Comment t'appelles-tu ?

— Hannah. Et toi ?

— Chaïbane.

— Quel drôle de nom ! Pourquoi tu t'appelles comme ça ?

— Je l'ignore. Ce sont mes parents. Tu penses qu'ils auraient dû me demander mon avis ? La prochaine fois, je te le promets, je ferai attention.

Ils ont éclaté de rire ensemble. Elle a trituré les perles en plastique du collier. Elle a murmuré :

— Je m'ennuie ici, tu sais.

— Ce n'est que provisoire. Quand tu guériras...

Elle s'est insurgée, en colère :

— Mais je ne suis pas malade ! Je... je suis juste un peu fatiguée. Demande au docteur, demande-le-lui, hein !

Sa voix était devenue aiguë de dépit. Désemparé, Chaïbane lui a pris la main et l'a tapotée. Elle était légèrement fiévreuse.

— Hannah, ce n'est pas ce que je voulais dire. Moi aussi, je suis sûr que tu n'as qu'un peu de fatigue.

Elle s'est retournée de l'autre côté. Il ne voyait plus ses yeux. Il a répété avec chaleur :

— Ça passera vite, tu verras, ça passera vite.

Elle a hésité, puis a consenti à bouger son dos. Elle a bougonné :

— C'est vrai, tu le penses ?

— Mais oui.

Sa tête a pivoté. Elle a arboré un sourire malicieux, de l'air de l'avoir pris au piège :

— Alors, raconte-moi une histoire.

— Euh... Sur quoi ?

— Réfléchis. C'est toi qui racontes, pas moi. Sur les baleines, par exemple...

Il s'est étonné :

— Pourquoi sur les baleines ?

Hannah a pris une des tablettes de chocolat.

— Tu vois ?

La tablette portait l'inscription inattendue : « Chocolat La Baleine ». Chaïbane a haussé les épaules :

— Hé, Hannah, ne va pas croire qu'on extrait le chocolat de la mer. Elle est stupide, cette marque.

La fillette a protesté :

— Et l'histoire ?

— Mais je ne connais pas grand-chose aux baleines.

— Mais si.

De guerre lasse, il a capitulé :

— Laisse-moi me rappeler. J'ai vu une émission de télévision, il n'y a pas si longtemps. Hum... C'était la mer...

Hannah s'est calée dans son lit, dans l'attitude caractéristique de l'enfant qui écoute un conte, débordante de confiance à l'égard de la parole de l'adulte. Chaïbane a toussoté, attendri. Cela lui a délié la langue de se sentir investi par cette foi :

— Donc, la mer... Un soleil qui vient de naître, pas d'îles ni de terres visibles. Et dans cette immensité de vagues, quand on regarde de très haut, un point. On s'approche, on descend rapidement et quand on est tout près, qu'est-ce qu'on trouve ?

Hannah s'est exclamée avec espoir :

— La baleine ?

— Oui. La baleine, la grande, la gigantesque baleine. À côté, un banc de poissons. Des sardines remontent tranquillement le long du corps de la géante. Elles mettent beaucoup de temps pour remonter. Tout à coup, un petit poisson se dirige droit vers la gueule du monstre. Ah, le pauvre ! Va-t-il être englouti par ce dragon nageur ?

Hannah l'examinait, crispée.

— Non. Finalement, la sardine heurtera le nez de

la créature qui continuera son chemin comme si de rien n'était. Hannah, si tu y étais, tu verrais l'œil de la baleine, presque égal en diamètre à une assiette, tu verrais cet œil bonasse sourire. Un sourire de cette dimension, ma belle, ce n'est pas tous les jours qu'on en voit ! Rappelle-toi, la baleine n'a pas de dents, mais une sorte de filtre pour manger uniquement les poussières de l'eau de mer.

— Qu'est-ce qu'elle pense, la baleine ?

— Elle pense qu'elle a beaucoup de chance. L'eau est plutôt chaude et la nourriture abondante. Elle s'interroge bien de temps en temps, intriguée : mais pourquoi tous les autres poissons sont si minuscules ? Mais, au fond, elle est contente, elle aspire une bouffée d'air et elle plonge. Ses poissons parasites la suivent partout, certains sont accrochés à son ventre. Il y a même des algues qui poussent sur son corps. Elle est gentille, elle laisse faire. Elle gobe un nuage entier de petits trucs délicieux. Si elle parlait, tu l'entendrais répéter : que c'est bon, que c'est bon d'être une baleine !

Hannah s'est exclamée, avec de l'envie dans la voix :

— Quelle veine elle a de s'amuser toute la journée !

Elle s'est tue, rêveuse, pendant que Chaïbane tentait de concocter une suite pas trop idiote à son histoire. La fillette l'a relancé :

— Chaïbane, cette baleine, quand elle est née, elle était aussi grosse ?

— Non... mais quand même cinq ou six fois ta taille actuelle.

Il avait sorti le chiffre au hasard. Hannah était impressionnée.

— Et comment elle est née ?

— Oh, comme tout le monde : elle est sortie du ventre de sa mère.

Des détails lui revenaient, qui l'amusaient autant que la petite malade :

— Elle a été entourée par d'autres baleines qui ont joué le rôle de sages-femmes et l'ont protégée contre les attaques des papas, parfois trop violents envers les fragiles bébés. Puis elle a tété sa mère. Le lait de la baleine est très riche, vois-tu.

— Elle a du lait, la baleine ?

— Oui. La mère a même des seins. Des seins roses, en plus. Le nourrisson s'accroche vigoureusement à un sein pour ne pas lâcher prise lors des brusques changements de direction.

— Mais, Chaïbane, comment on va l'appeler, la petite baleine, puisqu'elle est née ?

L'Algérien s'est gratté la tête.

— À toi de décider.

Tout à coup, elle s'est esclaffée :

— Miaou !

— Comment, Miaou ?

— Oui. Miaou !

— C'est un nom de chat, ça, pas un nom de poisson.

— J'aime bien les chats, moi. J'avais une chatte tigrée au camp. Je t'en prie...

— Va pour Miaou. Elle grandit, elle suit fidèlement son troupeau. Des temps vinrent et des temps passèrent, comme disait ma grand-mère. Un jour, elle rencontre un garçon baleine. Dans le cœur des baleines, Hannah, qui sait ce qui se passe ? Miaou s'entiche de...

— Cot-Cot !

Le même fou rire a secoué la fillette.

— Tu exagères ! Tu ne crois pas à mon histoire. Ce n'est pas un coq, ce monsieur baleine.

Les larmes aux yeux, hoquetant de rire, elle l'a supplié de continuer.

— Une fois, Cot-Cot, puisqu'il s'appelle décidément comme ça, invite Miaou à une promenade. Notre baleine est un peu timide, mais elle admire tellement son bel ami qu'elle accepte. Ils s'éloignent du troupeau. Ils se racontent des trucs. Je ne sais pas ce qu'il lui souffle à l'oreille, la baleine éclate de rire, mais pas comme toi. C'est un énorme rire silencieux, étrange pour un être humain, un bruit que personne, en réalité, n'a jamais entendu car les baleines se cachent bien loin de nous pour rire. Heureusement pour nous, d'ailleurs...

Hannah a levé un œil intrigué :

— Et pourquoi ?

— Bah, ce serait dangereux : leur rire nous ferait tellement rigoler, notre rire deviendrait tellement gigantesque que nous ne pourrions plus nous arrêter et... nous éclaterions comme ça : ploc !

Hannah a avalé un gloussement, partagée entre l'incrédulité et un zeste d'inquiétude :

— Tu en es sûr ?

— Puisque je te le dis.

— Ah, tu plaisantes...

Chaïbane a continué son histoire, inventant les

détails les plus invraisemblables. Hannah y réagissait soit par des protestations, soit par des éclats de rire. Elle prenait la main du visiteur et répétait :

— Non, c'est vrai ? Dis, Chaïbane...

Un bonheur, pareil à une légère peur, a traversé l'homme. Il a éprouvé de la reconnaissance pour l'enfant et pour le hasard qui l'avait amené dans cette pièce. Quand il a senti faiblir l'attention de la Palestinienne, il a décidé de corser son récit :

— ... À l'horizon, voilà qu'ils aperçoivent une belle plage où l'eau n'était pas profonde.

Hannah s'est exclamée :

— Il y a une plage comme ça, pas très loin de notre camp, à Beyrouth.

— Comment il s'appelle, ton camp ?

— Chatila.

— Et il donne sur la mer ?

— Euh... Si tu veux... C'est pas vraiment loin. On peut y aller en autobus, et même à pied.

Il a eu envie de la taquiner.

— Il donne sur la plage ou pas, ton camp ?

Rougissante jusqu'aux oreilles, elle a soudain pris un ton péremptoire, « patriotique » :

— Chatila, avec *sa* plage, c'est très beau !

Chaïbane a senti qu'elle mentait à propos de la plage, mais il a préféré battre en retraite :

— Bon, bon... Miaou et Cot-Cot voient à l'horizon la belle plage de Chatila...

Hannah a cligné les yeux de plaisir.

— Mais elles savent que c'est dangereux pour les baleines, une eau pas profonde. Elles sont donc sur leurs gardes. Cependant, à force de s'amuser, elles ne font plus attention. Des courants traîtres s'en mêlent, Miaou longe de trop près la côte et finit par s'échouer sur la plage. Horreur de Miaou et chagrin de Cot-Cot !

Prenant délibérément un ton emphatique, Chaïbane a roulé les yeux.

— Une petite fille est la première à trouver la grosse baleine sur la plage. C'est toi, la petite fille, tu veux bien ?

Hannah a opiné de la tête, très attentive.

— Elle va prévenir tout le camp, femmes, enfants, hommes. Ils viennent à la plage, pleins de curiosité. Ils observent deux choses : une immense baleine gris sombre sur la plage, et, au loin, une autre baleine qui lance des jets d'eau d'appel au secours. Les enfants, toi en tête, tournent autour de Miaou. Ils entonnent des chansons comiques pour calmer la baleine parce qu'elle gémit de peur. Ils voudraient bien la caresser, mais n'osent pas, elle les impressionne drôlement ! Les grandes personnes, elles, palabrent, palabrent comme d'habitude. À la fin, parce qu'ils sont gentils, ils décident de traîner la baleine de façon à la remettre à l'eau et la rendre à son copain. Les hommes prennent des cordages...

Hannah a dit, le visage fermé :

— Pourquoi ils font ça ?

— Quoi, ça ?

— La remettre à la mer ?

Chaïbane l'a dévisagée, mal à l'aise tout à coup :

— Mais parce que les habitants du camp sont gentils. Ils ne vont pas laisser le pauvre Cot-Cot se morfondre tout seul !

Elle a dodeliné du menton, entêtée :

— Ce n'est pas comme ça que ça s'est passé.

— Et comment ça s'est passé ?

— Pas comme ça.

— Oui, mais comment ?

La petite a fermé la bouche. Chaïbane lui a saisi la main. Les doigts étaient pliés en poing. Il a murmuré, conciliant :

— Raconte-moi ce qui est arrivé, tu veux.

Elle a dégagé sa main. Elle l'a regardé, défiante. Sa voix a chevroté :

— Ils n'ont pas pris des cordages. Ils ont pris des couteaux.

— Quoi ?

— Oui, pour tuer la baleine.

Chaïbane a rétorqué, irrité :

— Quel mal elle t'a fait, la baleine ?

Elle était réellement surprise que l'homme ne comprît pas. Elle a parlé lentement :

— Mon papa et ma maman, mes frères et mes sœurs, tous les habitants du camp, ils ont faim, ils peuvent pas sortir du camp. Le poisson, ça se mange. Chacun a pris un morceau de la baleine pour sa famille. Et le soir, personne n'a eu faim.

Elle a respiré bruyamment, zézayant de plus belle :

— Ça s'est passé comme ça, tu vois.

Chaïbane a eu contre le palais la sensation de la brûlure d'un renvoi. Il n'a pas pu s'empêcher de répliquer, s'en voulant déjà de sa colère :

— Et qu'est-ce que tu fais de Cot-Cot ?

À l'air qu'elle a pris, il a compris qu'elle l'avait oublié. Il a imaginé la mare de sang sur la plage, à la mesure du cétacé, et l'autre, le connard, qui sifflera de douleur au loin, pendant des jours, se tournant et se retournant dans l'eau, ignorant du sort réservé à sa belle.

Hannah a dit, l'élocution oppressée :

— À ton avis, qu'est-ce qu'il va devenir, Cot-Cot ?

Chaïbane a posé la main sur les cheveux de l'enfant. Son histoire n'était plus un conte, elle se terminait comme dans la vie. Mais, même si ce n'était pas la fin qu'il avait désirée pour son histoire, il en était pourtant responsable devant la gosse. Il s'est penché sur sa tête. Elle était visiblement sur le point de pleurer. Les deux petites prunelles s'étaient mouillées, on aurait dit deux gouttes de pluie posées en équilibre sur ses yeux.

— Je vais te confier un secret. Les baleines ont un cerveau minuscule. Alors, elles ont beaucoup de difficultés à se souvenir. Le lendemain, Cot-Cot avait tout oublié. De plus, il s'était trouvé une nouvelle copine qui ressemblait beaucoup à Miaou. En réalité, c'était son portrait craché.

— Ah...

Hannah a soupiré, mi-soulagée mi-désapprobatrice, devant cette amnésie qui tombait bien à propos. Quelqu'un a frappé à la porte, puis est entré sans attendre la réponse.

— Elle doit dormir maintenant, monsieur. Le docteur a dit de veiller à ne pas la fatiguer.

Chaïbane s'est levé, la gorge sèche. Il a embrassé Hannah, sans mot dire. Elle a gardé, elle aussi, les lèvres serrées, ses yeux devenus hostiles, comme si Chaïbane était en train de la trahir. L'infirmier a refermé la porte. L'Algérien a marché devant lui. Quand ils ont atteint l'escalier, Chaïbane s'est arrêté. Il a eu un ton rogue :

— Attendez-moi, je reviens.

Il a poussé la porte du réduit. La petite avait gardé la même expression de dureté.

— Tiens.

Il a ouvert le bracelet et lui a tendu la montre.

— Comme ça, tu penseras à moi de temps en temps, n'est-ce pas, Hannah ?

Elle a pris la montre sans réagir. Il s'est apprêté à sortir. Elle a chuchoté :

— Chaïbane...

— Oui ?

— Tu m'écoutes ?

— Oui.

— Ce n'est pas vrai, ce que je t'ai dit. Chatila n'a pas de plage. Et c'est tout cassé dedans, notre camp. Alors... c'est peut-être possible qu'il n'y ait pas eu Miaou... et tout ça...

— C'est très possible, Hannah.

Il s'est éclairci la voix. Il y a eu quelques secondes de silence.

— Tu viendras encore me voir ?

— Oui, Hannah. Plusieurs fois.

Elle a souri.

La journée a coulé irrésistiblement vers le soir. Il est retourné à l'hôtel, a prévenu qu'il partait le lendemain matin, de bonne heure. Il est monté dans sa chambre, s'est étendu sur le lit. Dehors, il faisait nuit noire.

Il s'est levé pour boire au lavabo. Il a jugé insupportable l'idée de se recoucher. Il s'est assis sur le sol, appuyé contre un côté du lit. Il a allumé la veilleuse, a sorti son portefeuille, en a extrait le billet d'avion et la photographie de Nawal. Il a trouvé qu'en une seule journée elle avait beaucoup embelli. Il a eu un ricanement amer à cette idée saugrenue.

Il a jeté un coup d'œil à la corbeille à papier. Il a décollé avec précaution les morceaux de ruban adhésif. Il a eu en main trois morceaux de la photographie. Sur l'un, on voyait un œil de la jeune fille. On ne découvrait qu'il regardait l'objectif avec mélancolie que si l'on rapprochait le morceau où se trouvait le reste du visage.

Il a tiré la corbeille à papier. Se ravisant, il a mis le premier bout de papier lisse dans sa bouche. Le papier était rigide et ses extrémités lui heurtaient désagréablement les gencives. Chaïbane s'est mis à mâcher. Il a songé, interloqué : tout est donc comestible, même l'amour.

Il s'est recouché avec, entre ses dents, le dernier morceau. Il a fini par l'avaler. Il a vérifié, une ultime fois, l'horaire de décollage de son avion. Bizarrement, la mastication a eu sur lui l'effet d'un somnifère : il s'est tout de suite endormi.

J'ai fait un rêve.

Une étendue blanche, recouverte de neige, froide, mais, dans l'air, une fraîcheur de printemps.

Un loup a surgi. On voyait qu'il pouvait mordre s'il le voulait. Mais il ne le faisait pas. Il se contentait de sourire.

Malgré ma peur, je lui ai dit :

— Qui es-tu ?

— Un loup, voyons.

Il a ajouté après réflexion :

— C'est cruel, un loup, tu sais. Ça te tient par les dents et...

Je n'ai rien trouvé à dire. J'ai entrepris de m'éloigner, un peu effrayé, triste, immensément triste.

Il m'a interpellé, avec sa voix de loup, sans l'articulation des humains, mais je l'ai compris.

— Tu ne me reconnais pas ?

— Si. J'ai même l'impression de bien te connaître.

Il a eu un glapissement silencieux. Ou une douleur étouffée.

— Je suis l'amour que tu éprouves pour Nawal. Je suis entré en toi, j'ai mangé ce qu'il y avait. Maintenant, j'erre en toi. Ce n'est pas très beau, au-dedans de toi. C'est même assez sinistre.

J'ai continué mon mouvement, afin, peut-être, de fuir. J'ai protesté :

— Mais je n'aime plus. Enfin... pas de cette manière.

Il a ricané :

— Tu croyais que l'amour, c'était quoi ? Une brebis ?

Il a dit, pensif et rusé :

— Écoute-moi : depuis combien de temps n'es-tu pas toi ?

Je l'ai regardé, intrigué.

— Oui : est-ce que cela fait longtemps que tu n'oses plus te promener en toi, que tu as honte de toi-même ?

J'ai ramassé de la neige, dans l'idée de la jeter sur le loup. C'est drôle, la neige était glacée, mais avec une bienveillante agressivité, délicatement odorante. Pareille à une fleur offerte par surprise.

Le loup a couru vers un point de l'horizon. En clignant les yeux, j'ai vu deux baleines qui jouaient dans l'eau. L'eau, j'en ai été sûr, était tiède, bien qu'entourée de glace.

Voilà : avant de me réveiller, j'ai aperçu distinctement les deux jets d'eau des baleines. Et j'ai vu — non pas entendu, mais vu — se lever et se répandre sur ce qui me restait de sommeil le nuage léger du rire du loup.

Il s'est rasé. Il devait être à l'aéroport dans moins de deux heures. Il y avait une orange sur la table. Il a pris le fruit, a mordu directement dans la peau.

Il a fermé les yeux, se laissant envahir par le goût et par l'odeur de l'orange. À petits pas, sans se presser, avec l'entêtement d'un souvenir longtemps réfréné, a commencé de sourdre en lui la décision d'aller la rejoindre. Là, donc, où elle se trouvait.

Alors, dans cet endroit du corps — ou de l'âme — où naissent les douleurs et ces silences horribles qui les accompagnent tant, quelque chose en lui s'est enfin apaisé.

Partie Sept

Il était, donc, une fois, un être humain qui, du fait qu'il avait mordu dans un fruit, avait changé d'avis. Il avait évité de mordre une seconde fois, pour ne pas encore changer d'avis. Sachant d'expérience la fragilité de toute décision qu'il n'aurait pas corsetée par des éléments extérieurs à lui — afin, délibérément, de s'en rendre prisonnier —, il s'était précipité vers l'agence pour y annuler sa réservation, puis vers la grande station de taxis, dans le quartier des Baramikés, derrière l'université de Damas.

Quand il s'assit sur les sièges fatigués de la Mercedes 190 avec trois autres passagers, dont une femme à l'avant, et que le chauffeur fit démarrer la voiture, il souffla alors, pris d'une certaine griserie. Voilà : les dés étaient lancés. Pipés ou pas, il suffisait maintenant d'attendre et de voir ce qui allait en sortir.

Le paysage était nu, la chaleur écrasante, mais l'autoroute bonne. Ils atteignirent rapidement le poste frontière de Jdeydiyé. S'ensuivit une interminable attente de près de deux heures devant les douanes syriennes. Un mendiant, les jambes amputées et se déplaçant sur une planchette munie de roulements à billes, s'accrocha à la portière arrière du taxi, du côté de Chaïbane et lui tendit la main. Les yeux du mutilé, profondément enfoncés dans un visage ruisselant de sueur et de crasse, étaient à ce point autoritaires que Chaïbane, mal à l'aise, lui remit une livre. Aucun des autres passagers ne l'imita. Le mendiant, avant de s'éloigner et de recommencer son manège avec le véhicule suivant, examina les cinq personnes attentivement, affichant un mélange assez inattendu de morgue et de servilité. Le chauffeur avait eu un sourire bovin devant le geste docile de son client. Il conserva la même expression lors de l'examen du mendiant. Quand celui-ci s'éloigna, accompagné du bruit des roulements à billes, le chauffeur expliqua à Chaïbane qu'il le voyait à chaque passage. Le personnage habitait dans les environs et crevait littéralement de faim, ne pouvant exercer aucun métier dans cette campagne aride. Les militaires s'étaient résignés à laisser le cul-de-jatte mendier à sa guise, à charge pour lui de signaler ce qui lui paraissait suspect chez les voyageurs. Si le renseignement était intéressant, il recevait quelques pièces pour améliorer sa recette. En revanche, s'il se trompait, on lui bottait le train afin de lui apprendre à faire preuve de plus de discernement. Le cul étant bas, ça doit être comme shooter dans un ballon de foot, ricana un passager, le plus jeune des cinq voyageurs. Les chauffeurs connaissaient le mendiant, s'en moquaient en le surnommant le « colonel », mais le redoutaient, au fond, car il avait fini par acquérir une habileté consommée dans la détection des passagers trop nerveux ou des comportements inhabituels. Le contrôle de la police se révéla cependant assez superficiel. « Par contre, au retour, dit le chauffeur, ils sont extrêmement sévères. Ils te fouillent des quatre à cinq fois, ouvrent les capots, regardent sous la voiture, démontent parfois les pneus à la recherche de drogue, ou d'armes surtout. Ils ont une trouille dingue que la pagaille du Liban ne s'étende. Y a de quoi ! » s'est marré le chauffeur.

Ce fut au contrôle des passeports de la douane libanaise, un peu plus de huit cents mètres en avant, que les choses se gâtèrent. Le policier feuilleta longuement le passeport, puis le rejeta devant lui. « Vous n'avez pas de visa, vous ne pouvez pas passer ! » fut le seul commentaire qu'il adressa à Chaïbane, avant de saisir un autre passeport. Il y avait foule dans le bâtiment aux multiples guichets, mais Chaïbane, brusquement, n'entendit plus rien, hormis un grand silence, semblable à une déflagration. Il murmura, comme s'il parlait à un petit enfant :

— Nawal...

Dehors, le chauffeur s'impatientait. Quand il le vit, il lui cria de se presser, que les autres avaient accompli leurs formalités douanières, qu'ils n'allaient pas l'attendre toute la journée, que, bon, hein...

Chaïbane l'appela, lui apprit toute l'histoire. La voix cassée, il essaya de prendre un ton léger, annonçant qu'il ne lui restait plus qu'à retourner à Damas obtenir un visa le jour même de l'ambassade du Liban, et que, si lui, le chauffeur, était de retour le lendemain, bah, pourquoi ne repartiraient-ils pas ensemble ?

Le chauffeur le regarda, un peu incrédule.

— Mais... il n'y a jamais eu d'ambassade du Liban en Syrie !

Il lâcha un gros rire.

— Nous sommes trop frères pour ça, si tu vois ce que je veux dire !

Devant le visage, devenu livide, de l'Algérien, le chauffeur s'énerva :

— Ne dis pas que tu ne le savais pas ! Tu viens d'Algérie sans t'informer ? Eh bien, mon gars, le voyage de retour, ça va être un peu plus long que prévu.

Il l'examina avec la pitié bienveillante qu'on a pour un imbécile.

— Il y a peut-être une solution...

Chaïbane leva la tête, chercha les deux yeux rusés. « Trois-trois cents, dit le chauffeur. — Trois-trois cents ? répéta Chaïbane, un peu gris. — Tu as des dollars ? souffla le chauffeur. — Un peu. — Tu vois ce qu'il te reste à faire. — Combien je lui donne ? — Tu te débrouilles, je te laisse un quart d'heure et puis je démarre. S'ils te piquent, moi, je ne t'ai rien dit. »

Chaïbane le rattrapa :

— Pourquoi : trois-trois cents ?

— Il y a dix ans, mon bey, au début de la guerre, avec trois livres libanaises, tu avais un dollar. Maintenant, il en faut trois cents. Dans un mois, ça grimpera à quatre cents. Alors t'as une chance, même les policiers ont un estomac.

Devant le guichet où il s'était présenté la première fois, il n'y avait plus de voyageurs. Le cœur battant à se rompre, Chaïbane poussa son passeport : ou il allait en prison ou il passait. Il avala sa salive, elle lui sembla être une cochonnerie étrangère à sa bouche.

— Mais je l'ai déjà vu, ce...

Le policier s'arrêta net. Le billet de cent dollars dépassait très légèrement du document. L'homme, la cinquantaine, eut trois réflexes successifs, chacun annulant le précédent : il se leva à moitié, comme s'il allait signaler le fait à son supérieur. Puis il fit « Je... » avec la mimique de quelqu'un qui vient d'être insulté. Enfin, il tourna la tête à droite et à gauche, vérifiant si quelqu'un avait été témoin de la scène. Quand le Libanais se rassit, le visage congestionné et le passeport soigneusement refermé, Chaïbane sut qu'il avait gagné. Sortant du bâtiment, il éprouva une vague de honte, bloc de glace qui le fit frissonner : il venait, pour la première fois de sa vie, de corrompre quelqu'un. De découvrir que c'était si facile l'étourdit pendant quelques secondes. Le chauffeur l'aperçut, devina que son passager avait eu le tampon libérateur, s'approcha de lui et, se penchant à son oreille, réclama dix dollars pour prix de son conseil. Les sourcils du voyageur s'arquant d'incrédulité, il ajouta, sur la défensive : « T'as intérêt, effendi chéri. » Il conserva cette expression dégoûtée de commerçant qui a failli être lésé par un client malhonnête même quand Chaïbane se résigna à lui fourrer dans la main le billet exigé.

Très rapidement, ils retombèrent sur les barrages et les tanks de ce qui apparaissait de plus en plus à Chaïbane comme le véritable maître de cette partie du Liban : l'armée syrienne. L'Algérien repensa au fonctionnaire libanais qu'il avait soudoyé. D'autres avaient fait beaucoup mieux que le policier à la figure rougeaude : ils avaient vendu non seulement le visa pour le pays, mais le pays avec !

Des camions militaires à l'allure débonnaire ralentissaient fortement la circulation. À Chtaura, la première agglomération importante qu'ils rencontrèrent, les atteintes de la guerre commencèrent à être visibles : des impacts de balles sur les façades de nombreux immeubles, mais sans destructions notables. Inauguration, également, des comportements typiquement libanais : une série de voitures, transportant probablement des notables ou des officiels rentrant de Damas, traversa à toute allure l'avenue principale, klaxons à fond et rafales de mitraillette tirées en l'air par des gardes du corps pressés de dégager la route. Le chauffeur, qui avait prudemment rangé son véhicule sur le trottoir, en profita pour nous raconter qu'un de ses voisins avait fait les frais de cette « manie » apparemment inoffensive de vider les chargeurs en l'air. Il fumait tranquillement une cigarette, sur son balcon du cinquième étage d'un immeuble de la rue Verdun à Beyrouth, quand une ambulance, ayant à son bord un milicien blessé, s'engagea dans la longue file des voitures. La circulation étant par trop importante, le second milicien à la droite de l'ambulancier s'impatienta et se mit à tirer, canon dirigé vers le haut.

— Eh bien, mon pauvre voisin, il n'avait pas terminé sa cigarette qu'il était mort. Vous auriez vu sa tête...

Il grommela, visiblement ravi de pouvoir nous dégoûter :

— Éclatée comme une pastèque... vraiment une pastèque !

Le chauffeur détailla ses passagers, espérant un commentaire.

— Le pire, c'est que le milicien nerveux, celui qui avait tiré, je parie qu'il ne l'a jamais su. Sacrés infirmiers, ajouta-t-il avec bonne humeur en redémarrant dans de grands crissements de pneus, pour sauver un homme blessé, ça en tue un en bon état.

L'homme jeune assis à la gauche de Chaïbane murmura placidement :

— En tout cas, on pourra toujours dire que le tabac n'est pas bon pour la santé.

La femme, à l'avant, rit sans en avoir vraiment envie. Les autres s'abstinrent de la moindre réaction. L'atmosphère était morose. Quelqu'un demanda l'heure. Chaïbane devina que ses compagnons étaient inquiets, car l'après-midi était déjà avancé.

— Vous croyez qu'on arrivera avant la rupture du jeûne ? s'enquit la dame.

Le chauffeur grogna une réponse inintelligible. Il dit à voix plus haute que ce n'était pas sa faute si les contrôles à la frontière avaient été aussi longs. Et puis, ces maudits barrages sur la route, poursuivit-il, ça poussait ces temps-ci comme des champignons après l'orage !

Chaïbane ressentit une crispation au ventre, semblable à un début de crise de foie. Il tenta de lier conversation avec l'individu qui avait fait la remarque sur le tabac. Celui-ci répliqua par monosyllabes, montrant une certaine irritation à être interrompu dans la lecture de son magazine.

C'est à Alley que Chaïbane sut qu'il était vraiment au Liban, celui de la guerre et des journaux. La traversée s'effectua dans un silence total, tant le décor de ville fantôme était oppressant. Même le chauffeur, pourtant habitué de par son métier, affichait une mine anxieuse.

Rien n'avait été épargné.Les bâtiments avaient dû être systématiquement pilonnés, les rideaux de magasins étaient éventrés pour la plupart, des maisons purement et simplement balayées ou réduites à un tas de gravats d'où émergeaient des poutrelles semblables à des doigts de cadavres gigantesques. À part les miliciens des nombreux barrages et permanences druzes, seuls de très rares habitants occupaient encore les lieux. Mourir pour mourir, s'étaient-ils peut-être dit, autant le faire chez soi.

La voiture passa lentement près d'un vieillard assis devant la porte d'une maison relativement en bon état. Face à lui, posé comme dans une vitrine, un mannequin en bois, féminin, semblait lui tenir compagnie. Le vieillard n'était pas moins immobile que le morceau de bois. Les regards de l'un et de l'autre étaient tout aussi vides, vitreux, figés dans une espèce d'indifférence sans espoir, comme s'ils étaient seuls au monde depuis le début des temps. Chaïbane les suivit longtemps du regard, tournant la tête jusqu'à regarder par la lunette arrière. La rue avait une forte déclivité. Le couple étrange disparut bientôt à sa vue.

Le plus vieux des passagers s'anima soudain, répondant vraisemblablement à l'autre vieux, celui du mannequin :

— C'est vrai que ça a été dur, je peux vous l'assurer, moi. Mon frère habitait ici. Il a fui depuis, heureusement. En pleine bataille de la Montagne, c'est par sacs entiers qu'ils apportaient...

— Des sacs de quoi ?

— Des sacs de parties !

Personne n'avait compris. La dame, les pupilles stupides, fixait le vieux. Il bavait un peu. Il prit son mouchoir et s'essuya les commissures des lèvres.

— Sauf votre respect, ma bonne fille, les combattants des deux côtés remplissaient des sacs entiers des parties génitales de ceux qui leur tombaient sous la main. Et ça tranchait à tour de bras. C'était devenu une manière de trophée. Tous les macchabées y passaient. Et même ceux qui ne l'étaient pas encore. Et y avait pas que ça...

L'homme « antitabac » — ainsi l'avait surnommé intérieurement Chaïbane — lança sèchement :

— Fermez-la. Vous ne voyez pas que vous lui faites peur avec vos bobards ?

Le vieux protesta d'une voix trémulante d'indignation :

— Oh, mais dites donc, ce ne sont pas des bobards. Mon frère a vu de ses yeux un sac comme ça. On aurait dit des figues molles.

Il ricana :

— Même que dans ce sac, il y avait les couilles de quelqu'un qu'il connaissait bien, le propre cousin de sa femme...

— Vos gueules !

Maintenant, c'était au tour du chauffeur de s'énerver. Quelques mètres plus loin, il arrêta la voiture devant le dernier poste avant la sortie d'Alley. Le milicien de garde vérifia les papiers d'identité, s'arrêta à ceux de Chaïbane — « J'ai un oncle installé depuis vingt ans à Beyrouth. Il nous écrivait régulièrement mais, voilà, ça fait six mois que nous n'avons rien reçu. Alors, je suis venu aux nouvelles, parce que, vous comprenez, la famille... » —, restitua le passeport vert, satisfait apparemment de l'explication. Il examina plus attentivement un carnet que lui avait remis le chauffeur. Le ton monta très vite. Chaïbane saisit que le milicien exigeait de l'argent, mais que le chauffeur s'insurgeait parce qu'il avait déjà payé là où il fallait dans une autre permanence druze. Il montrait le cachet sur le carnet, mais l'autre, visiblement, ne voulait rien savoir. Finalement, le militaire braqua son arme sur le chauffeur et l'apostropha violemment, lui bourrant le gras de l'épaule avec le canon de sa mitraillette :

— Espèce de fils de traînée, ne me parle pas sur ce ton ! Paie et va-t'en. Ou alors tu le regretteras.

Le chauffeur, le visage parcheminé de peur et de rage rentrée, s'exécuta. Il avait tout à coup senti que l'homme était prêt à tout. Il tremblait tellement sous la pression de ces deux sentiments que, lorsqu'il lui fallut démarrer, il cala à trois reprises. Le milicien, sourire dangereusement doux aux lèvres, se moqua de lui en lui conseillant de repasser son permis de conduire.

Il roula une bonne centaine de mètres, torturant le moteur de la Mercedes. De colère, ses traits s'étaient fripés, rétrécis à certains endroits, élargis à d'autres où la peau du visage pendait. Il soufflait par à-coups bruyants. Les passagers se taisaient, tendus.

Il freina brusquement. Il cria :

— Ah, ça, c'est insupportable !

Chaïbane regarda dans la direction des yeux du chauffeur, paniqué à l'idée d'apercevoir le même milicien et de l'altercation qui n'aurait pas manqué de s'ensuivre.

Chaïbane ne comprit pas tout de suite ce qui se passait. Le chauffeur s'extirpa de la voiture, prit des pierres et commença à les jeter sur un groupe d'enfants. Ces derniers, à l'exception d'un petit gars d'une dizaine d'années au plus, s'éparpillèrent. Au milieu, restèrent deux chiens accouplés. L'enfant maintenait l'arrière-train du mâle, tandis que les deux animaux poursuivaient leur besogne, sans paraître gênés ni par l'enfant ni par les hurlements du chauffeur. Ceux-ci augmentèrent d'intensité. Le chauffeur avait trouvé là une occasion inespérée de décharger sa colère.

— Fils de cochon, tu n'as pas honte ? Qu'est-ce que vous faites à ces maudits chiens ?

L'enfant, tortillant son corps, essayait de se protéger des pierres, mais il ne lâcha pas le corps de l'animal.

— Tu vois bien, oncle, qu'il n'a pas de pattes arrière. C'est une grenade qui a fait ça. Si je le lâche, le pauvre, il ne pourra pas. Alors, je l'aide.

— Voyou ! Va rejoindre ta prostituée de mère et que la patte du diable, elle, vous écrase tous les deux !

— Mais, oncle, il faut bien qu'il baise, ce clebs, non ?

— Tu oses me répondre comme ça, bâtard, croisement de renard et de porc ?

Un des cailloux atteignit l'enfant. Il cria quelque chose sans desserrer son étreinte. Le mâle pénétrait toujours aussi fermement sa femelle, les yeux mi-clos, légèrement hagard, avec la gravité concentrée d'un...

« D'un homme », pensa, étrangement ému, l'Algérien. Au cri de l'enfant, avaient surgi les autres. Ils bombardèrent de pierres le chauffeur, piaillant comme des Indiens sur le sentier de la guerre. L'homme détala vers sa voiture, s'y engouffra et démarra sur les chapeaux de roues. Une des vitres arrière se fêla sous le choc d'une grosse pierre.

Chaïbane étouffa une immense envie de rire. De son siège, il eut le temps d'enregistrer la scène : l'enfant victorieux soutenait tendrement son chien, telle une mère qui aurait aidé son bébé à marcher. La chienne jappait doucement, étourdie, un peu effrayée, cependant consentante. Les autres gamins avaient déjà oublié la voiture. Ils contemplaient, muets, avec la curiosité fascinée de leur âge, le grand spectacle de la nature.

La dame du devant dit, indignée :

— Que Dieu nous protège des œuvres de Satan !

Le chauffeur, plus du tout en colère, se lamentait à présent :

— En plus, je récolte une vitre cassée. Ce sont toujours les honnêtes gens qui casquent, hein, c'est terrible !

Il s'adressait à Chaïbane. Celui-ci se rappela le billet de dix dollars. Il rétorqua, onctueux :

— Vous avez raison, c'est terrible.

Il se surprit à lancer un sourire entendu au voisin « antitabac ». Ce dernier sourit à son tour et murmura, avec une nostalgie teintée d'ironie :

— Combien d'entre nous pourraient se vanter d'avoir des amis aussi solidaires que ces mioches envers leurs cabots, dites ?

Il n'attendait pas de réponse. Chaïbane rougit, embarrassé, mécontent. La voiture avait quitté la voie internationale qui reliait Damas à Beyrouth parce que l'autre extrémité aboutissait au secteur tenu par les phalanges chrétiennes. La nouvelle route était pentue, en mauvais état, avec des virages où le chauffeur devait faire preuve d'habileté quand il croisait un autre véhicule. La nuit tombait lentement. La radio annonça la rupture du jeûne. Ils se restaurèrent frugalement tout en roulant, la peur d'arriver trop tardivement étant plus forte que la faim. Bientôt, Chaïbane perçut des coups sourds, réguliers, comme ceux d'un grand cœur battant derrière l'horizon. Disciplinant son souffle, il se retint de tourner sa tête vers son voisin. Mais celui-ci perçut sa crispation. Il posa sa main sur l'épaule de Chaïbane.

— Ne vous inquiétez pas. Nous avons peu de risques d'être touchés. Ils canonnent la banlieue chiite et nous la contournons presque en entier.

L'ingénieur préféra ignorer le « presque ». Les coups de canon étaient nets : un toutes les trente à quarante secondes. Le chauffeur avait éteint son poste. Il dit, de l'air d'un connaisseur :

— Ça barde aujourd'hui. Pourtant, à la radio, ils avaient parlé de négociations pour un cessez-le-feu !

— Foutaises que tout ça. Nos politiciens arabes, ça se réunit, ça bavarde et puis, ça va, chacun de son côté, se bâfrer à nos frais dans les grands hôtels. Que Dieu les maudisse, eux et leurs hémorroïdes !

Le vieux passager mâchait difficilement son sandwich et sa colère. La voix de Chaïbane s'enroua :

— Qui tire ?

Le vieux rit, avec la jouissance de qui trouve plus inquiet que soi :

— Ma parole, c'est la première fois que vous venez ici, n'est-ce pas ?

— Oui.

L'Algérien se sentit mal à l'aise devant l'intérêt qu'il avait éveillé. Le chauffeur le regarda, pensif. Chaïbane répéta :

— Qui tire ?

Sa question resta sans réponse, comme suspendue dans l'air de la voiture. Au détour d'un virage, apparurent brusquement la mer et Beyrouth qu'on devinait plus qu'on ne la voyait, à cause du trop petit nombre de lumières allumées. La voiture surplombait la ville de près d'une centaine de mètres, offrant une superbe vue panoramique. Chaïbane contempla l'arc de cercle obscur, luttant contre l'angoisse qui montait en lui : il arrivait de nuit dans une ville inconnue en proie à la guerre civile, où des fous tuaient d'autres fous et où, lui, un autre cinglé, risquait de mourir à cause d'une personne qui ne le saurait probablement jamais ou qui était déjà, peut-être, en train de pourrir sous un de ces obus qu'il entendait de plus en plus précisément.

— Eh ?

Chaïbane sursauta. L'homme « antitabac » lui montrait le sud de l'arc de cercle.

— Vous voyez cette tache sombre, en bas. C'est la banlieue sud, contrôlée par les chiites de la milice Amal. Au centre de cette tache, les camps de réfugiés palestiniens. Amal assiège les camps depuis deux ans. De là où nous sommes, avec l'accord tacite des druzes qui tiennent cette partie de la montagne, d'autres Palestiniens bombardent la banlieue chiite pour tenter d'alléger la pression sur les camps. Nous allons passer, quant à nous, exactement sur le périmètre de la banlieue. Donc...

Il a ricané, sans beaucoup de bienveillance :

— À moins que ces bouseux de Palestiniens ne se mettent à mal viser, nous ne risquons rien du tout.

Le chauffeur dit sombrement :

— Tu parles trop, mon frère.

— Tu as raison, mon frère. Les paroles, c'est comme de la merde, ça incommode. À partir de maintenant, je me la ferme.

Son voisin s'était exprimé d'un ton conciliant. Chaïbane chuchota un « merci » que son informateur ignora. Après quelques secondes de silence, le même individu s'exclama :

— Regardez au loin. Ne dirait-on pas que la lune embrasse l'horizon ?

Personne ne releva la remarque. Se moquait-il des autres passagers ou de lui-même ? Chaïbane ne put s'empêcher d'être irrité par l'attitude goguenarde de son voisin, presque méprisante à force d'être indifférente à la tension ambiante. Ils roulaient maintenant à la hauteur de la mer. Des miliciens d'Amal contrôlaient les véhicules, affichant une certaine nervosité. Braquant leurs torches vers l'intérieur des voitures, ils questionnaient sans ménagement les passagers. Aveuglé par la lumière — il imagina la panique de la taupe myope dont le tunnel est brusquement envahi par la lumière effroyable du soleil —, Chaïbane récita encore une fois sa litanie sur l'oncle qui n'écrivait plus. Le milicien appela un supérieur. Il y eut un bref conciliabule entre eux, puis le milicien restitua les papiers.

Des passagers des véhicules qui les avaient précédés avaient eu moins de chance. Certains fumaient, résignés, appuyés sur les portières de leurs taxis. De temps à autre, leurs yeux abandonnaient leur feinte tranquillité pour suivre avec envie les voitures libérées.

La Mercedes passa près d'un groupe de miliciens dont l'un ceinturait un homme, lui tordant le coude. La dame à côté du chauffeur tendit le cou du côté du groupe. Ses yeux pétillaient de curiosité effrayée. Le vieux qui n'arrivait pas à voir s'agita tel un enfant impatient :

— Qu'est-ce qui se passe ? Me dira-t-on ce qui se passe, à la fin ?

Chaïbane distingua deux ou trois phrases : « Tu es un combattant, réponds, chien ! — Non, croyez-moi... » Il y eut un pleur, des gémissements, puis presque un cri. D'évidence, le milicien augmentait sa torsion. « Tu es bien palestinien, avoue ? — Oui. » Encore un pleur et des gémissements. « Mais je vous jure que je ne suis pas un combattant... »

La voix de l'homme qu'on maltraitait était désagréable, passant par des phases de stridence, se cassant sur des sanglots. Chaïbane fit de son mieux pour l'ignorer. Il tambourina sur le dos du siège avant. Ses doigts tremblaient. Il sentit qu'il allait haïr le prisonnier parce qu'il lui transmettait doucement sa terreur. Heureusement, le chauffeur avait remis la radio. Il paraissait pressé de s'éloigner le plus possible du barrage. Ils n'échangèrent plus un mot. Ils longèrent un immense bâtiment en ruine — il apprendrait plus tard que c'était ce qui restait du stade municipal après les bombardements israéliens de l'été 82 — et atteignirent le quartier du Cola, appelé ainsi à cause de la proximité d'une usine de Coca-Cola. La dame fut la première à rompre le silence :

— Remercions Dieu pour Sa protection...

— Remercions Dieu...

Ils répétèrent avec conviction la phrase. Brusquement, pendant les quelques secondes précédant la dispersion, parce qu'ils avaient connu ensemble la peur, chacun se sentit proche de l'autre et prodigua généreusement tous les souhaits possibles.

— Te voilà rendu, l'Algérien. Si tu cherches un hôtel, j'en connais de très bons et pas chers.

Le chauffeur fixait intensément Chaïbane. L'ingénieur, mal à l'aise devant ce débordement d'amabilités, allait accepter quand l'« antitabac », qui avait récupéré sa valise, lui fit discrètement « non » de la tête.

— Euh... je vous remercie, mais je crois que je me débrouillerai seul.

Le chauffeur démarra, non sans avoir jeté un regard menaçant à l'« antitabac ». Ce dernier grommela, satisfait :

— Le salaud est jaloux de moi parce qu'il est convaincu que je viens de lui rafler une bonne affaire.

L'obscurité du quartier était accentuée par le pont qui surplombait l'endroit où ils se tenaient. Chaïbane articula, un peu oppressé :

— La bonne affaire ?

— Oui, c'est vous, la bonne affaire, le pigeon que je vais plumer, détrousser ou peut-être même, qui sait, tuer.

— Tuer ? Tiens, c'est si facile que ça ?

— Vous oubliez que vous êtes à Beyrouth, la capitale aux cent mille macchabées. Vous ne devez avoir confiance en personne. Pas même en moi, d'ailleurs. En réalité, vous avez déjà commis votre première erreur, l'ami !

Il rit. L'Algérien l'imita mécaniquement. Il examina furtivement le Libanais. Il était beaucoup plus jeune qu'il ne lui avait paru dans la voiture : la trentaine au plus, les traits un peu lourds, une veste en jean fatiguée, le tout assorti d'une désinvolture qui à la longue portait sur les nerfs. La voix était familière, condescendante par moments.

— Je m'appelle Bassam. Et toi ?

— Chaïbane.

— Bon. Allons à ton hôtel. Tu as beaucoup d'argent ?

Chaïbane hésita, mais les bruits de canon, au loin, lui rappelèrent que, de toute façon, à cette heure, il n'avait plus tellement le choix. Il valait probablement mieux s'en remettre à cet individu que de se retrouver seul sous ce pont sinistre, livré à la nuit.

— Non. Pas beaucoup.

Il devina l'ironie de son compagnon.

— C'est dommage. Pour toi, évidemment. Je t'aurais volontiers emmené au Commodore. C'est l'un des plus protégés, mais il est cher. Dans cette putain de ville, plus tu descends dans l'échelle des prix, moins ta vie compte.

— Vraiment... je n'ai pas beaucoup d'argent.

— Que viens-tu faire alors dans ce merdier ? Tu ne serais pas un espion, par hasard ? On n'aime pas beaucoup les étrangers de ce côté de la ville. Tu dois le savoir, les journaux, ça existe aussi chez vous. Et puis, tu n'es pas un Occidental, rien qu'un Arabe, même pas monnayable. Si on t'enlève, on ne s'embarrassera pas de chichis, on te tuera. Si, en plus, tu n'as pas d'argent, autant dire que tu n'es qu'un vulgaire péquenot et que ta vie ne vaut guère plus qu'une chiure de mouche, quoi !

Chaïbane demeura sans voix face à l'insulte. Et de rester ainsi silencieux augmentait ce mélange d'embarras et de peur. Bassam le dévisagea et claqua de la langue :

— Il avait raison, le chauffeur. Je parle décidément trop. Excuse-moi.

L'affaire divertissait l'inconnu au plus haut point. Il avait une manière de sourire qui créait chez l'Algérien un véritable malaise physique, le faisant osciller, tel un ludion, entre la défiance nécessaire et la confiance résignée. Chaïbane haussa finalement les épaules et dit :

— Bon. Qu'est-ce qu'on attend, pour l'hôtel ?

En même temps qu'il posa la question sur l'hôtel, il frissonna. Il se demanda — et il se rendit compte qu'il se le demandait avec anxiété depuis l'incident — ce qui allait advenir du prisonnier au bras tordu.

L'hôtel était situé dans une rue étroite, pas très loin de l'avenue Hamra (les Champs-Élysées d'ici, avait persiflé Bassam). L'établissement avait dû être bien tranquille avant la guerre, ai-je songé en soupirant devant l'agencement propret du hall. Je me suis endormi avec difficulté, le lointain tic-tac monstrueux des canons et une vague crampe diffuse due à la peur me rappelant tout le temps où je me trouvais. J'avais bloqué la porte avec la table de nuit et une chaise. Mais la ridicule fragilité de l'obstacle a accru encore plus mon inquiétude. J'ai regretté de ne pas avoir une arme. Je me suis demandé ensuite ce que j'en aurais fait puisque je ne savais pas m'en servir.

Je vois cependant pourquoi cette impression de tranquillité s'est imposée à moi, ce matin encore. Je ne me suis pas rendu compte tout de suite du changement sonore. J'ai ouvert la fenêtre et j'ai presque sursauté quand j'ai vu la façade de l'immeuble opposé : grêlée d'impacts de balles, percée de gros trous, certains laissant voir l'intérieur des appartements. Un des balcons était affaissé sur celui de l'étage inférieur. L'immeuble était cependant habité puisqu'une femme accrochait des vêtements à une corde. Je me suis penché à la fenêtre pour examiner la façade de mon hôtel : il n'y avait pas de trous d'obus, mais la tavelure des balles n'était pas moins prononcée. L'histoire du gars qui fumait sa cigarette m'est revenue et je me suis redressé précipitamment. Malgré tout, le fait de ne plus entendre le canon et, surtout, le sourire « ordinaire » de la femme de ménage rencontrée dans l'escalier et qui s'affairait comme elle l'aurait fait dans n'importe quel hôtel bon marché d'un quelconque pays, tout cela m'a calmé au-delà de tout, me procurant cette sensation d'apaisement dont j'ai parlé plus haut.

J'ai demandé au garçon âgé qui balayait le salon :

— Vous pensez que ça s'est tu pour de bon ?

Il a souri. Son visage maigre, les yeux et le nez comme posés sur une baguette, m'a examiné avec curiosité.

— Vous voulez dire : dans la banlieue, le canon et tout ça ?

— Oui.

— Mais non, ça ne s'est pas calmé. Seulement, ils sont comme vous et moi, les combattants : ils ont besoin de dormir ! Tout à l'heure, quand ils se réveilleront, ça bardera de nouveau. De toute façon, c'est le ramadan, ils se lèvent le plus tard possible pour grignoter sur la journée. Ça se tasse ensuite aux heures des repas. Faut bien qu'ils mangent aussi !

Il s'est penché sur son balai, les lèvres distendues dans un ricanement désagréable.

— Les seuls qui travaillent tout le temps, ce sont les Juifs, comme d'habitude. Pendant le mois de carême, leurs avions arrosent régulièrement tout le monde au moment de la rupture du jeûne.

Je l'ai retenu par le bras alors qu'il s'éloignait :

— Et ici, dans les environs, c'est calme ?

— Ces temps-ci, de ce côté de Beyrouth, oui, plutôt. Il y a bien de temps en temps des accrochages entre les druzes qui tiennent un bout de Hamra et les chiites qui possèdent un barrage à l'autre. Mais rien de très sérieux pour le moment.

Il a ricané.

— Sérieux pour le standard de Beyrouth, vous me comprenez ?

Quelqu'un qui se tenait dans l'ombre, affalé sur un fauteuil, s'est exclamé, sarcastique :

— Si c'est la première fois que vous venez à Beyrouth, vous allez vous amuser !

Sans me laisser le temps de répondre, il s'est redressé, s'est avancé vers moi et m'a tendu la main :

— Ali Chéhab, pour vous servir, effendi. Journaliste quand je peux...

Il portait un costume froissé. Il n'était pas rasé, ses cheveux étaient hirsutes et il avait un œil au beurre noir. La chemise était mal boutonnée, on apercevait un début de bedaine qui débordait légèrement sur la boucle de la ceinture. Il a terminé sa phrase en grimaçant :

— ... et alcoolo le reste du temps. Ce qui est, d'ailleurs, ma vocation.

Je lui ai serré la main, sans me présenter. Il a remarqué que je fixais son œil poché. Il a souri, m'a fait un clin d'œil — de l'œil noir — et s'est dirigé vers l'escalier.

— Vous ne vous êtes pas présenté, l'ami. Vous le ferez plus tard, n'est-ce pas ? Maghrébin, à l'accent, je suppose. Vous êtes ici pour quelques jours, j'espère ?

J'ai opiné. Il a monté quelques marches. Il s'est retourné et a marmotté :

— Dire qu'il faudra que j'attende la rupture du jeûne pour prendre une aspirine. Parce que, y a pas à dire...

Il a réfléchi, s'est frotté l'œil au beurre noir.

— ... Si on n'a pas un brin de religion, on est un rien du tout. À Beyrouth, du moins. Jamais je ne prendrais le moindre cachet d'aspirine avant la rupture du jeûne. Et ça, même si ma tête devait exploser. C'est bien ce que vous feriez dans pareille situation, monsieur le Maghrébin ?

Le ton était moqueur. J'ai haussé les épaules. Quand il a disparu, le garçon est parti d'un éclat de rire.

— En plus, il dit vrai, il jeûne réellement. Ça fait des années qu'il vit dans cet hôtel, pratiquement depuis le début de la guerre. Il n'a jamais manqué un seul jour de ramadan. Par contre, il est régulièrement beurré après la rupture du jeûne. Vous voulez savoir à quoi est dû l'œil qu'il se tape ?

Souhaitant m'attirer les bonnes grâces du garçon, j'ai pris l'air intéressé.

— Il y a quelques semaines, au sortir d'un bar, il a poursuivi un imam avec un pistolet à eau rempli de vin ! L'autre crevait de peur, croyant que c'était une vraie arme. Après, Chéhab s'est caché pendant un mois. Les gars de la mosquée de l'imam avaient juré de lui faire la peau. Ils disaient que c'était un crime atroce, politique même, d'arroser un imam de vin. Hier, croyant que la chasse avait perdu de son ardeur, Chéhab s'est amené avec un mouton qu'il a offert à l'imam pour qu'il passe l'éponge... Magnanime, l'imam a pris le mouton en signe de pardon, mais Chéhab a quand même reçu un coup de poing de la part d'un disciple moins compréhensif !

J'ai ri. Le garçon était lancé. Je l'ai interrompu, craignant qu'il ne sorte une autre anecdote. Il a paru froissé. Je lui ai sorti la fable du parent qui n'écrivait plus. Je lui ai affirmé que je n'avais pas son adresse exacte, mais que, dans ses lettres, il arrivait à ce parent de parler de son voisinage et, en particulier, du camp de Mar Élias. En réalité, Mar Élias, d'après ce que j'avais lu dans les journaux, était le seul camp palestinien de la capitale libanaise à n'être pas assiégé. En y allant, j'espérais récolter des informations sur Nawal.

— Mar Élias, c'est facile, c'est juste en face de l'ambassade d'URSS.

— Et c'est où, l'ambassade d'URSS ?

Sur une fiche d'hôtel, il a fait un dessin sommaire du chemin qui y menait. Il m'a conseillé d'être prudent. La radio avait signalé le matin un accrochage entre « éléments inconnus » dans ce secteur. Au moment de le quitter, il a lancé, brusquement embarrassé :

— Vous savez, pour le journaliste, j'exagérais. N'allez pas croire que ce n'est qu'un rigolo... Il fait très bien son métier et c'est un sale métier dans ce pays. Il en faut, du cran, pour aller toujours là où ça barde. Seulement, chacun a sa manière de supporter cette connerie de guerre.

Il a paru mécontent que je ne confirme pas sur-le-champ son éloge. Alors, pour lui faire plaisir, j'ai dit :

— Oui, je comprends.

Il a protesté, chagriné et irrité :

— Mais non, vous n'y pigez rien. Au début de la guerre, pendant un de ses premiers reportages, il a suivi un groupe de combattants. Je ne me rappelle plus de quelle bataille il s'agissait : chrétiens contre musulmans, musulmans contre musulmans, Dieu seul le sait maintenant. Ils sont entrés dans le village d'où ils venaient de déloger des francs-tireurs. Les miliciens étaient furieux et certains ont décidé de se venger sur les habitants. Un gosse a été capturé. Quelqu'un du village a affirmé que le père de l'enfant faisait partie des francs-tireurs. Le chef a demandé à Chéhab si ça l'intéressait, un cliché superbe à mettre dans son journal. Chéhab a répondu naïvement : « Évidemment, oui ! » Le milicien a placé le gosse devant lui et, d'un seul coup de baïonnette, l'a décapité. « Qu'est-ce que tu attends pour prendre ta photo, tu crois que je lui ai coupé la tête pour rien ? » lui a lancé le chef en rigolant. Chéhab m'a avoué qu'il avait pris la photographie parce qu'il avait eu peur pour sa propre vie, mais il avait eu l'impression que le gosse était mort un peu à cause de lui. Il m'a rapporté que ce qui l'avait le plus horrifié ensuite, c'était que le tueur s'était plaint sans arrêt, pendant le retour, de ce que ses chaussures aient pu être salies par le sang du petit villageois. Notre Chéhab, des hideurs de ce type, il en a rencontré à la pelle. Alors, c'est normal qu'il se soûle. Vous me comprenez maintenant, effendi ?

J'ai frissonné. J'ai redit : « Oui, je vous comprends mieux, maintenant. » En fait, je n'ai rien compris. J'ai refusé de comprendre. Je ne souhaitais pas me laisser envahir par l'horreur des tueries du Liban. Je n'étais venu que pour ramener Nawal et non pour sauver le Liban. Muettement, j'ai envoyé au diable le vieux garçon et son histoire épouvantable.

En sortant de l'hôtel, j'ai pris le quotidien qu'avait laissé le journaliste poivrot. Un titre barrait la une : « Camps : la violence à son paroxysme. » J'ai lu en diagonale les quatre colonnes de l'article : « déluge de feu... combats aux armes de tous calibres... mise en garde des dirigeants palestiniens aux responsables de massacres de réfugiés... » Plus bas, un entrefilet révélait que le guide spirituel du Hezbollah avait prononcé un décret religieux autorisant les Palestiniens du camp de Borj el-Barajneh, soumis au blocus alimentaire depuis plusieurs mois, à se nourrir de chair de cadavres humains. Il exigeait cependant de s'assurer au préalable qu'il n'y avait plus ni chiens ni chats dans ce camp. Mais, rapportait le correspondant de l'agence de presse, certains, dans l'entourage du cheikh, regrettaient la précipitation et la naïveté dont aurait fait preuve le dignitaire en acceptant de promulguer cette scandaleuse fatwa, soutenant que les Palestiniens avaient plus de ressources qu'on ne le pensait.

Dehors, il faisait beau et, malgré les sacs de sable empilés devant les devantures des magasins et les nombreux murs troués, quelque chose en moi a refusé de croire que j'étais à Beyrouth, le Beyrouth des informations de la télévision et de la radio. J'ai trouvé même que les destructions étaient moins importantes que ce que j'appréhendais. Le soleil était étonnamment doux pour la saison. J'ai tâté ma poche pour sentir le contact du petit coran enluminé.

— Va, je te retrouverai, ma luciole, et je te tirerai de cette saloperie...

De m'être surpris à murmurer « *ma* luciole », j'ai eu un coup au cœur. Ou plutôt, comme une griffure avec, en plus, le goût du miel. Je me suis retourné subrepticement, persuadé que mon émotion avait transparu, tel un voleur qui aurait laissé échapper un indice.

J'ai traversé Hamra de bout en bout. Il y avait peu

de monde, pour cause de ramadan certainement. Les changeurs étaient déjà à leurs postes, accoudés à de simples petites tables ou trônant derrière de véritables kiosques. J'ai lu les cours. La livre libanaise avait encore chuté. J'ai changé une vingtaine de dollars. J'ai manqué me perdre dans des venelles car je n'ai vu presque aucune plaque indiquant le nom des rues. Je me suis résigné à demander mon chemin, mais en indiquant plutôt : « Ambassade d'URSS. » Certains me répondaient en me posant, sans avoir l'air, des questions sur moi-même : « Le frère est arabe ? Et de quel pays ?... Ah, c'est beau, l'Algérie... Vous cherchez quelqu'un à l'ambassade ?... » Un passant a même voulu m'accompagner et j'ai eu des difficultés à m'en débarrasser. J'ai commencé à être inquiet. La veille, j'avais insisté auprès de Bassam pour prendre un verre au salon de l'hôtel. Je voulais, de cette manière, le remercier. J'avais proposé une bière. L'« antitabac » avait refusé en disant que ce n'était pas bon pour son entraînement. J'avais appris alors qu'il boxait à ses moments perdus. Le détail m'avait amusé : « Je savais qu'on se battait à Beyrouth, mais qu'on y boxait ? !... » avais-je répliqué stupidement. Il avait haussé les épaules et j'avais regretté ma remarque. Je l'avais regardé plus attentivement. Il avait plaisanté :

— Non, je n'ai pas encore le nez cassé. Mais ça viendra.

Il s'était levé au bout de dix minutes, visiblement fatigué de moi. Je lui avais demandé son adresse. Il avait griffonné quelques mots en arabe sur une feuille de papier. Je n'avais pas pu me retenir, ensuite, de lui poser des questions sur son appartenance politique et de lui demander s'il était membre d'une milice. Il avait pâli et retrouvé cet air condescendant, blessant :

— Frangin, on ne survit ici que si on ne cherche pas trop à comprendre. Évite les questions. Si tu veux un conseil, fais l'abruti. Tu ne t'en porteras que mieux. Ceux qui se croient intelligents à Beyrouth ne vivent pas longtemps.

Il avait secoué la tête avec une sorte de fureur :

— La politique, ce n'est pas mon job, c'est le job des assassins !

Il m'avait serré la main distraitement. J'étais resté longtemps irrité par cette suffisance.

Des barrages arrêtaient les voitures sur la grand-route. D'après le schéma, cela devait être la route de la corniche Mazraa. Des miliciens fouillaient soigneusement les coffres des voitures tandis que d'autres proposaient des revues ronéotypées aux passagers. Quelques chauffeurs se résignaient à acheter les revues dans l'espoir d'accélérer la fouille.

J'ai trouvé finalement l'imposante bâtisse, entourée de hauts murs, de l'ambassade d'URSS. Elle était gardée sévèrement des deux côtés du chemin qui la longeait par des postes de garde druzes. Un char tenait dans sa ligne de tir toute l'enfilade.

J'ai traversé la chaussée. Le mur de béton irrégulier qui me faisait face devait être la façade d'entrée du camp de Mar Élias. Apparemment, le camp n'était pas très grand puisque j'apercevais de là où j'étais deux de ses extrémités. J'ai regardé mon poignet, pour l'heure. Je n'avais plus de montre, je l'avais donnée à la petite Hannah. J'ai porté la main à mon front et j'ai dit :

— Ah...

Il n'y avait plus beaucoup de salive dans ma bouche. J'ai pensé : « Hannah, aide-moi. »

L'entrée était surveillée par deux hommes. Le plus âgé m'a questionné avec méfiance sur mon identité. Légèrement en retrait, dissimulé par deux bidons à mazout, le plus jeune a braqué son fusil-mitrailleur sur moi. J'ai expliqué que j'étais algérien et que je cherchais une amie palestinienne, une certaine Nawal Adnane, pour lui remettre un paquet de la part de sa mère. Les deux sentinelles se sont consultées du regard.

— C'est quoi, ce paquet ?

J'ai montré le coran. L'adolescent a eu un sourire ironique :

— Ça, c'est un imam d'Algérie, je parie.

Celui qui m'avait interrogé a hésité, perplexe :

— Bon. On va te mener aux chefs. Ils décideront.

On m'a conduit à travers des ruelles très étroites vers un endroit dégagé. Des hommes, des femmes surtout, nombreuses, avec, parfois, des enfants en bas âge, semblaient attendre quelque chose. Certaines étaient assises sur des chaises. À l'autre extrémité, avaient été disposées une série de tables formant une tribune. Je me suis enquis :

— C'est quoi, ce rassemblement, un meeting ?

— Oui. C'est pour soutenir les assiégés des autres

camps. Attends ici que ça se termine. Adresse-toi ensuite à un de ceux qui sont derrière les tables.

Le jeune homme à la Kalachnikov m'a planté là et s'en est retourné à la porte d'entrée. Je me suis étonné de la facilité avec laquelle j'étais entré dans le camp. Je n'avais même pas été fouillé. L'endroit, une cour d'école, n'était pas gardé, mis à part la présence dérisoire d'un très jeune adolescent en keffieh sur le toit, braquant avec fanfaronnade son arme sur le ciel. Je n'ignorais pas que je ne la trouverais pas parmi ces femmes, mais j'ai quand même dévisagé intensément celles qui étaient à proximité. Entre-temps, des orateurs ont pris la parole, dénonçant, tour à tour, la milice Amal, les exactions contre les réfugiés et le silence du monde arabe. L'assistance n'était pas très attentive, paraissant connaître ces discours de longue date. Une femme allaitait son enfant quand, brusquement, elle s'est raidie :

— Mon Dieu, ça recommence !

Une autre femme a crié :

— C'est vrai, ça tire !

— C'est loin ?

— Contre Sabra ou Bordj el-Barajneh ?

— C'est au mortier de 60...

L'orateur s'est interrompu juste deux ou trois secondes. Il était en train de déclamer : « Là où il y a les camps, il y a la Palestine... » Il a prêté l'oreille. Les coups sourds des obus étaient nettement audibles. Il a enchaîné rapidement sur la phrase suivante, mais trop rapidement, au point que sa voix s'est cassée : « Israël n'a pas réussi à nous domestiquer. Ce ne sont pas les traîtres arabes qui y arriveront... »

À cause de la cassure de la voix, en totale opposition avec l'ardeur guerrière du discours, les gens se sont mis à écouter attentivement l'homme au micro. J'ai deviné que ce n'était pas pour la « compréhension » des mots qui sortaient de sa bouche. La femme qui allaitait son bébé et qui pleurait doucement à présent, larmes rythmées par l'écho du canon, les autres femmes au dos courbé dont beaucoup pleuraient aussi, l'enfant sur le toit qui ne fanfaronnait plus et qui scrutait avec inquiétude le ciel, ceux qui se tenaient sur l'estrade, tous savaient que le désarroi qui avait fêlé l'élocution de leur compatriote était le leur, que sa brisure était leur douleur commune.

— Il y a trois jours, ils ont donné l'assaut à l'hôpital de Sabra, ils ont achevé les blessés, arraché les perfusions, traîné les mourants par les cheveux pour les jeter en bas des escaliers. Hier, quatre de nos frères ont été tués en tentant de forcer un barrage d'Amal pour introduire dans Borj el-Barajneh un camion de farine. Jusqu'à quand ça va durer, jusqu'à quand les rois et les présidents arabes vont-ils se taire ? Est-ce que nous sommes seulement des chiens enragés pour eux ? Ne sommes-nous que ça, mes frères ?

Le soleil était beau. Un platane s'élevait au milieu de la cour. Il y en avait plusieurs, semblables à celui-ci, dans l'école où j'avais passé mes premières classes. Je me suis posé la question bête par excellence : pourquoi sommes-nous sur cette terre, nous et ce platane ? À quoi cela nous sert-il d'être aussi inutilement vivants que ce platane-là, à qui cela sert-il, tout ce trop-plein de souffrance humaine qui entoure cet arbre, l'arrosant de chagrin, comme s'il s'agissait d'une pluie gorgée d'amertume ?

L'orateur a parlé longuement. Le ton s'est débarrassé de sa tessiture d'angoisse, retrouvant progressivement l'éloquence ennuyeuse et un peu cabotine du militant professionnel. Le public est resté figé dans l'attitude de l'écoute, chacun comme prostré, perdu dans un morne chagrin. Une femme, âgée, s'est approchée de moi. Elle psalmodiait des « Allahou akbar ». Peut-être parce qu'elle n'a pas reconnu en moi un habitant du camp, elle m'a pris à témoin :

— Ô Arabes, ô assassins, pourquoi nous avez-vous abandonnés ?

Elle a éclaté en sanglots. Elle portait une robe à carreaux et un foulard sur la tête. Les carreaux verts et rouges, trop joyeux, détonnaient sur elle. Un voisin a murmuré à mon oreille : « Son fils est mort, elle en a perdu la raison. » La vieille femme m'a regardé avec insistance. La voix entrecoupée de pleurs, elle m'a dit que des anges étaient venus à elle, qu'elle avait pu, de ses yeux, voir le Prophète et que les anges eux-mêmes s'étaient adressés au Messager : « Ô Mohammad, pourquoi as-Tu été envoyé à cette nation de lâches ? »

J'ai difficilement dissimulé mon émotion. Quelqu'un a soupiré près de moi :

— Va, Dieu te pardonnera, Oum Saïd...

À cause du soleil, à cause de cette femme et de sa grandiloquence tragique, à cause de la soif aussi — j'avais oublié de boire le matin — j'ai éprouvé un violent mal de tête. Les yeux de la Palestinienne ne m'ont pas quitté. Ils ont pétillé à travers leurs larmes de bête blessée.

Mon mal de tête a empiré. J'ai senti un collier de fer qui m'enserrait le front. La femme a eu un mouvement malheureux qui l'a déséquilibrée. Une autre femme — la quarantaine, qui s'adressait à la vieille en lui chuchotant un étrange mais doux : « Ce n'est rien, ma petite fille, ce n'est rien, ma toute petite... » — m'a aidé à la soulever. Mon regard a rencontré celui de la vieille. Le coin des yeux était chassieux, les traits tout en tendons, la lippe grimaçante et salie par les larmes, mais j'ai pourtant pensé à Nawal. Ou plutôt à cette malice espiègle, rare chez elle, qu'elle avait eue pour me raconter l'origine de la migraine selon les Palestiniens : si on a mal à la tête, disent-ils, c'est qu'un oiseau vous a volé un cheveu pour édifier son nid. Je me suis souvenu que nous nous trouvions quelque part en Asie centrale, dans un train peut-être, et je n'avais cessé de me plaindre de mon crâne. Sa légende m'avait pris au dépourvu et m'avait arraché un sourire.

Alors, mystère de l'identification, j'ai souri à la dame âgée, comme j'avais souri à l'être que j'aimais. Elle a renversé la tête, stupéfaite, puis furieuse. Elle a criaillé :

— Il rit, il se moque de moi, ah, mon Dieu !

J'ai bredouillé maladroitement que non, affreusement mal à l'aise. L'orateur s'est aperçu du remue-ménage. La vieille femme, échappant aux bras qui la soutenaient, s'est avancée vers moi. Elle a soufflé :

— Tu n'es pas de chez nous, bâtard. Tu ris ?

Sans me laisser le temps de réagir, elle a plaqué

ses ongles sur mon visage et a tiré vigoureusement vers le bas. J'ai senti la douleur me labourer la joue. J'ai agrippé sa main et j'ai repoussé avec rage le corps frêle.

Il y a eu un grognement dans la foule. Un homme, un pistolet à la ceinture, s'est approché, menaçant. J'avais porté la main à mon visage. L'homme m'a apostrophé assez rudement en me demandant qui j'étais et pourquoi je mettais de la pagaille dans le meeting. J'ai montré ma main. Il y avait du sang. Il a examiné les deux écorchures parallèles du visage, à présent plus embarrassé qu'en colère :

— Dites donc, qui vous a arrangé comme ça ?

D'un geste du menton, je lui ai indiqué la vieille femme. Elle se tenait pelotonnée dans le giron de la Palestinienne qui l'avait traitée de petite fille. Elle avait déjà oublié mon existence. Elle pleurait à nouveau. Son dos se soulevait par intermittence, comme un enfant qui sanglote contre le sein de sa mère. L'homme au pistolet a ronchonné. Sa voix était rauque. J'ai répondu, sans avoir compris son ronchonnement, que je cherchais quelqu'un d'ici pour lui remettre un paquet de la part d'une parente. De mauvaise humeur, il a ordonné :

— Suivez-moi.

Je suis passé devant la femme qui allaitait le bébé. Elle m'a dit, la voix assourdie :

— N'en veux pas à la Aïnée, mon frère. Elle est tellement malheureuse, vois-tu...

J'ai opiné de la tête :

— Je comprends, ma sœur.

Elle m'a tendu un mouchoir.

— Tiens, essuie-toi.

Elle m'a souri tristement. Je n'ai pas pu lui rendre son sourire car sa tristesse m'a envahi d'un coup, me bloquant la mâchoire. On aurait dit un oiseau lugubre qui aurait hésité, puis se serait posé lourdement sur mon cœur.

Le meeting a repris. L'homme au pistolet m'a emmené à l'intérieur de l'école. À l'attitude de déférence de mon accompagnateur, j'ai saisi que l'individu auquel il me présentait était un responsable important. L'air trop sûr de lui-même, me considérant avec la condescendance du militaire haut gradé envers le simple civil, il m'a tout de suite déplu. Il a ri quand l'homme au pistolet lui a appris la provenance du sang sur mon visage.

— Elles sont fameuses, nos femmes. Même vieilles, elles te boufferaient un ennemi en moins de deux.

Je me suis raclé la gorge.

— Je ne suis pas un ennemi.

Il m'a contemplé, soudain curieux.

— Et qui êtes-vous alors, mon cher monsieur ? Par les temps qui courent, les Palestiniens, ça n'a pas tellement d'amis.

Je me suis expliqué. J'ai montré le coran. Il a feuilleté les pages enluminées avec admiration. « C'est très ancien, ce truc, a-t-il commenté, rêveur, je me demande combien ça peut coûter maintenant... » Il s'est adressé à son adjoint :

— Tu connais une Nawal Adnane dans le secteur ?

— Non. C'est normal, si elle n'est à Beyrouth que

depuis deux à trois semaines. C'est bien ce que vous affirmez ?

J'ai acquiescé. Le militaire m'a rendu le coran.

— J'ai bien peur que nous ne puissions rien faire pour vous.

Par son ton, il m'indiquait que l'entretien était clos. Déjà, il me tournait le dos. Pris d'une inspiration subite, j'ai décidé de mentir :

— Le docteur Akram vous salue. Il m'a assuré que je trouverais toute l'aide nécessaire auprès des responsables de Mar Élias.

Il s'est retourné, intrigué :

— Le docteur Akram ? Akram du camp de Yarmourk ?

— Oui, c'est bien lui. Il m'a conseillé de me recommander de lui.

Le gradé a souri.

— Je le connais bien. C'est un sacré gaillard, et entêté comme une tique sur un chien. Mais il a toujours fait du bon travail. Est-il encore à l'antenne du Croissant rouge du camp ?

J'ai hésité :

— Oui... Enfin, non. Il a été arrêté par la sécurité syrienne.

Le militaire a pâli. Il a lâché une obscénité entre ses dents sur les Syriens. Il a paru vraiment touché. Il a ajouté :

— Et puis merde !

Il s'est préparé à sortir. Il avait mis la main sur la poignée quand il s'est rappelé ma présence. Il transpirait aux ailes du nez. La pâleur lui avait fait perdre de sa superbe. Il a ordonné à son aide :

— Appelle Fadwa. Qu'elle aille avec lui interroger les familles récemment arrivées de Bordj el-Barajneh. Peut-être y aura-t-il quelque chose à en tirer ?

Il m'a lancé, crispé :

— Je ne sais pas si vous l'ignoriez, ce type manquait de discipline militaire, c'est vrai, il ne savait pas se taire quand il le fallait, il râlait plus souvent qu'à son tour, mais c'était un sacré gaillard, vous pouvez me croire. Pour sûr que sa mère l'a mis au monde debout !

J'ai noté intérieurement l'emploi de l'imparfait. Il a ouvert la porte. Dans le couloir, il a répété pour lui-même, distraitement irrité :

— Un sacré gaillard... un sacré gaillard...

Nous sommes sortis du camp, avons longé la ruelle de l'ambassade soviétique. Mon guide m'a montré un bel immeuble de standing.

— C'est là, le sous-sol a été réquisitionné.

Le parking souterrain de l'immeuble, bien qu'immense, était visiblement surpeuplé. Une odeur âcre s'en dégageait. Des bébés vagissaient. J'ai pu distinguer à la lumière d'ampoules électriques volantes des dizaines de draps ou de couvertures suspendus verticalement. Chaque famille de réfugiés avait tenté de se procurer un semblant d'intimité entre quatre murs de tissu. La jeune Fadwa s'est dirigée vers l'une de ces « pièces ». Elle m'a fait signe de pénétrer à l'intérieur. Quand j'ai vu que le sol était tapissé d'une couverture, j'ai enlevé mes souliers malgré les protestations polies de l'occupante des lieux. Fadwa a gardé ses espadrilles. Trois enfants entouraient celle que Fadwa a appelée Oum Abbas. Les deux garçons et la fillette, une cuillère à la main, puisaient à tour de rôle dans l'assiette commune. Notre présence ne les a pas troublés outre mesure. Ils mangeaient, concentrés, sérieux, sans cette turbulence naturelle des très jeunes enfants. Un morceau de pâte est tombé sur la couverture. La fillette l'a ramassé méticuleusement sans en rien laisser. Elle a avalé la bouchée, le visage toujours aussi sévère. J'ai songé, mal à l'aise devant le visage émacié, qu'elle ne devait pas dépasser les trois ans. Fadwa a dit d'une voix neutre :

— Ça doit être bon, ce que les enfants mangent, Oum Abbas.

— Ils ont peur d'avoir faim comme... là-bas.

Oum Abbas a arrangé son fichu. Elle avait la peau flasque d'une grosse qui a maigri trop rapidement. Elle m'a examiné, sur ses gardes, inquiète. Fadwa a posé sa main sur l'épaule de la mère de famille.

— Ne crains rien, c'est un ami à nous. Il cherche à joindre une certaine Nawal Adnane. Elle est peut-être à Borj el-Barajneh. Elle a dû travailler à l'hôpital du camp.

— Comme docteur ?

— Oui. Elle serait venue il y a trois semaines. Tu as eu le temps de la voir, peut-être ?

Oum Abbas a hoché la tête.

— Je ne suis pas allée à l'hôpital depuis longtemps. Nous étions terrés dans ce qui restait de la maison. Mon mari a été tué par un éclat d'obus, alors on n'est pas partis à l'hôpital. Quand on est mort, on n'a plus besoin de médecin, n'est-ce pas ?

J'ai baissé les yeux. La femme s'adressait à moi. Ces paroles étaient proférées sur le ton de la constatation, pas de la plaisanterie. Fadwa est revenue à la charge :

— Peut-être que quelqu'un t'en a parlé. Réfléchis, Oum Abbas. Notre ami vient de loin.

Elle a réfléchi. Elle a esquissé une moue d'ignorance :

— C'est possible. Il y avait bien une Najat, je crois, infirmière ou médecin, allez savoir. Ma voisine m'avait parlé de quelqu'un qui portait ce nom. Elle l'avait bien soignée. Mais c'était il y a plus d'un mois, deux mois, peut-être.

Elle a hésité, un peu égarée :

— Je ne suis même plus sûre. Je ne sais plus. Peut-être moins. Tout s'embrouille dans ma tête.

Elle a baissé les bras. Fadwa lui a jeté un curieux regard, mi-apitoyé, mi-méprisant. Oum Abbas a surpris le regard. Elle a soupiré, fatiguée :

— Toi aussi, Fadwa ?

— Qu'est-ce qui te prend, Oum Abbas ? Je n'ai rien dit.

— Tu me regardes comme si j'étais une chienne, comme tous ceux du parking. Ils ne m'adressent pratiquement plus la parole.

Elle s'est affaissée sur elle-même, les épaules rentrées. Fadwa m'a fait signe de me lever. Oum Abbas m'a agrippé par le bras.

— Attendez, c'est trop facile comme ça ! On

crache sur Oum Abbas et on part comme si de rien n'était.

— Lâche-le, Oum Abbas. Ça ne le concerne pas, nos affaires.

Oum Abbas a fait non de la tête. Son fichu était tombé. Les trois enfants se sont interrompus quelques secondes, puis ont repris le mouvement de va-et-vient des cuillères. Leur mère haletait. Fadwa a haussé les épaules.

— Écoute-moi, mon fils. À la lisière du camp, il y a un café. Depuis le début du siège, il a été abandonné parce qu'il était trop proche des lignes chiites. Je ne sais pas ce qui leur a mis cette idée dans la tête, mais trois jeunes gens de mon entourage ont décidé que le tabac, ça diminuait la faim. Alors, ils sont partis de nuit vers le café pour ramasser tous les mégots. On leur avait dit qu'il devait y avoir probablement des kilos de bouts de cigarettes. Penses-tu, un café !

La fillette aux yeux sévères a froncé les sourcils. Sa mère a posé sa main sur ses cheveux : « Mange, ma fille, mange La fillette a souri gravement en léchant sa cuillère.

— Ils ont été capturés, tous les trois, par la milice Amal. À l'aube, des combattants à nous sont venus avertir les familles que leurs enfants avaient été faits prisonniers, qu'on pouvait les voir, mais qu'on ne pouvait pas les libérer. Les familles n'ont pas compris, nous sommes partis voir, moi, j'accompagnais une voisine que j'aimais bien. Tu sais ce qu'on a vu ? Juste à l'entrée du café, les miliciens d'Amal avaient installé un grillage de fer barbelé et, dessus, ils y avaient accroché les trois garçons. Comme du linge à sécher, mon Dieu ! Ces maudits avaient passé la nuit à cette installation horrible, mais ils l'avaient terminée quand même. Les garçons étaient vivants, on entendait leurs gémissements. Toute la journée, les miliciens d'Amal se sont exercés au tir sur ces jeunes gens. Ils ont tiré sur les pieds, puis sur les mains. Ils ont attendu la venue de la nuit pour s'en prendre aux têtes. Ça devait être plus sportif, peut-être. Et nous, on ne pouvait rien faire.

Les enfants d'Oum Abbas avaient terminé de racler l'assiette. Le plus âgé s'est étendu sur la couverture, épuisé. La fillette a gardé sa cuillère avec un air d'étonnement stupéfait.

— Deux des nôtres ont juré de se venger. La nuit suivante, je ne sais pas comment ils s'y sont pris, ils ont ramené un jeune d'Amal, seize ou dix-sept ans au plus. Ils l'ont ligoté, ils ont pris trois ou quatre pneus de voiture. Ils l'ont installé au centre de l'empilement des pneus, à mi-chemin de nos lignes et du grillage. L'un d'eux s'est fait tuer mais l'autre a eu le temps de verser de l'essence sur les pneus et de les enflammer. Pendant des heures, on a entendu les hurlements du malheureux prisonnier. Les flammes l'avaient brûlé, mais pas au point de le tuer. C'est alors que j'ai décidé de partir. J'avais perdu mon mari et j'avais trois enfants, je ne voulais plus de la faim et de la sauvagerie. J'ai rampé dans le sable avec mes enfants. Chaque fois qu'on nous tirait dessus, j'écrasais la tête des enfants dans la terre. C'est comme ça que nous avons été recueillis par la 6e brigade de l'armée. Écoute, mon fils, ce que j'ai dit à la télévision...

Fadwa est intervenue. Elle avait les joues exsangues.

— Ça va, lâche-le. Il doit partir.

Je me suis levé. Oum Abbas a ouvert les bras et les a laissés retomber. Dehors, le soleil m'a ébloui. Je me suis frotté les yeux. Fadwa marchait, lèvres serrées.

— Qu'a-t-elle raconté à la télévision ?

La jeune fille a maugréé, mécontente :

— Changeons de sujet.

J'ai haussé les épaules. Elle m'a devancé, puis s'est arrêtée. Nous étions devant le portail de l'ambassade. Le garde nous a jeté un regard mauvais, pointant son arme d'un air significatif. Il n'a repris son attitude indifférente que lorsque Fadwa, m'ayant laissé la rejoindre, s'est remise à marcher. Elle a eu soudain une voix calmée. Elle m'a expliqué que la 6e brigade, composée d'une majorité de chiites, était en réalité subordonnée au commandement d'Amal.

— Quand les soldats ont recueilli la femme avec ses enfants, ils ont eu peur d'avoir des histoires. La mère a eu beau supplier, ils l'ont remise aux miliciens d'Amal avec les enfants ! Les miliciens ont fait venir les techniciens de la station de télévision qu'ils contrôlent. Après avoir copieusement menacé Oum Abbas, ils ont procédé à l'interview. Vous imaginez ce que ça a donné.

— Oui ?

Elle m'a dévisagé, irritée. Je n'ai pas entendu le début de sa phrase :

— ... Que nos combattants prennent toute la nourriture, que les chefs sont impitoyables, qu'ils empêchent les gens de sortir du camp, que les réfugiés ne se soumettent que parce qu'ils les terrorisent et ainsi de suite.

J'ai voulu poser ma main sur son épaule. Elle s'est dérobée.

— Fadwa, pourquoi vous montez-vous autant contre Oum Abbas ? Ses propos ne comptent pas, vous le savez. N'importe qui aurait agi de même pour défendre ses enfants.

Elle a secoué la tête, une expression dure sur son visage. J'ai été étonné par sa colère. Elle a dit :

— Non, elle n'en avait pas le droit. Si nous, les Palestiniens, nous nous abandonnons au désespoir, jamais nous ne nous en sortirons, vous saisissez ?

J'ai commencé à perdre patience.

— Vous êtes jeune, c'est facile de donner des leçons !

Les yeux clairs de Fadwa se sont légèrement fermés. Elle a rougi. De manière inattendue, elle a ri, de ce rire qu'on réserve à l'étranger pour lui signifier qu'il ne comprendra jamais. Nous sommes arrivés près du poste druze. Elle a adressé un signe de tête au garde. Elle a échangé quelques mots avec lui. Le garde devait la connaître car le ton était à la plaisanterie. Il a donné son accord à ce qu'elle paraissait lui demander. Elle s'est retournée vers moi en me montrant la minuscule baraque du garde. Nous y sommes entrés. À l'intérieur, il y avait un lit de camp. Elle m'a tendu une gourde.

— Je lui ai dit que vous aviez soif, mais que vous

n'osiez pas boire dans le camp. Les druzes, eux, sont assez libéraux, question ramadan.

Je n'ai pas eu le temps de me composer un visage offusqué. « Je ne vous ai rien demandé de tel », me suis-je préparé à lui lancer. Elle a balayé l'objection de la main.

— Ce n'est pas pour l'eau que j'ai sollicité l'autorisation d'entrer ici. Vous avez affirmé que je n'avais pas le droit de donner des leçons. Alors, regardez.

Elle a tiré sur ses cheveux. En une fraction de seconde, j'ai eu le temps de faire deux constatations successives : qu'elle était belle, qu'elle était devenue laide, douloureusement laide. Et c'étaient, pourtant, les mêmes yeux, à la fois timides et décidés. Elle tenait la perruque à la main. Son crâne était parsemé de touffes de cheveux coupés court avec de larges plaques de chair de couleur rose sale. Elle a remis sa perruque. Elle a ricané, mon regard devant être stupide :

— J'avais douze ans. Nous habitions le camp de la Quarantaine, côté chrétien. Les phalanges ont voulu investir le camp. Mais moi, j'ignorais que des combats avaient commencé, j'étais venue rendre une banale visite à une amie d'école. Manque de chance, ils m'ont capturée. Ils étaient persuadés que je savais où se trouvaient les caches d'armes. Ils m'ont rouée de coups, puis ils m'ont coupé les cheveux et ils ont passé un truc de métal chauffé à blanc pour que ça ne repousse plus. Ça les a fait rire, ma gueule ! C'est peut-être pour ça qu'ils ne m'ont ni tuée ni...

J'avais la gourde à la main. J'étais hébété, encore

à superposer les deux images, avec et sans la perruque. Elle a terminé dans un souffle :

— ... ni violée. On peut dire que je m'en suis tirée à bon compte. La démonstration a-t-elle été suffisante, camarade touriste ? Alors, on y va.

Je l'ai accompagnée docilement. Le garde a lancé, complice :

— L'eau était fraîche ?

Nous avons traversé la chaussée. J'ai contemplé son dos : tee-shirt vert, jean quelconque et cheveux artificiels. J'ai été sûr qu'elle allait être une militante autoritaire, que sa fragilité se raidirait, qu'elle deviendrait dure et coupante comme du verre. J'aurais voulu m'excuser du mal qu'on lui avait infligé, mais peut-on s'excuser de ce qu'on n'a pas soi-même subi ? Je me suis tu.

Devant l'entrée du camp, elle m'a apostrophé maladroitement :

— Cette Nawal, elle est... quelque chose pour toi ?

J'ai hoché la tête. Ses yeux se sont de nouveau plissés, perplexes.

— Reviens dans quelques jours. Je vais essayer d'avoir des informations.

Elle m'a quitté brusquement. J'ai suivi sa silhouette, si jeune et déjà tellement âgée, jusqu'à ce qu'elle disparaisse à l'intérieur du camp. Pendant toute l'heure qui a suivi, j'ai eu un goût de salissure dans la bouche. Pour pouvoir respirer, j'ai pensé très fort à mon amour. Je l'ai senti lové à l'intérieur de moi. Comme un serpent, et me guettant.

Je n'ai plus pu supporter de rester seul dans cette maudite ville. Il me fallait quelqu'un avec qui parler.

J'ai retrouvé dans mon portefeuille l'adresse du boxeur. Il ne m'avait pas laissé une bonne impression, mais je n'avais pas tellement le choix. J'ai mis du temps à trouver l'endroit. L'adresse correspondait à une gargote qui ne payait pas de mine. J'ai cru un instant m'être trompé, tant l'endroit ne correspondait pas à l'image d'arrogance que j'avais gardée du boxeur. J'ai poussé la porte avec appréhension.

Je l'ai tout de suite reconnu. Il essuyait méthodiquement des verres. Quelqu'un m'a demandé ce que je désirais. Bassam a levé les yeux. Avant que je n'aie pu répondre, il a lancé, sans sourire :

— Laissez, patron, c'est un ami. Il doit vraiment s'ennuyer, pour être venu me voir.

Le patron a ri. Je suis entré. Bassam m'a offert une chaise et a continué de frotter les verres. Il a dit :

— Ça va ?

— Oui, ça va.

Au bout de quelques secondes, je me suis cru obligé de préciser :

— C'est-à-dire... je ne connais pas bien Beyrouth. Je me suis dit que vous me donneriez des conseils.

Il a haussé les épaules.

— Hé, un peu moins de cérémonial, ça ne t'arrangerait pas ?

— Je peux... aider ?

— Ce n'est pas la peine. J'ai pratiquement terminé.

Il a eu l'air amusé. Il s'est essuyé les mains à une serviette.

— Patron, je vais faire un tour avec notre ami. Je serai de retour dans une heure.

L'homme a bougonné, mais sans agressivité :

— Tarde pas trop, quand même. La rupture du jeûne n'est plus très loin.

Dehors, Bassam a paru revivre, retrouvant cette superbe qui m'avait agacé la première fois. Il a proposé un tour sur la corniche. Nous sommes passés devant plusieurs barrages assez débonnaires où seuls les véhicules étaient contrôlés. Bassam m'a expliqué au fur et à mesure les appartenances politiques : druzes du Parti socialiste progressiste, chiites d'Amal, chiites du Hezbollah, soldats de la 6e brigade de l'armée libanaise, miliciens du Parti social national syrien — « formé, a-t-il ricané, uniquement de Libanais, même si le nom ne l'indique pas »...

— Et quand ça pète, tout ça, ça se rentre dedans, ça se tape dessus jusqu'à ce qu'un grand chef dise basta !

— Qui c'est, les grands chefs ?

— N'importe qui : les Israéliens, les Syriens, les Iraniens, les Irakiens, les Américains, les chiens, les chats, les éléphants, tout ce que tu veux sauf ces connards de Libanais !

Il n'était pas en colère. Il a craché par terre.

— C'est que les Libanais adorent obéir... pour de l'argent, évidemment.

Nous avons croisé une jeune fille, vêtue avec goût, le visage joliment maquillé. Bassam l'a complimentée, elle a continué son chemin sans rien dire, mais il était visible que le compliment lui avait plu. Bassam s'est tourné vers moi, sentencieux :

— Belle bouche ! Sais-tu sur quoi sont testés les rouges à lèvres ?

Je l'ai regardé sans comprendre. Se moquait-il de

moi ? Nous avions atteint le bord de la mer. Il a jeté un caillou dans l'eau.

— J'ai travaillé comme homme de peine dans un laboratoire étranger. Les types là-bas, ils testaient les nouvelles couleurs des rouges à lèvres sur des anus de lapin.

Je devais avoir l'air peu convaincu. Il a répété, le ton plus railleur que jamais :

— Mais si, crois-moi. Il paraît que ce qui ressemble le plus à une jolie bouche de femme, c'est un trou de balle de lapin.

J'ai préféré ne pas approfondir la question. Je lui ai montré deux rochers qui affleuraient dont l'un avait une forme assez bizarre.

— Comment s'appelle cet endroit ?

— La grotte aux Pigeons. Avant, le long de cette corniche, il y avait une animation extraordinaire. Ça défilait toute la journée, les riches, les moins riches, les pauvres qui faisaient semblant d'être riches. Même les putes avaient de la classe ! C'était beau, Beyrouth.

Il a ajouté, plus bas, soudain mélancolique :

— Ça l'est encore... Enfin, si l'on veut.

Nous avons contemplé la mer. Le temps était magnifique. Les coups étouffés des obus échangés dans la banlieue sud étaient nettement audibles, mais, du fait de leur régularité, on s'y habituait rapidement. D'une certaine manière, le calme ambiant n'en était même pas troublé. On aurait dit le tic-tac d'un réveil qu'on finit par oublier dans une chambre silencieuse. Des mouettes passaient et repassaient sur les vagues, rasant les crêtes, jacassant avec leur ardeur de pêcheurs éternellement affamés. J'ai songé qu'elles devaient ignorer qu'il y avait la guerre dans ce pays. Bassam a dit doucement :

— Pourquoi es-tu à Beyrouth ?

Pris au dépourvu, j'ai commencé en bafouillant à sortir l'« explication » de l'oncle. Bassam a fermé les yeux, arborant le visage patient de celui qui sait qu'il écoute un mensonge. J'ai hésité et, peut-être à cause de la fatigue, j'ai décidé que je n'avais pas envie de mentir.

— Tu veux vraiment savoir pourquoi je suis là ?

Je lui ai tout raconté. Quand j'ai eu terminé, il n'a pas fait de commentaires. Une mouette s'est posée sur le rebord, à moins d'un mètre de nous. Ses yeux d'agate nous examinaient, calmement stupéfaits.

— Tu ne dis rien, Bassam ?

— Qu'est-ce que je pourrais dire ? Ton problème ne me regarde pas. Nous ne sommes pas amis, que je sache.

La mouette a avancé de quelques pas. Il n'y avait eu aucune méchanceté dans la voix du Libanais. Je n'ai pas pu m'empêcher de soupirer :

— Tu n'aimes pas, toi non plus, les Palestiniens ?

Il a tendu la main, lentement, vers la mouette. Celle-ci n'a pas bougé. Bassam a eu un pli dur à la bouche.

— Je ne pense rien des Palestiniens. Je ne leur ferais pas de mal, mais je ne les aiderais pas non plus.

Une boule d'amertume dans la gorge, j'ai suivi les travaux d'approche de Bassam. Sa main n'était plus qu'à une vingtaine de centimètres de la mouette. Brusquement, le Libanais a sauté. Sa main a failli se refermer sur l'oiseau. Il a éclaté de rire en suivant la mouette qui s'envolait à tire-d'aile vers la mer.

— Raté !

J'ai ironisé, gagné malgré moi par la bonne humeur de mon compagnon :

— Eh bien, on dirait que tu as de l'entraînement ?

— Tu ne crois pas si bien dire. Vers douze, treize ans, j'ai été pris en charge par mon oncle. Mon père venait de mourir et mon oncle s'est soumis à la tradition en épousant, bon gré mal gré, la femme de son frère. Bien que pauvre, il s'est retrouvé avec deux femmes et deux gosses. Je m'entendais très bien avec mon cousin qui avait à peu près mon âge. J'aimais bien mon oncle. J'avais même pensé un moment qu'il me préférait à son fils. Lorsqu'il partait à la chasse, il refusait d'emmener son fils. Nous partions tous les deux, lui, il tuait les perdrix et moi, fier comme un pacha, j'allais les chercher dans les fourrés. J'étais devenu un as pour dénicher le gibier. Un jour, il y a eu une altercation entre mon oncle et ma mère. Il l'a violemment insultée. Ma mère lui a répondu. De rage, il m'a désigné et a hurlé qu'elle n'avait même pas été capable de mettre au monde un homme, que moi, son rejeton, j'étais un chien, un vrai, que, la preuve, à la chasse... J'ai tout à coup saisi que s'il n'emmenait pas son fils à la chasse, c'était parce qu'il craignait de le blesser avec le fusil, mais qu'avec moi, ce risque n'avait pas grande importance.

Il y avait encore du rire dans son regard. Il a décoché un coup de poing dans le vide.

— Si tu avais vu le crochet que je lui ai placé, ce

corniaud ! C'est d'ailleurs comme ça que je suis devenu boxeur.

J'ai esquissé une grimace :

— Mais tu es en train de me faire des confidences ? Nous ne sommes pas amis, que je sache.

Il a souri avec malice.

— Un but partout. Match nul, par conséquent !

Il m'a proposé de venir manger au restaurant. « Comme ça, on pourra continuer le match », a-t-il ajouté, sarcastique. J'ai accepté sans rechigner, plutôt content, du reste. Au restaurant, il m'a installé à une table du fond, m'a donné un journal qui traînait sur le comptoir et s'en est allé s'occuper des autres clients. Il restait environ un quart d'heure avant la rupture du jeûne. J'ai jeté un coup d'œil sur le journal. Un article en première page parlait de la possibilité d'une levée partielle du siège autour du camp de Borj el-Barajneh, à la suite de pressions de la Ligue arabe. Le ton du papier n'était, cependant, pas très optimiste. Je n'ai pas eu le temps de terminer l'article, Bassam s'étant planté devant moi. Une femme se tenait près de lui. Il m'a dit, pressé, une serviette à la main :

— Je te présente Rasha. C'est ma... C'est une amie. Vous déjeunerez ensemble. Ça te va ?

J'ai bredouillé en rangeant mon journal :

— Mais oui, bien sûr. Asseyez-vous, madame.

Elle a pris place en me jetant un distrait « bonsoir ». Elle a tourné sa chaise de telle manière que nos yeux ne se croisent pas. J'ai essayé d'engager la conversation, mais, très vite, j'ai abandonné devant les réponses en monosyllabes. J'ai repris mon journal sans parvenir à continuer la lecture de l'article sur les camps. La femme me présentait son profil. Elle semblait non pas fatiguée, mais absente. Elle a sorti un paquet de cigarettes, l'a posé sur la table. Je ne suis pas parvenu à décider si elle était belle ou non : presque pas de maquillage, très pâle, nettement plus âgée que Bassam.

La radio a interrompu ses émissions pour passer l'appel du muezzin. Bassam a posé devant nous deux plats de soupe, puis une espèce de couscous avec des bouts de viande. J'ai souhaité un bon appétit à Rasha qui a répondu d'un signe de tête. Elle a bu un verre d'eau, a fumé d'abord une cigarette avant de prendre quelques cuillerées de soupe. Elle n'a pas touché au reste. J'ai dit :

— Vous n'avez pas très faim, je crois.

Elle a souri, plus détendue :

— Vous voulez dire que je ne fais pas le ramadan. Si, je le fais, mais je préfère manger par étapes. C'est moins fatigant.

Elle a observé l'assiette que j'avais pratiquement finie.

— Par contre, vous, ce n'est pas l'appétit qui vous manque.

J'ai dû rougir car elle a, de nouveau, souri. Elle avait un beau sourire.

— Passez-moi votre journal. Vous pourrez finir de manger sans que je vous ennuie avec mes remarques.

Elle a ignoré mes protestations embarrassées. Elle s'est emparée du journal. Elle ne m'a plus adressé la parole jusqu'au café. De temps à autre, elle remontait les mèches de cheveux qui lui tombaient sur les yeux. Bassam nous a rejoints, a englouti rapidement son repas, s'interrompant lorsqu'un client demandait quelque chose. Entre deux bouchées, il a lancé :

— Alors, l'Algérien, tu as apprécié le repas de notre cinq étoiles ?

— C'était très bon. Mais il est temps que je parte. J'ai déjà trop tardé, il fait sombre dehors...

J'ai posé de l'argent sur la table. Bassam a avancé la main.

— Ton argent, je suis obligé de le prendre puisque c'est celui du patron. Mais pourquoi tu ne resterais pas avec nous ? On irait chez moi, on prendrait un café tranquillement, on pourrait discuter d'autre chose que de cette merde de Liban. Pour une fois qu'on tient quelqu'un d'ailleurs, on ne va pas le lâcher aussi facilement. Hein, Rasha, qu'est-ce que tu en penses ?

La femme n'a rien dit. Elle s'est peut-être légèrement crispée. Elle a continué à manger des olives dont elle posait soigneusement les noyaux dans le cendrier. Toutes les deux ou trois olives, elle sirotait avec gourmandise une goutte de café. J'ai hésité :

— Comment ferais-je pour retourner ensuite à mon hôtel ? Je ne connais pas du tout la ville et...

Il a balayé l'objection :

— Bah, tu passeras la nuit chez nous. Nous aussi, nous habitons un palace.

Il a ri. Je n'ai pas bien compris où résidait la plaisanterie. J'ai souri cependant, trop heureux, au fond de moi-même, de ne pas me retrouver seul dans une chambre lugubre où personne ne m'attendait.

La soirée a mal commencé. Vers dix heures du soir, nous avons quitté le restaurant. Nous avons remonté Hamra, puis un lacis de ruelles. Je n'en menais pas large malgré l'assurance apparente de mes deux compagnons. Nous avons croisé quelques rares passants avec lesquels nous avons échangé des regards furtifs et inquiets. La plupart des lampadaires étaient hors d'usage. Ceux qui étaient en marche diffusaient une lumière si faible qu'elle en devenait inutile, menaçante plutôt. À partir d'un certain moment, même ceux-là ont disparu. Nous avons laissé derrière nous de grandes tours, de vingt-cinq à trente étages. « Les palaces d'avant », a murmuré Bassam, ironique devant mon air interrogatif. Il a ajouté : « Nous sommes presque arrivés. » Je n'ai pas pu retenir une exclamation : « Où ? Il n'y a que des ruines ici. »

Ni l'un ni l'autre ne m'ont répondu. Quelqu'un a crié : « Qui va là ? » Bassam s'est avancé vers un homme qui avait surgi, une mitraillette à la main. L'homme et Bassam ont parlé. Le ton était amical. L'homme armé a demandé une cigarette.

Bassam est revenu. Il a soufflé à mon intention : « Ne t'en fais pas, je connais presque tous les miliciens du quartier. » Dix minutes après, nous nous sommes retrouvés devant une échelle posée contre un mur. La ruelle où nous nous étions engagés se terminait en impasse. Je n'ai pas osé poser de questions. Rasha a monté l'échelle, suivie par moi et Bassam. Je me suis rendu compte que nous nous étions introduits par une fenêtre dans ce qui ressemblait à un couloir. « Tire le rideau », a dit Rasha à Bassam. Elle a ouvert une porte, a attendu que nous soyons entrés pour la refermer et allumer une lampe à pétrole.

— As-tu saisi où tu es ? a questionné, goguenard, Bassam.

Mon expression ahurie les a fait rire.

— Tu parlais d'un hôtel et ici... ?

— Mais c'est un hôtel ! Enfin... c'était un hôtel, du temps où le centre de Beyrouth n'était pas encore un dépotoir de ruines.

J'ai essayé de cacher le tremblement de ma voix :

— Si je comprends bien, nous sommes quasiment sur la ligne de front ?

— Tu ne te trompes pas : les milices chrétiennes sont à moins de quatre cents mètres d'ici. C'est pour ça que nous utilisons la fenêtre, au lieu de la porte qui se trouve de l'autre côté. On se ferait facilement descendre par des francs-tireurs.

— Mais pourquoi y habitez-vous si c'est aussi dangereux ?

Bassam a frotté le pouce contre l'index.

— L'argent, mon bonhomme. Les loyers sont abominablement élevés à Beyrouth sauf dans les endroits comme ceux-ci. Nous ne sommes pas les seuls dans les environs. Des centaines de personnes agissent comme nous parce qu'elles n'ont pas le choix. D'ailleurs, ce n'est pas si mal quand on s'y habitue. Il suffit de choisir la chambre la moins exposée et de prendre certaines précautions, les rideaux par exemple, pour ne pas servir de cible. Le reste...

Il a haussé les épaules.

— Pour le reste, tu es à Beyrouth. Alors les risques, tu sais...

Entre-temps, Rasha avait préparé du café sur un réchaud à gaz. La chambre était agréablement décorée et j'ai vite commencé à me sentir à l'aise. Le café était bon. La discussion a porté sur l'Algérie (« Hé, ton pays, ce n'est pas mieux, c'est moins meurtrier, c'est tout. Ne nous raconte pas de conneries, s'est esclaffé le Libanais.Le socialisme chez vous, ça a été juste une astuce des militaires pour vous couillonner et s'en mettre plein les poches, avec, en plus, votre soutien ! ») puis sur les souvenirs de boxe de Bassam. Rasha ne participait pas vraiment à notre conversation. Elle était encore sur la réserve, mais sans l'hostilité du début.

— Paradoxalement, un de mes meilleurs moments de boxe a été celui d'une défaite. Ça date du début de la guerre civile. Il y avait encore un championnat national. J'étais à Beyrouth depuis deux ans à peine et on me considérait comme un des favoris dans ma catégorie. J'étais opposé au tenant du titre, un gars du Nord, tête carrée, nez aplati, une vraie brute, quoi. J'étais si sûr de gagner que j'avais fait venir ma mère pour qu'elle assiste au combat. Mon oncle, le salaud, avait tenu à l'accompagner. Mais les choses ne se sont pas passées comme je l'espérais. Au début, j'ai cogné autant que j'ai pu. Il a failli aller au tapis. La colère l'a saisi et il a rapidement obtenu l'avantage. Il m'a ouvert une arcade. J'ai été sauvé par le gong. Sur ma chaise, alors que mon soigneur me nettoyait l'arcade, j'ai vu le visage de ma mère : horrifié et, pire, honteux. Je n'avais pas vu celui de mon oncle, mais je suppose qu'il jubilait. Le combat a repris. On s'acheminait vers le knock-out. Alors, je ne sais pas ce qui m'a pris, je me suis collé à lui alors qu'il me bourrait de coups et je lui ai soufflé : « S'il te plaît, il y a ma mère dans la salle, je t'en prie... »

Bassam a repris une tasse de café. Rasha le regardait avec une tendresse particulière, pleine d'ironie. Pendant un court moment m'a traversé la sensation que j'étais un voleur, que je n'avais pas mérité de surprendre ces deux personnes dans l'intimité de leur complicité, alors que je n'avais encore aucun lien avec elles. Je me suis surpris à me questionner : pourquoi avais-je utilisé le mot « encore » ? Bassam a siroté longuement le liquide chaud. Sa voix était voilée.

— Ah, ce gars-là... Il lui suffisait d'un ou deux crochets bien placés et il aurait corrigé devant son public le blanc-bec que j'étais. Il s'est mis tout à coup à frapper moins fort, juste assez pour gagner aux points et m'éviter l'humiliation du K-O. Le public a senti qu'il y avait quelque chose de changé, des insultes ont fusé mais le gars n'a pas cédé et j'ai été battu presque avec les honneurs. Il en fallait, de la bonté, croyez-moi, pour agir comme il l'a fait. Moi, je pense que je n'aurais pas pu. Je n'ai jamais eu l'occasion de le remercier, ce type, parce qu'il est parti juste après le combat. Qu'est-il devenu maintenant ? Est-il mort, est-il vivant, hein, va savoir...

Il a soupiré, ému :

— Ah, mon Dieu, pourquoi la vie est-elle comme ça ?

Rasha a répliqué, du tac au tac :

— Parce que, sinon, elle serait autrement !

Nous avons ri tous les trois. Nous nous sommes

préparés à dormir. Bassam m'a donné un matelas en éponge et m'a indiqué une chambre :

— Elle est presque aussi sûre que la nôtre. De toute façon...

J'ai fait la grimace au mot « presque ». Il a ajouté avec un sourire :

— ... Si tu ne te sens pas en sécurité, tu viens dormir dans notre chambre.

Je me suis endormi aussitôt. Vers deux heures du matin, j'ai été réveillé par des détonations. J'ai écouté attentivement. Était-ce mon imagination ? Il m'a semblé que les échanges de coups de feu se rapprochaient et que la pièce devenait dangereuse. J'ai pris mon matelas pour rejoindre le couple. Je me suis arrêté près de la porte de leur chambre. J'ai compris tout de suite ce que signifiaient les gémissements que j'entendais. J'ai rebroussé chemin, mais la peur a été plus forte. J'ai installé mon matelas dans le couloir et j'ai essayé d'ignorer ce qui se passait dans l'autre chambre. Quelque quinze minutes plus tard, quelqu'un est sorti de la chambre. Je n'ai pu éviter de me retourner. Un vague rayon de lune, s'infiltrant par des interstices du rideau de la fenêtre du couloir, éclairait la scène. Nos deux regards se sont croisés. Elle était nue, entièrement. Mes yeux, malgré moi, se sont posés sur ses yeux, ensuite sur le triangle noir entre ses cuisses. Elle m'a dévisagé pendant deux ou trois secondes, sans faire le geste de se couvrir, avec un détachement où, peut-être, il y avait du mépris. J'ai baissé les yeux. Elle est allée aux toilettes. Quand elle est revenue, je m'étais enfoui la tête dans mon drap.

Le lendemain, une voix m'a enjoint de me lever.

J'ai reconnu la voix de Rasha à travers la porte. Elle m'a crié d'entrer. Il y avait un petit plateau avec du café, du pain et du fromage. Devant ma surprise, elle a dit, moqueuse :

— Ce n'est pas pour moi, c'est pour vous. Je ne savais pas si vous jeûniez ou pas. J'ai préféré ne pas prendre de risques.

— C'est-à-dire...

Du même ton, elle a ajouté :

— Considérez que vous êtes en voyage. La religion vous permet dans ce cas de manger et moi, je ne gâcherai pas de la nourriture.

Je me suis servi en silence. Elle avait allumé un petit transistor qui diffusait une chanson d'Oum Kalsoum. J'ai noté, légèrement embarrassé :

— Où est Bassam ? Il est bien matinal.

— Il est parti courir ses dix kilomètres quotidiens. Il sera là dans une demi-heure.

— Il s'entraîne malgré le ramadan ?

— Oui. Quand il reviendra, il se lavera, mais vous ne le verrez pas avaler la moindre goutte d'eau. Je me demande d'ailleurs comment il tient jusqu'au soir. À chacun son dada, pas vrai ?

J'ai continué à mastiquer mon pain. Le fromage était très salé et c'était la première fois que j'en mangeais avec du café. Elle feuilletait distraitement un ouvrage. J'ai dit :

— Qu'est-ce que vous faites, dans la vie ?

— Rien d'intéressant. Ou plutôt si : esclavagiste.

— Ce n'est pas très clair.

Elle a ricané, un peu irritée :

— Je travaille comme dactylo dans une boîte de placement de personnel immigré.

— Et ça veut dire ?

— Si vous lisiez la presse de chez nous, vous verriez que les dimanches et les mercredis, il y a des placards publicitaires annonçant des arrivages de servantes du Sri Lanka et des Philippines. C'est la grande mode actuellement chez les bourgeois libanais, avoir des Asiatiques en sari, silencieuses et efficaces. Ils viennent chez nous ou chez nos concurrents faire leur choix. Elles ne doivent être ni trop jeunes ni trop âgées. S'ils osaient, ils regarderaient même les dents et tâteraient le reste. Le patron touche un bon paquet de dollars pour avoir joué l'intermédiaire, les servantes une cinquantaine de dollars par mois comme gages. Moi, je tape les contrats.

— Les contrats ?

— Qu'est-ce que vous croyez ? Les bourgeois, c'est pas bête, ça veut avoir des assurances. Ils disposent d'un mois de mise à l'essai. Si la femme ne leur plaît pas, nous la reprenons et nous l'échangeons contre une autre bête de somme. Toujours par contrat, nous demandons aux maîtres de maison de retirer les passeports à leurs employées et de ne les rendre que pour un départ définitif. Comme ça, si elles étaient tentées de voler, elles ne sauraient pas où aller.

Elle a eu un clappement de langue :

— Ce n'est pas très joli, tout cela, c'est ce que vous pensez ?

Je n'ai rien répondu. Elle a ajouté, agressive :

— Il faut bien manger. La poignée de livres libanaises que je gagne, ce n'est pas vous qui me la donneriez, n'est-ce pas ?

J'ai ignoré l'attaque :

— Ce café est bon.

Elle a haussé les sourcils, désorientée :

— Merci.

— C'était quoi, ces bruits de rafales, cette nuit ?

Sans répondre à ma question, elle a soupiré. Elle a regardé devant elle, donnant l'impression que la conversation, tout d'un coup, ne l'intéressait plus. J'ai gardé ma tasse à la main. Je l'ai observée : émaciée, pâle, on aurait dit qu'elle était fourbue de l'« intérieur ». Elle a dit :

— Comment voudriez-vous mourir, vous ?

Interloqué, j'ai répliqué, assez sèchement :

— En ce qui me concerne, je ne veux pas mourir.

J'ai voulu être sarcastique :

— Mais cela dépend de chacun. On ne discute pas des goûts et des couleurs, paraît-il.

Elle n'a pas relevé l'impertinence. J'ai remarqué la contracture du muscle au coin de la bouche.

— Nous avions un jardin. Il y avait tant de roses que mon père en donnait à tous ceux qui lui en demandaient. C'est ça, mon rêve, mourir dans une chambre noyée de roses, de tulipes, d'œillets, de toutes ces fleurs des montagnes ou des plaines qu'on trouve dans cette saloperie de pays...

Je l'ai interrompue :

— Vous voulez dire : vous asphyxier avec... du parfum ?

— Oui : m'enivrer jusqu'à la soûlerie finale.

— Solution odorante, mais plutôt sinistre, vous ne trouvez pas ?

— C'est mieux que de recevoir une bombe sur le crâne. Dans cette ville, ce n'est plus un risque, mais presque une certitude. Mon choix est donc plus un problème d'esthétique qu'autre chose. Vous me comprenez, j'espère ?

Elle avait ramené ses genoux devant elle. Elle avait une humeur curieuse, un peu comme si elle plaisantait d'un œil et s'apprêtait à pleurer de l'autre.

— Vous avez dû vous faire une opinion assez désagréable sur moi, cette nuit ?

— Non, je vous assure.

— Ne me racontez pas de salades. Vous êtes comme tous les autres : un Arabe. Et un Arabe qui voit une femme nue sortir de la chambre de quelqu'un qui n'est pas son mari, il pense que c'est une putain.

Son ton était si bas que j'avais du mal à la comprendre. J'ai murmuré :

— Peut-être n'avez-vous pas besoin d'être aussi excessive avec moi ? Je ne suis pas votre ennemi.

Elle a posé sur moi un regard intrigué. Elle a eu un petit rire pour elle-même. J'ai fini de manger. Je me suis demandé si je devais partir maintenant ou attendre Bassam. Elle ne m'a pas laissé le temps de me décider.

— Ainsi, vous pensez la retrouver ?

J'ai eu un coup au cœur.

— Vous parlez de...

— Oui, Bassam m'a appris pourquoi vous êtes là.

Ma voix s'est enrouée :

— Si j'ai de la chance...

— Vous êtes prêt à tout pour la retrouver ?

— Oui.

Elle a relevé la tête, me fixant avec acrimonie :

— Évitez ce genre de réponses. Vous ne savez pas ce que veut dire « tout ».

J'ai rétorqué, gagné par sa mauvaise humeur :

— Et vous, vous le savez ?

Elle a arrangé lentement ses cheveux. Une atmosphère étrange s'est installée dans la chambre. Comme si nous allions nous battre. Ou tout nous avouer. J'ai pressenti que c'était à peu près la même chose. Je l'ai contemplée, saisi par la certitude que ce qu'elle allait dire compterait pour moi.

— Enfant, j'avais l'habitude de cracher n'importe où. Mon père me grondait. Il m'affirmait que cracher par terre, c'était cracher sur son pays.

J'ai gloussé. Elle aussi a ri.

— Mon père était merveilleux, attentif avec ma mère, patient avec moi. Il aimait les fleurs. Il aimait la vie. Voilà.

Elle m'a regardé, attendant la permission de continuer. J'ai bredouillé un « Et après ? »

— Mon père est la personne que j'ai le plus aimée au monde. Et vous n'imaginez pas à quel point je l'ai détesté.

Elle a joué avec le bouton du poste transistor. Je suis resté silencieux.

— Et... ma mère est morte. Mon père l'a beaucoup pleurée. Il s'est refermé sur lui-même. Puis, brusquement il a été pris d'une frénésie de vivre. Il est devenu pas très... normal. Je veux dire : avec moi. Un soir, il est rentré soûl et...

Elle a augmenté le son. Quelqu'un chantait : *Ta vie passe comme l'ouragan / Et tu espères qu'elle aura la durée des siècles...*

J'ai vu les lèvres de Rasha bouger. J'ai presque crié :

— Pardon, je n'ai pas entendu la fin de votre phrase.

Elle a répété, en détachant les syllabes :

— Il-m'a-vio-lée.

Une gifle ne m'aurait pas plus surpris. J'ai eu un recul.

— Pourquoi... pourquoi me racontez-vous ça ?

Elle n'a pas fait attention à mon interruption. Son débit s'est accéléré.

— Il était mort de honte, ensuite. Il n'a plus osé me regarder ni me parler. J'avais vingt ans. Nous étions seuls à vivre dans la maison. Il y avait deux chambres. Je lui déposais son repas dans l'une et j'allais dans l'autre jusqu'à ce qu'il parte. Ça a duré plusieurs mois. Entre-temps, je me suis aperçue que j'étais enceinte. Une véritable terreur m'a saisie et je n'ai pu la partager avec personne. Lui n'a rien remarqué puisqu'on ne se voyait pas du tout. Une voisine est venue chez moi. Elle a deviné ce qui m'était arrivé. Ça s'est mis à jaser dans le village. La police, un jour, s'est amenée. On nous a arrêtés tous les deux. Deux mois plus tard, j'ai accouché d'un garçon qu'on m'a enlevé. Le tribunal nous a condamnés, moi à trois ans de prison, mon père, à deux ans. Figurez-vous que le juge lui avait trouvé des circonstances atténuantes. Pour lui, j'avais dû être trop aguichante envers mon veuf de père. J'étais malade de haine. Quand je suis sortie de prison, la guerre civile venait de commencer. J'ai cherché passionnément à me venger. J'ai couché avec un milicien et j'ai finalement réussi à le convaincre. J'ai retrouvé mon père. Quand il a compris ce que le milicien était venu faire, il s'est mis à me supplier : « Pardonne-moi, ma fille, pardonne-moi ! » Il est mort tout de suite. Une seule balle a suffi. Une véritable folie m'a alors prise. Je venais de tuer mon père, celui qui m'avait chérie pendant des années, celui qui me racontait des histoires, qui me disait de ne pas cracher par terre, qui riait si facilement. J'ai dévalé la pente du village. Je hurlais : « On a tué mon amour, on a tué mon amour... » Je suis allée sur la grande route et je me suis jetée contre la première voiture qui passait. C'était un taxi. Il m'a évitée.

Elle a eu une espèce de hoquet :

— Et il y avait Bassam dedans.

Je suis sorti, comme assommé par le récit de Rasha. J'ai rencontré Bassam à l'entrée de la ruelle, ruisselant de sueur. Il m'a salué sans s'arrêter de courir. Il m'a crié de revenir les voir dès que j'en aurais le temps. Je me suis éloigné de l'ancien centre de la ville, mortellement envieux envers ce tas de ruines qui se permettait de contenir tant d'amour.

Pendant quatre jours, j'ai essayé de grappiller des informations sur Nawal. En vain. Seule Fadwa, la Palestinienne qui m'avait accompagné au refuge du parking souterrain et qui avait développé pour moi une amitié bougonne, me disait de ne pas désespérer, que les tractations entre les forces en présence et, surtout, la réunion en cours de la Ligue arabe allaient obliger les chiites d'Amal à desserrer le siège, au moins pour permettre un ravitaillement partiel des camps. J'ai donc acheté chaque matin tous les journaux en vente, les lisant de la première à la dernière page. J'ai discuté des heures durant avec le journaliste de mon hôtel, agréable et intelligent quand il était à jeun. Son opinion n'était pas très optimiste. Certes, soutenait-il, un accord va être conclu, ne serait-ce que pour que les présidents et les rois arabes puissent rentrer chez eux, la conscience et le ventre satisfaits, mais il sera presque immédiatement saboté, comme les précédents. Du reste, disait-il avec le plus grand sérieux, nos dirigeants se fichent pas mal de la guerre des camps. Quand ils s'assoient côte à côte, c'est surtout pour s'enquérir de l'état de leurs hémorroïdes. Je faisais semblant de croire qu'il assombrissait la situation parce que, autrement, je n'aurais pas pu tenir le coup dans ce Beyrouth terrible.

Le cinquième jour, Fadwa m'a annoncé avec le sourire qu'Amal avait accepté un allégement du siège. « Demain matin, m'a-t-elle appris, ses miliciens autoriseront les femmes, et uniquement les femmes, à sortir pour quelques heures, le temps de procéder à des courses. Par conséquent, il te sera possible, a-t-elle ajouté, de te rendre près du point de passage et de charger une des femmes de transmettre un message à ta Nawal. Peut-être même — elle a ricané — la rencontreras-tu en chair et en os, ta belle ? »

Elle a réfléchi quelques secondes. Exagérant son ton bourru, elle a dit :

— D'ailleurs, je peux me charger moi-même du contact. Ça t'intéresse ?

La proposition m'a pris au dépourvu. Je l'ai remerciée avec profusion. Je lui ai donné le coran — que je portais tout le temps sur moi — et, après une hésitation, une feuille sur laquelle j'avais écrit deux phrases : « Nawal, je voudrais te voir. Est-ce possible ? Chaïbane. »

Elle a lu le papier. Elle a froncé les sourcils :

— C'est un peu court.

— Oui. Ça suffit.

Elle m'a dévisagé, légèrement moqueuse :

— Je pense que tes trucs arriveront en main propre. Je téléphonerai à ton hôtel dès que j'aurai du nouveau.

Par une sorte de pudeur honteuse, j'ai évité de montrer ma joie. J'ai réussi à garder des traits placides, mais un rire a battu contre les parois de mon cœur tel un bélier. J'ai embrassé Fadwa sur la joue. Au moment de refermer la porte, l'idée m'a frappé, précise et inquiétante. J'ai été un peu à bout de souffle :

— Fadwa, chaque fois, je trouve des gens qui m'aident et moi, je n'ai rien à leur offrir.

Elle a plissé les yeux, comme si elle me jaugeait.

— Il y a toujours un temps pour tout, Chaïbane, même pour rembourser. J'espère que tu en seras capable.

Le lendemain matin, la radio a annoncé qu'un cessez-le-feu avait été signé la veille, tard dans la nuit, entre la milice Amal et les Palestiniens. Une force tampon de l'armée libanaise allait se déployer autour des camps de réfugiés de la capitale. Afin de créer un climat plus détendu, de renforcer le calme et de réinstaurer la sérénité et la confiance, a poursuivi la radio, les dirigeants des deux parties en présence ont décidé d'enclencher aujourd'hui même le processus d'élimination des barricades et des remblais à l'entrée des camps et de leurs alentours.

Je suis resté presque toute la matinée dans le salon de l'hôtel, attendant le coup de téléphone de Fadwa. D'après la radio, les choses semblaient se passer relativement bien, malgré deux ou trois accrochages à l'arme légère, ce qui était, à en juger par le ton du commentateur, somme toute bénin à Beyrouth. De plus, l'évacuation des premiers blessés palestiniens du camp de Sabra présentait quelques difficultés, certaines familles de victimes chiites ayant tenté de s'y opposer par la force. Un des blessés, un jeune combattant, avait été malmené et jeté à bas de sa civière avant qu'une intervention énergique de la Croix-Rouge ne mît fin à l'incident. J'ai feuilleté une pile de vieilles revues. Dans l'une d'elles, un entrefilet indiquait sèchement : vingt-deux jeunes gens et trois jeunes filles ont été retrouvés dans une salle détruite de la Cité universitaire, tous abattus d'une balle dans le dos. Je n'ai pas essayé d'en savoir plus, ni sur la date du crime, ni sur l'identité des tués. J'ai abandonné les revues, pris d'angoisse : et si Fadwa n'arrivait pas à établir le contact ? Et pourquoi étais-je si sûr que Nawal se trouvait à Borj el-Barajneh ?

À cet instant précis de mes réflexions, le journaliste est entré. Il puait l'alcool. Je lui ai dit : « Tiens, je croyais que vous ne ratiez pas un jour de ramadan ? » Il a ricané : « Bien sûr, mais c'est un restant de la soûlerie d'hier. » Il a bien vu que je n'étais pas convaincu, il a haussé les épaules et s'est mis à me raconter un événement qui paraissait beaucoup l'émoustiller. La veille, il rentrait chez lui quand un combat de rue avait éclaté, du côté de l'Université américaine. Une histoire de parking, à ce qu'il avait compris : deux conducteurs qui s'étaient insultés pour une place de stationnement. Découvrant qu'ils appartenaient à des groupes rivaux, ils avaient fait appel à leurs copains et le tout s'était transformé en bataille rangée.

— Mais ça, c'est secondaire. La route était bloquée et ça bardait sérieusement. Je trouve une sorte de renfoncement, je m'y engouffre précipitamment, en même temps que quelqu'un. Il faisait sombre à l'intérieur et j'ai mis du temps à m'apercevoir que c'était une femme voilée. Il faut dire que j'avais d'autres chats à fouetter, les tirs à l'extérieur se rapprochaient de plus en plus. Je t'avoue que je mourais de peur. La femme aussi, car elle s'est accrochée à moi. Elle tremblait de tout son corps. Quand les tireurs ont été à quelques mètres de nous — ils ne nous voyaient pas, mais nous distinguions déjà les détails de leurs vêtements — elle a été tellement terrorisée qu'elle a pissé sur elle. Je n'ai pas pu m'empêcher de rigoler, malgré ma trouille : « Eh, c'est que ça pue, la peur, belle dame ! » D'énervement, elle a ri aussi. Va savoir comment, je me suis surpris à la palper et puis...

Sa bonne humeur éclatait, contagieuse :

— Ce qui devait arriver arriva. Je me suis permis

un seul commentaire : les voies de Dieu sont impénétrables, pas celles de la femme ! Et j'ai foncé. J'ai dû mettre la main sur son voile parce qu'elle gémissait trop et les voyous, dehors, ne s'étaient pas encore éloignés. Elle avait oublié sa peur, la mignonne. Cinq minutes plus tard, pfuit ! elle était partie sans que j'aie pu voir son visage.

Je n'ai pu éviter de rétorquer qu'en somme, elle avait enlevé le slip du bas sans enlever le slip du haut. Il a ricané de contentement :

— Eh, tu te débrouilles, l'Algérien ! Ce n'est pas fréquent, pour un Arabe. Les Arabes, ça n'est jamais très gai, ça parle de politique, de religion, de police, rarement de joie, de plaisir.

Il s'est gratté la tête. Il avait un début de calvitie qu'il dissimulait tant bien que mal en rabattant ses cheveux sur le côté.

— Quand la femme est sortie, j'ai aperçu une boule noirâtre au fond de l'abri, coincée dans un angle. C'était un rat, de l'espèce la plus dégoûtante qui soit, velu, poils hérissés, probablement visqueux. Il était immobile, ses yeux ronds fixés sur moi, tétanisé. Notre présence et les coups de feu l'avaient épouvanté. Il a lancé des petits cris, comme s'il appelait au secours. Tout à coup, j'ai ressenti une vague de tendresse envers cette saleté d'animal. J'ai failli avancer la main pour le tranquilliser. Au fond, nous étions bien des frères. Il avait eu aussi peur que moi et lui, au moins, était innocent de tout dans cette guerre. À tout prendre, Chaïbane, je préférerais caresser ce rat et m'en faire un pote que serrer la main à bon nombre de politiciens merdeux de ce pays !

Le journaliste avait parlé de tendresse à propos du rat et non pas à propos de la femme avec laquelle il venait pourtant de faire l'amour. J'ai éprouvé un haut-le-cœur. Peut-être l'avait-il deviné ? Il m'a jeté un coup d'œil perçant, goguenard. Il s'est tourné vers l'homme qui sommeillait derrière le comptoir :

— Augmente un peu le son du poste ! Et arrête de dormir, tu me fatigues.

L'homme a grommelé quelque chose sur les mécréants qui regretteraient leur impudence, une fois en enfer, mais il s'est résigné à se lever et à tourner le bouton du transistor. Une voix s'est élevée, saisissante et rauque, accompagnée d'une trompette qui pleurait presque. Le journaliste a écouté, son visage abandonnant progressivement cette alacrité excessive qui lui donnait un air faux. Il m'a interrogé :

— Comprends-tu ce qu'il chante ?

— Moi et l'anglais...

— Les paroles sont simples, pourtant : *Qu'est-ce que j'ai pu faire pour être si noir et si triste ?*

Il a maugréé :

— Ça nous irait bien comme hymne national : « Qu'est-ce qu'on a pu faire pour être aussi arabes et aussi couillons ? »

Je n'ai rien répliqué. Il a soupiré :

— Putain de nous...

Il s'est soulevé du fauteuil. Il s'est dandiné sur un pied. J'ai perçu son hésitation.

— Je vais faire un brin de toilette. Après, je dois me rendre dans la banlieue sud pour préparer un papier sur l'ambiance qui y règne avec cette affaire de cessez-le-feu. Euh... Ça te dirait de m'accompagner chez les chiites ?

— J'attends un coup de téléphone.

Il a ricané.

— Tu pourras attendre longtemps. Le téléphone est en dérangement depuis ce matin. Il ne sera réparé que tard dans la soirée.

Je n'ai pas pu cacher mon désappointement :

— Comment le sais-tu ?

— Le téléphone est, pour moi, un outil de travail. Alors, comme j'habite ici, je me renseigne, figure-toi...

Il a posé sa main sur mon épaule.

— Ne sois pas si déçu. Viens avec moi, ça ne nous prendra que deux à trois heures. Ça vaut mieux que de s'empoisonner le sang à poireauter dans ce salon. Et puis, ton coup de téléphone, tu l'auras de toute manière, bonhomme.

Voilà. Nous nous sommes retrouvés dans ce taxi, lui, net comme un sou neuf, ayant dissimulé son odeur d'alcool avec beaucoup d'eau de Cologne, moi, grillant d'impatience et pas très bavard. Je me suis étonné de la densité de la circulation. De véritables embouteillages se formaient aux barrages. Les miliciens, débordés, ne contrôlaient plus qu'assez vaguement les véhicules. Nous avons dépassé l'Université arabe, puis les ruines du stade olympique.

— Ça, c'est un cadeau des Israéliens, Chaïbane. Quand ils se sont amenés, ils ont bombardé à tire-larigot tout ce qui dépassait, ils ont chié dans les mosquées, ils ont tué et arrêté à tour de bras. À l'époque, des imbéciles comme moi se sont persuadés que lorsque ces salopards repartiraient, ça ne pourrait être que mieux, puisqu'on avait atteint le fond, que les gens allaient comprendre, que ce serait la paix, quoi...

Il a eu un de ces rictus désagréables que je commençais à détester.

— Regarde ce qu'ils ont fait, les nôtres : pire. Tout le monde tue tout le monde et plus personne ne sait pourquoi.

Il a craché à travers la fenêtre.

— Quelle chiennerie ! Et moi, je suis journaliste et, chaque matin, je suis obligé de mentir. Je vois cinquante chars T54 donnés par les Syriens aux miliciens chiites et je dois faire semblant de ne pas les voir. Je sais que tels et tels hommes politiques importants possèdent des plantations entières de haschich dans la Bekaa. Si j'écrivais leurs noms, ou seulement leurs initiales, Chaïbane, je ne finirais pas la journée, j'aurais une balle dans la tête et mes lecteurs penseraient que j'étais un crétin d'avoir parlé de ça.

Il a ri, d'un rire au timbre bizarre, un croassement.

— Alors, on se tait, on se méprise chaque fois davantage, mais, au moins, on reste vivant. Ça finira bien par se terminer, tout ça, non ?

J'ai évité de regarder ses yeux noirs, furieux, rusés et, cependant, étonnamment puérils. Mon silence l'a exaspéré :

— Ne branle pas la tête comme ça. Tu ne vas pas me faire la morale ?

Il a grincé des dents.

— C'est ça, dis-moi qu'en Algérie ce n'est pas la même chose, que ce n'est pas le monde arabe chez vous, que tu n'as jamais eu l'occasion d'être lâche et que, quand votre sécurité militaire arrête le fils du voisin de palier, le roue de coups et l'oblige à s'asseoir sur le goulot d'une bouteille, toi, tu sors dans la rue pour protester ?

Il a approché son visage du mien. Son nez touchait presque le mien.

— Ose le soutenir : monsieur le diplômé n'a jamais failli à son devoir de citoyen !

Je me suis reculé, légèrement écœuré. J'ai détourné les yeux, rougissant malgré moi :

— Ça va, laisse-moi tranquille. Je ne t'ai rien demandé, moi.

Il a arboré un air tout à la fois victorieux et résigné.

— Va, inutile de jouer au malin, on est tous des bourricots, cravatés ou pas, quand on est né dans ces maudits putains de bleds, de la mer Rouge à l'Atlantique ! On est de la nourriture pour trique et on le sera pour plusieurs générations encore, je te le dis.

Le taxi s'est arrêté à l'entrée d'une place, pas très loin d'un atelier de tôlerie. Le quartier était pauvre et poussiéreux : quelques boutiques avec des murs en parpaing, un marchand de légumes qui essayait de couvrir de sa voix le vacarme du marteau sur la tôle, des enfants qui jouaient sur l'autre trottoir, devant une école. La plupart des murs portaient des slogans religieux, avec des affiches de dignitaires barbus, parfois coloriés naïvement. Une banderole verte, effilochée et déteinte, clamait, sans doute depuis des mois, que l'imam Hossein était le Seigneur des Martyrs. Chéhab est entré dans une boutique pour un renseignement. Pour tromper mon impatience, j'ai arpenté le trottoir. À côté d'un grand poteau en ciment, se tenait un homme derrière une petite table sur laquelle était posée une rangée de carnets de Tac-o-Tac. Il m'a interpellé avec le sourire :

— Dis, mon gars, achète un ticket. Tu as la tête de ceux qui ont de la chance.

— Mais non, je ne gagne jamais à ces jeux-là.

L'homme avait la quarantaine, le crâne dégarni. Il m'a tendu un billet.

— Allez, essaie, ça ne coûte presque rien. Tu gagneras de quoi acheter une villa, et moi, j'aurai vendu un ticket. Comme ça, on se sera rendu mutuellement service.

Réprimant un rire, j'ai rétorqué :

— Si on peut gagner une villa, pourquoi ne prends-tu pas le ticket pour toi ?

— Mais c'est que, mon gars, j'ai déjà gagné une dizaine de villas. Qu'est-ce que tu veux que je fasse d'une onzième ? Je préfère te la laisser. C'est plus juste.

— Ça va, donne le ticket et prépare les clés de ma résidence.

Il a pris la pièce de monnaie. Mon billet à la main, je me suis appuyé du dos sur le poteau de ciment. Dans mon champ de vision, il y avait le vendeur de billets et une partie de la place. Derrière moi, donc derrière le poteau, de l'autre côté de la place, se trouvaient l'école et les enfants qui jouaient. Une voiture est passée devant moi, puis a quitté mon champ de vision. Une portière a claqué une dizaine de secondes plus tard alors que je frottais de l'index l'espace blanc du billet. Quelque cinq à six secondes supplémentaires se sont écoulées avant que je ne parvienne à déchiffrer l'inscription qui était apparue. J'ai grogné, déçu :

— Mon vieux, tu m'as eu au baratin. Il n'y a rien sur ce bout de papier.

L'homme a examiné le billet en riant :

— Mais si, tu gagnes le droit d'acheter un autre ticket. En payant, bien sûr !

J'étais toujours appuyé au poteau. Je me suis préparé à me redresser et à proférer une phrase bien sentie à l'adresse de ce malin de vendeur.

C'est à ce moment que la chose est arrivée. Mes oreilles ont paru exploser. Le tonnerre a éclaté tout contre moi. Mes yeux se sont fermés et, simultanément, j'ai senti que mon visage devenait chaud. Terrorisé, j'ai porté mes deux mains à mon visage. Malgré mes yeux brouillés par un liquide gluant, j'ai compris tout de suite ce que j'avais dans les paumes : des lambeaux de chair. De chair humaine. Et pourtant, je n'avais pas mal. J'ai cherché le vendeur. Un corps était affalé dans une position grotesque. À la place des yeux, du nez et de la bouche, il y avait une bouillie rouge. J'ai regardé mes mains, j'ai regardé le trou affreux dans le visage du mort et j'ai suffoqué d'incompréhension. Quelqu'un m'a tapé sur l'épaule.

— Tu es blessé ?

J'ai dévisagé avec stupeur le journaliste. J'ai montré mes mains, puis le mort. Il a secoué la tête, presque admiratif :

— Tu as eu de la chance, le poteau t'a protégé. Regarde donc derrière toi.

— Ah, mon Dieu !

Je n'ai pas reconnu la place. Une fumée épaisse et goudronneuse l'obscurcissait. Le son extérieur m'est revenu, plus fort maintenant que le bourdonnement de l'explosion dans mon cerveau. De l'autre côté de la rue, un immense cratère était apparu. La voiture calcinée avait été projetée contre l'école. Un pan de mur s'était écroulé sur le trottoir, laissant voir la cour intérieure de l'établissement. Des débris de verre, mêlés à des fruits, jonchaient ce qui restait de la chaussée. J'ai hurlé :

— Les gosses ? Non ! Les gosses ?

Le journaliste, blême, a répondu :

— Si. Tous, je crois. Le mur est tombé juste sur eux. Le chauffeur de la voiture piégée savait ce qu'il faisait.

Une femme a glapi, suivie d'une autre. Les ululements se sont élevés. Une autre femme est sortie en courant d'une maison. Elle criait, on aurait dit une sirène :

— Mon fils, assassins, rendez-moi mon fils !

Un homme a jailli de la même maison, hébété. Quelqu'un lui a pris la main et a commencé à s'époumoner : « Je témoigne qu'il n'y a de divinité que Dieu, je témoigne que Mohammed est le messager de Dieu... »

Il a répété à plusieurs reprises la Chahada.

— Abou Sofiane, reprends avec moi, prie ton Dieu, prie ! La patience fait partie de la foi...

L'homme a violemment repoussé celui qui lui tenait

le bras. Il a regardé le cratère comme s'il était tout seul, comme si cela ne le concernait pas. Des gens ont entrepris de déblayer le trou. Une voix a averti : « Faites attention, je vois quelque chose ici ! » La silhouette s'est affairée sur le trou pendant quelques secondes, puis s'est redressée avec difficulté. L'adolescent tenait entre ses deux bras un tout petit corps. Personne ne s'est avancé pour prendre le cadavre. L'homme qui avait été appelé Abou Sofiane a paru s'éveiller. Il s'est baissé, a ramassé une grosse pierre. Il a levé la pierre et, brutalement, l'a abattue sur son propre front. Du sang a coulé sur son visage. Il a voulu recommencer, mais le coup l'a fait défaillir.

Une clameur s'est élevée à l'autre extrémité de la rue. Deux individus armés traînaient un jeune homme qui se débattait en pleurant. Un autre homme lui a assené un coup de crosse sur le dos pour le faire taire. Il y a eu brusquement un silence effrayant du côté des gens rassemblés autour de l'excavation. On n'a plus entendu que les gémissements de l'adolescent. Puis même l'adolescent s'est tu, toujours solidement maintenu à genoux par ses gardes. Visiblement mort de peur, il a continué à renifler. Il avait quinze, seize ans au plus, les traits fins, doués d'une certaine joliesse enfantine. Chéhab a murmuré — mais j'avais déjà compris :

— Ce doit être le chauffeur de la voiture. Il n'a pas eu le temps de s'éloigner. Il a été attrapé probablement parce qu'il n'était pas du quartier.

La fumée montait encore, déjà moins épaisse. On aurait dit qu'une étrange cérémonie se déroulait, que le beau jeune homme priait devant les hommes et les femmes qui le fixaient, fascinés par l'horreur. J'ai chuchoté :

— Qui c'est ?

Le journaliste a claqué de la langue, comme si la question avait été stupide :

— N'importe qui : un voyou quelconque, un Palestinien, un Libanais, contre quelques dizaines de dollars. Ce n'est pas très cher payé ici parce que, d'habitude, il n'y a absolument aucun risque dans un attentat à la voiture piégée. Sauf pour des maladroits comme cet idiot-là. La vraie question...

Il m'a toisé, immensément fatigué :

— ... C'est : pour qui l'a-t-il exécuté ? Qui a intérêt à ce que la trêve saute en l'air ?

Une femme s'est avancée vers l'adolescent. Elle tenait un objet à la main. Son visage était noir de poussière. Les larmes y avaient tracé des sillons plus clairs, boueux. Elle s'est plantée devant le prisonnier, a entamé une espèce de danse, un pas en avant, un autre en arrière, accompagnée d'une mélopée rauque où revenait, de manière lancinante, le nom de l'imam Ali. Ses mamelles rebondissaient sur sa poitrine à chaque petit saut.

Un cri assourdissant, sur un même ton, soutenu et incroyablement puissant, a crevé l'air. La femme venait d'enfoncer l'objet qu'elle tenait à la main dans l'œil du prisonnier. Presque simultanément, elle a plongé ses doigts dans l'autre œil et les a ressortis, brandissant quelque chose de sanguinolent. Le prisonnier est tombé face contre terre, les gardes ayant relâché leur étreinte, horrifiés. La femme a repris sa danse de plus belle, sa voix, maintenant joyeuse, montant crescendo, presque aussi forte que celle du mutilé. Un des gardes a hurlé, gagné par l'affolement :

— Mais fermez vos gueules ! Je vous en prie, pour l'amour de Dieu, taisez-vous !

Je ne me souviens plus de ce qui s'est ensuite passé parce que je me suis mis tout à coup à courir. Je ne voulais plus rien voir, ni rien entendre, je n'avais rien de commun avec ces gens-là, avec cette folie, avec ces tueries, avec cette mutilation ignoble. Appellerais-je cela de la chance ? Personne ne songea à m'arrêter alors que je courais comme un fou, longeant plusieurs barrages sur plusieurs kilomètres, le visage et les mains salis par le sang du vendeur de tickets. Il me fallut une demi-heure pour me retrouver devant mon hôtel, essoufflé, la bave aux lèvres, frissonnant malgré la chaleur. Je notai en passant le coup d'œil effaré du portier, je grimpai quatre à quatre les escaliers. Je pris des vêtements de rechange et allai dans la salle de bains commune située sur le palier. Là, je ne me déshabillai même pas, je me plaçai directement sous la douche. L'eau a coulé, ruisselant sur mes habits, formant des filets rouge sombre qui allaient en s'éclaircissant. J'ai claqué des dents, non pas à cause de la fraîcheur de l'eau, mais de quelque chose qui ressemblait à de la fièvre et qui n'en était pas. J'ai eu l'impression d'avoir été atteint dans mon noyau d'humanité et qu'une ancienne peur, que j'aurais déjà vécue, s'ébrouait en moi. J'ai essayé de pleurer et je n'ai pas pu, puis de rire et le rire a sonné pareil à un gémissement. J'ai enlevé mes habits, je me suis lavé à m'en déchirer la peau, je me suis rhabillé, j'ai jeté mes anciennes affaires dans la poubelle de la salle de bains et j'ai regagné ma chambre. Je suis resté prostré sur mon lit le reste de l'après-midi, sans rien penser, évitant de penser. De temps à autre, un grand frisson me prenait et cela m'occupait le cerveau de lutter contre cette révolte de mon corps.

En début de soirée, on est venu m'informer que quelqu'un me demandait au téléphone. C'était Fadwa. Sa voix était gaie.

— Ta belle est effectivement à Borj el-Barajneh. Demain, si tu as de la chance, tu pourras la voir. Les femmes auront l'autorisation d'aller au ravitaillement de dix heures à seize heures environ...

A suivi un silence. J'entendais sa respiration. La voix a repris, un peu voilée :

— Tu m'écoutes ?

— Oui.

— On dirait que tu n'es pas content.

— Si.

La voix s'est énervée :

— Alors pourquoi ne dis-tu rien ? Je me suis décarcassée pour toi et tu le regrettes déjà ?

— Excuse-moi, Fadwa. Ça ne va pas bien, c'est tout. Bien sûr, je te suis reconnaissant.

— Ah...

Elle a toussé :

— Bon. Donc, à bientôt.

— Fadwa...

— Oui ?

— J'étais dans la banlieue sud aujourd'hui. J'ai... J'ai été témoin de...

Je n'ai pas pu poursuivre. Elle a soufflé :

— La voiture ? J'ai entendu la radio. C'était horrible, à ce qu'ils disaient.

— Oui.

— Tu n'es pas blessé, j'espère ?

— Non. Je voudrais savoir si ça va avoir une influence sur le cessez-le-feu.

Elle a soupiré, un peu irritée :

— Je n'en sais rien. Tout le monde est très nerveux de part et d'autre. Ça peut éclater, comme ça peut rester calme. Comment veux-tu que je le devine ?

J'ai raccroché après l'avoir remerciée. J'ai senti en moi un oiseau dur qui se débattait, mon amour pour Nawal, mais il n'arrivait pas à s'envoler. Je n'ai éprouvé aucune joie. La joie — ma joie — était juchée sur une montagne inaccessible, là-haut où il faisait du soleil et un vent vif, et mon amour aux ailes cassées, lui, était empêtré dans un puits sombre et malodorant. Oh, ma Nawal... Et je l'aimais toujours autant.

Il restait environ une heure avant la rupture du jeûne. J'ai compris que j'étais dans l'incapacité de demeurer seul. J'ai décidé d'aller chez Rasha et Bassam. Malgré l'obscurité, j'ai fini par retrouver l'« hôtel » et l'échelle. Avant de grimper, j'ai appelé Bassam. Personne ne m'a répondu. J'ai hésité, puis j'ai escaladé l'échelle. J'ai retrouvé facilement la chambre, j'ai allumé une bougie qui traînait. Un peu par réflexe, j'ai ouvert une cocotte-minute posée sur le réchaud. Elle était pleine de nourriture, vraisemblablement préparée la veille ou le matin pour le repas du soir du couple. J'ai goûté le ragoût : même froid, il était bon. Je me suis servi une assiette que j'ai rapidement terminée, puis une autre. Suivie d'une troisième. À partir de là, j'ignore ce qui m'a pris. J'ai mangé directement dans la marmite, d'abord avec une cuillère, ensuite avec les mains, me bâfrant avec une sorte d'ivresse. Plus j'étais écœuré, plus je pressais avec la main la nourriture pour la faire entrer dans ma bouche. Je prenais à peine le temps de respirer, j'engloutissais les pommes de terre et la viande comme si ma vie en dépendait, comme si je me flagellais. J'ai eu envie de vomir. J'ai eu juste le temps de me précipiter à une fenêtre et j'ai tout rejeté. Je suis revenu en courant dans la chambre et je me suis remis à avaler le ragoût avec toute la vitesse dont j'étais capable. Quelque chose comme un instinct, une exigence vitale, me disait qu'il fallait à tout prix que j'oublie les gosses écrabouillés, le chauffeur et le vendeur, que l'alcool aurait été préférable, mais qu'il fallait que je m'enivre avec ce que j'avais sous la main, la nourriture, que je fasse le plus de mal possible à mon corps afin d'anesthésier mon esprit et d'éviter qu'il ne pue la charogne. Je pleurais, je crois, en ingurgitant presque sans mâcher d'énormes morceaux qui m'étouffaient. J'ai vomi à nouveau, cette fois-ci dans le couloir.

C'est ainsi qu'ils m'ont surpris, penché sur la marmite, une main dans le ragoût, hagard. Bassam a sursauté :

— Eh bien !

Rasha m'a contemplé, effrayée. Quelques secondes ont passé. J'ai vu peu à peu chez le boxeur l'étonnement faire place au dégoût. Il a ri sans joie :

— On dirait que tu avais faim, l'ami.

Personne n'avait encore bougé. J'ai retiré ma main de la marmite. J'ai dit :

— Aidez-moi.

J'ai vomi encore une fois, presque sur la marmite. Le visage de Rasha s'est crispé. Bassam a grimacé. Il a tenté de plaisanter :

— Si je comprends bien, le repas est foutu. Qu'est-ce qu'on fait, Rasha ?

Rasha lui a lancé un regard inexpressif. Elle est sortie. Bassam s'est dandiné, de plus en plus mal à l'aise. Rasha est revenue. D'autorité, elle m'a relevé et entraîné vers la salle de bains. Je claquais des dents. Elle m'a fait pencher la tête sur le lavabo. Elle a plongé une serviette dans une bassine pleine d'eau et m'a essuyé le visage, sans dire un mot, sans brusquerie. Elle m'a tendu un verre d'eau pour me gargariser la gorge et me laver les dents. Elle est ressortie, a ramené un pyjama.

— Mets ce pyjama et pose tes affaires là. Je laverai tout à l'heure la chemise. Tu l'as salie. En attendant, je vais préparer la chambre où tu as dormi la dernière fois.

Elle ne souriait pas, les rides autour de ses yeux s'étaient accentuées. Je flottais dans le pyjama, celui de Bassam probablement. Je suis allé dans la chambre. Rasha y avait installé un matelas en mousse avec des draps propres et un coussin.

— Couche-toi. Je reviens, je t'apporterai une tisane.

J'ai obéi à la manière d'un enfant, soulagé de ne plus être responsable de moi-même, infiniment fatigué de l'état d'adulte. Ils sont entrés tous les deux.

Rasha tenait à la main une théière, Bassam les verres. Ils se sont assis près de moi, grignotant des biscuits. Chacun a eu une tasse de tisane. Je leur ai été reconnaissant de ne pas poser de questions. Je les ai écoutés parler de choses et d'autres. Bassam nous a rapporté avec beaucoup d'animation qu'un homme d'affaires projetait d'organiser un tournoi de boxe à Beyrouth, « un vrai de vrai de tournoi ! » Il a rougi en ajoutant que l'homme d'affaires avait insisté pour que lui, Bassam, y participe :

— Comme quoi j'ai eu raison de continuer à m'entraîner. Tu vois, on ne m'a pas encore oublié.

Rasha lui a souri avec beaucoup de tendresse. Lentement, j'ai commencé à me calmer, « dorloté » par le bavardage du couple. Bassam s'est ensuite levé, m'a souhaité une bonne nuit. Rasha a dit :

— Va. Je te rejoindrai tout à l'heure.

Il a haussé les épaules. Il a failli répliquer quelque chose. Il a grogné un vague : « Je vais dormir tout de suite, demain je m'entraîne tôt... »

Dans le couloir, il a juré parce qu'il avait buté contre un obstacle. Nous avons entendu le bruit d'une porte qu'on referme, puis celui d'une chaise ou d'une table qu'on déplace. Le silence a succédé, que nous n'avons pas tout de suite rompu. Rasha a fini par me proposer de reprendre de la tisane. J'ai accepté bien que la tisane fût froide. Elle a hésité :

— Ça... va, maintenant ?

— Oui. Un peu chiffonné, mais ça va beaucoup mieux.

Elle a goûté sa tisane. Elle a ébauché une moue :

— Infecte, la tisane, n'est-ce pas ?

J'ai souri, un peu crispé :

— Oui, on peut trouver mieux, je crois.

Elle a enchaîné, comme si cela avait été un commentaire sur la tisane :

— Ce qui t'est arrivé aujourd'hui, ça a dû être très sérieux ?

J'ai humecté mes lèvres. Je l'ai regardée dans les yeux.

— Rasha, tout d'un coup, aujourd'hui, j'ai vieilli. Plutôt, j'ai... j'ai un peu pourri, si tu préfères. Alors...

— Alors ?

— Alors, je me dégoûte.

Je lui ai tout raconté, de bout en bout. Et que, le lendemain, j'allais revoir Nawal. Que tant d'ordure salissait tant de bonheur. Rasha a eu un geste de colère. Elle a parlé passionnément, la voix sourde :

— Nous sommes tous à la recherche de quelque chose et très peu d'entre nous réussissent à le trouver. Or, toi, tu vas peut-être retrouver ce que tu as perdu et tu fais la fine bouche !

Elle m'a toisé, image vivante de l'incompréhension.

— Qu'est-ce qui te prend, Chaïbane ? Un peu d'ordure, c'est ça qui te gêne ? La belle affaire ! Si, dans une montagne de saloperies, il y a un seul grain de pureté, eh bien, ce grain est supérieur à toute la montagne.

Elle m'a lancé, comme une gifle :

— Vomis toutes tes tripes, si tu veux, mais ne te trouve pas d'excuses trop faciles. Ah, que je voudrais être à ta place !

Je m'attendais tellement peu à la dernière exclamation que j'en suis demeuré la bouche ouverte. Sa voix a repris, différente :

— Excuse-moi, je m'emporte aisément, ces temps-ci.

Elle a eu un sourire très doux.

— Je vais t'apprendre ce que moi, je cherche et que j'échoue à trouver, malgré mes efforts, alors que j'y pense jour et nuit, sans arrêt. Je nagerais dans une mer de merde s'il le fallait, si cela devait accroître d'un millième mes chances, Chaïbane. Rappelle-toi ce que je t'ai dit, qu'on m'avait enlevé mon bébé en prison. J'ignore ce qu'il est devenu. J'ai visité je ne sais combien d'orphelinats, j'ai demandé à droite et à gauche, j'ai passé des annonces dans les journaux. On m'a insultée, je me suis fait rouler à plusieurs reprises par des gens qui prétendaient avoir déniché mon fils. L'un d'eux m'a même ramené une fillette en me jurant que je devais me tromper, que ce n'était pas un garçon qu'on m'avait enlevé, mais une fille.

Elle a ri faiblement :

— Il a fallu que Bassam le tabasse pour qu'il rende la fille là où il l'avait volée.

J'ai pressé mes doigts sur ma tempe, à l'endroit où une veine battait et me faisait mal. Rasha a soupiré :

— Je l'avais appelé Adel, mon petit, le « Juste ». Parce que la vie avait été trop injuste pour moi, je voulais que lui au moins ne le soit pas, ni envers moi, sa mère, ni envers les autres. Quelle folie, tout ça...

Elle a passé une main sur ses cheveux. Elle avait le visage dur, avec des petits plis de lassitude.

— Qui me dira où il se trouve à l'heure actuelle ? Peut-être même qu'il est mort à présent ou, pire, qu'on lui apprend à tuer, lui aussi, dans cette maudite guerre...

J'ai bu une gorgée de tisane. À cause de l'émotion, le liquide a eu du mal à descendre dans ma gorge. J'ai murmuré, surpris par ma propre question :

— Tu aimes beaucoup Bassam, n'est-ce pas ?

Elle n'a paru désarçonnée qu'un instant.

— Ce n'est pas seulement de l'amour. C'est plus que ça. Comment t'expliquer ? J'étais une... machine cassée, bonne à jeter à la poubelle. Il m'a réparée, voilà.

Elle a répété sa phrase :

— Il m'a réparée. Il y a mis du temps, de la patience. Je ne comprends pas vraiment pourquoi et comment il s'y est pris, mais il m'a rendu, non pas le goût, non, pas encore peut-être, mais la force de vivre.

Elle a porté sur moi un regard où il y avait du défi :

— Tu peux penser qu'il n'est capable de rien d'autre que de boxer et laver des assiettes, qu'il n'est pas très cultivé et qu'il est beaucoup plus jeune que moi, mais, pour moi, Chaïbane, Bassam, c'est tout, c'est en particulier mes poumons. Sans lui, je serais incapable de respirer une seconde de plus.

Elle s'est tue. Le silence s'est installé, à la manière d'un importun qui s'invite lui-même. Rasha a terminé sa tasse. Elle s'est penchée vers moi, m'a embrassé sur une joue en me disant bonsoir. J'ai tourné la tête, mes lèvres se sont trouvées devant ses lèvres. Je l'ai embrassée, comme si je me réfugiais contre elle. Elle ne s'est pas écartée tout de suite. Elle m'a effleuré les cheveux. Sa main s'est lentement déplacée, elle l'a posée sur mon ventre, là où il manquait un bouton à la veste de pyjama. Elle a avancé la paume, plus bas, vers l'élastique. Doucement et — j'en ai été sûr — maternellement, comme une femme aimante qui aurait calmé son enfant, de ses doigts posés directement sur ma chair, elle a ébauché deux ou trois caresses.

Elle s'est levée. Avant de refermer la porte, elle a dit, le souffle un peu coupé :

— Aime-la, ta gosse. C'est ça qui te sauvera. Sinon, tu seras léger, léger, c'est-à-dire... rien.

J'ai vu que sa lèvre inférieure tremblait. J'ai éprouvé une immense reconnaissance pour cette femme, fragile, brisée et si tenace à la fois. Je me suis endormi immédiatement. Et, moi qui ne suis pas très porté sur les choses de la religion, j'ai rêvé au Sirat, ce pont que tous les êtres humains sont censés franchir après le Jugement dernier. Je me suis souvenu que ma mère nous disait de ce pont qu'il était « plus fin qu'un cheveu et plus tranchant qu'un sabre ». Poussé par Quelqu'un qui avait appliqué ses mains sur mes omoplates, je me suis engagé sur le pont, m'attendant que mes plantes de pied soient déchirées par la lame acérée. Mais le pont a été remplacé dans mon sommeil par ce que ma mère appelait, elle-même un peu effrayée devant nos yeux écarquillés d'enfants, le « rêve du Prophète ». Elle affirmait que le Prophète en était coutumier et qu'il en ressortait toujours ébranlé. Un homme debout se tenait devant un autre homme couché sur le dos. Le premier saisissait une grosse pierre et la lançait sur la tête du second pour la broyer. Pendant que le bourreau allait ramasser le morceau de roche qui avait roulé, le crâne écrasé de l'homme couché — qui hurlait — se cicatrisait et redevenait normal. L'homme debout se remettait alors face au supplicié et le frappait de nouveau, indéfiniment... J'ai rêvé de ça pendant très longtemps et la pierre n'a pas cessé de fendre le crâne et ce dernier de reprendre sa forme. Dans mon sommeil, j'ai eu la curiosité de dévisager les deux hommes, espérant peut-être « rencontrer » le Prophète. Je me suis donc approché d'eux. Aucun des deux n'a paru remarquer ma présence. Je n'ai pas été, cependant, tellement surpris de reconnaître dans l'homme étendu celui qui s'était frappé le front devant le trou causé par la voiture piégée. Je l'ai été un peu plus de comprendre — si c'est possible de comprendre dans un rêve — que l'homme debout était également le même individu. Je me suis dit que c'était, somme toute, normal, que chaque homme était le bourreau et le supplicié de sa propre personne. Le plus étrange dans ce rêve était que je ne ressentais aucune peur. J'ai même ri en pensant : « Prophète, si Tu es si puissant, qu'attends-Tu pour m'aider ? »

Au réveil, d'ailleurs, ce rire m'est resté. J'ai mis en sifflotant la chemise qu'avait lavée Rasha. Quelques biscuits traînaient sur le plateau. Je les ai mangés et j'ai bu ce qu'il y avait dans la théière. Le thé avait un goût d'eau de vaisselle, mais j'étais de trop bonne humeur pour y prêter attention. Je suis sorti sans les réveiller, en laissant un mot de remerciement.

J'ai acheté plusieurs journaux. Les déclarations des responsables politiques des deux bords, Palestiniens et chiites, étaient plutôt rassurantes. L'attentat à la voiture piégée était mis sur le compte de provocateurs, l'autorisation de sortie des camps pour les femmes maintenue, mais avec un horaire différent : de huit heures à treize heures. J'ai demandé l'heure : huit heures trente.

J'ai mis du temps pour trouver un taxi qui acceptât de m'emmener dans la banlieue sud, à l'endroit mentionné dans le journal. Le chauffeur a voulu savoir si j'étais journaliste. Parce que, a-t-il ricané, à part les malheureux gars de là-bas qui n'ont pas le choix, il n'y a que ces dingues de journalistes pour aller se foutre volontairement dans des merdiers pareils. J'ai acquiescé, jugeant l'idée d'être pris pour un journaliste amusante et, au fond, plutôt commode. Nous avons traversé Hamra à vive allure. Nous avons parcouru un bout de corniche jusqu'à ce que la grande roue au bord de la mer ne fût plus visible. L'image d'une enseigne a flotté inexplicablement dans ma tête pendant quelques minutes : « Pâtisserie Shéhérazade. » À partir de là, les barrages se sont multipliés, en majorité d'Amal et de la 6e brigade, parfois, mais plus rarement, du Hezbollah. La nervosité des miliciens a grandi à mesure que l'on s'enfonçait dans la banlieue. Les plus jeunes avaient la gueule des mauvais jours. À un certain moment, le chauffeur s'est arrêté, crispé :

— Paie-moi. Moi, je ne continue pas plus loin. Tu vois cette ruelle. Prends-la et souhaite-toi, de toutes tes forces, bonne chance.

Je l'ai quand même remercié. J'ai commencé à rechercher l'entrée du camp de Borj el-Barajneh. J'ai marché un peu au hasard, n'osant questionner personne, tentant de me souvenir des plans du camp publiés dans les journaux. Par la radio, j'avais appris que deux points de sortie avaient été acceptés : l'un situé sur le côté sud-ouest du camp, sur la route de l'aéroport et contrôlé par la 6e brigade, l'autre, celui qui m'intéressait précisément, dans la banlieue sud, tenu par les miliciens chiites. La chance — peut-être celle dont parlait le chauffeur ! — m'a aidé. La configuration des lieux n'a pas brutalement changé, mais les traces de destruction sont devenues plus importantes, la présence d'hommes armés jusqu'aux dents aussi. Le mélange des aspects guerriers et civils m'a paru plus marqué et, comment dire, plus « naturel » qu'à Beyrouth-Ouest, peut-être parce que les gens étaient d'allure plus pauvre, parfois nettement misérable. J'ai senti que je me fournissais ainsi une explication assez rapide, mais je n'ai pas désiré creuser l'idée : j'étais en train de regarder un jeune milicien embusqué derrière un poste de garde constitué de fûts remplis de terre et qui jouait avec un très jeune enfant, presque un bébé. Il le chatouillait aux aisselles et l'enfant riait aux éclats. L'homme a levé les yeux sur moi, tenant distraitement un fusil-mitrailleur dans sa main. Il m'a souri. J'ai souri. Je suis reparti, inquiet, craignant qu'il ne s'enquière de mon identité. Tout le monde devait se connaître dans ces ruelles, j'étais persuadé que ma simple présence ici était déjà en soi une raison suffisante d'être suspecté.

Au détour d'une venelle, j'ai accédé à une étendue

dégagée, un terrain vague coincé entre des habitations plus ou moins détruites. Le terrain vague grouillait de monde, de femmes surtout. Des étalages étaient posés en majorité directement sur le sol. Des camionnettes à la bâche repliée étaient approvisionnées en boîtes de conserve et marchandises diverses. Un immeuble s'élevait d'un côté, la façade aux trois quarts à découvert. Au quatrième étage, une pièce dont on pouvait distinguer l'intérieur — l'ancien salon, probablement — avait été transformée en une espèce de bunker protégé par des sacs de sable. À la direction de la mitrailleuse, j'ai deviné que le camp palestinien était en face, mais que je ne pouvais le voir d'ici.

Brusquement, j'ai eu le corps tout endolori : oui, c'était bien ça. Ces clientes aux visages fermés, ces femmes aux fichus noués, c'étaient les Palestiniennes sorties du camp pour se ravitailler. Quelques-unes ployaient sous le poids des couffins de nourriture. Une vieille femme a apostrophé sèchement un commerçant :

— Trois fois le prix ! Tu n'as pas honte, dis ?

Le commerçant a ricané, gêné :

— La vie est dure pour nous tous, ma mère. Pas seulement pour vous...

La vieille femme a fini par payer, puis s'est éloignée sans ajouter un mot, même pas méprisante, lasse surtout. Malgré les hurlements des marchands pour rameuter les acheteuses, j'ai eu l'impression qu'un grand silence enveloppait la place. Mon cœur s'est mis à battre très fort. C'était donc là que j'allais peut-être la retrouver. Une crainte m'a saisi, absurde : et si je ne parvenais pas à la reconnaître ? Il y avait tellement longtemps que je ne l'avais pas vue, j'avais désiré à ce point la revoir que, pour la première fois, je n'ai plus su à qui elle ressemblait. La gorge sèche, j'ai parcouru le marché, détaillant chaque femme, revenant sur mes pas, ne prenant même plus la précaution de la discrétion.

Un homme est apparu, en treillis, un mégaphone à la main. Il a crié à travers son instrument :

— Allez, pressez-vous. C'est terminé pour aujourd'hui. Pressez-vous. Celles qui ne regagneront pas le camp aujourd'hui ne pourront le faire que demain ! Pressez-vous, je vous dis !

Les larmes aux yeux, la voix éraillée par la colère, une femme s'est exclamée :

— Mais il n'est que onze heures et demie, voyons, mon frère ?

Le Libanais a repris, irrité :

— Ce sont les ordres, vous êtes bêtes ou quoi ? Allez, magnez-vous !

Pendant une dizaine de minutes, une agitation frénétique a secoué le marché, chaque Palestinienne se dépêchant d'acquérir des vivres supplémentaires sans trop se faire rouler. Puis l'abattement a succédé à la panique. Quand l'homme au mégaphone est revenu avec un petit groupe de gardes armés, les femmes s'étaient spontanément rangées en colonnes, lourdes de mutisme, murées dans leur résignation. Indifférentes à la fausse fraternité des marchands, elles se sont ébranlées, guidées par l'homme au mégaphone. J'ai estimé le nombre des femmes à quelque deux cents à deux cent cinquante, certaines accompagnées d'enfants en bas âge. J'ai suivi la colonne, mêlé aux femmes de l'arrière. D'autres ont surgi des ruelles avoisinantes, elles aussi lourdement chargées. Je suais d'angoisse et de perplexité : je ne devais pas continuer plus loin, cela devenait trop dangereux, les miliciens allaient s'en apercevoir, mais, d'un autre côté, si je rebroussais chemin, je risquais de rater l'unique occasion, peut-être, de retrouver Nawal.

Je n'avais pas encore pris de décision, me contentant seulement de dévisager avidement mes voisines, quand la colonne s'est arrêtée. Ce devait être la dernière position d'Amal avant le camp palestinien puisqu'un no man's land d'une centaine de mètres, un bout de terre rougeâtre à découvert, nous séparait d'autres habitations. Le drapeau de la République islamique d'Iran flottait sur le poste chiite. Une ambulance écrasée gisait sur le flanc. Les maisons environnantes n'étaient plus qu'un enchevêtrement indescriptible de poutrelles métalliques, de bouts de meubles, de blocs de ciment et, parfois, de linge. Les gardes, nettement plus nerveux, certains brandissant des talkies-walkies, ont fait tout mettre à terre. Chaque femme ouvrait son couffin ou ses sacs pour la fouille. Une réfugiée, âgée, ne s'est pas exécutée rapidement. Un milicien, agacé, a saisi le sac de jute et l'a vidé par terre. Des pommes de terre et des oignons ont roulé parmi les cailloux. Des sachets de riz et de lentilles se sont déversés sur le sol. Le milicien a ri. Il a caressé la décalcomanie qui ornait la crosse de son fusil-mitrailleur, attentif à la réaction de la femme. Celle-ci s'est baissée, ses épaules tremblaient. Elle a ramassé les légumes, puis, des deux mains réunies en coupe, le riz et les lentilles mêlés. Elle a déposé les poignées poussiéreuses directement dans le sac de jute. Une femme, qui avait déjà subi la fouille de ses provisions et attendait, assise sur un muret, a entrepris de l'aider.

Comme les choses complexes arrivent simplement ! Quand les dernières poignées ont été jetées dans le sac, la deuxième femme s'est redressée. Dans le mouvement qu'elle a eu pour remettre son fichu à sa place, elle s'est retournée de mon côté. J'étais perdu dans la foule et, pourtant, nos regards se sont rencontrés.

Je n'ai pas tout de suite souri. J'ai senti le souffle me manquer. Elle avait les cheveux coupés en guiche. Ses sourcils se sont arqués, son front était perlé de sueur. Elle y a posé la main. Là, elle a souri. Et d'un seul coup, tout le passé m'est revenu, doux, violent, tel un parfum.

Le garde à la décalcomanie a poussé les deux femmes en grommelant qu'elles bouchaient le passage. Nawal n'a pas opposé de résistance. Elle a avancé, portant un des sacs de la vieille femme. Elle a esquissé un mouvement de la tête en ma direction. Son sourire s'était réfugié à l'intérieur des orbites. Son visage avait repris l'indifférence protectrice, pareille à celle d'un mur nu, qu'elle et ses compagnes humiliées s'efforçaient d'afficher face aux gardes. Pourtant, même à cette distance, j'ai « su » qu'elle était contente de me voir.

Mon cœur s'est empli d'une joie qui m'a fait demeurer immobile, les bras ballants, bousculé par les femmes de l'arrière pressées d'en terminer avec la corvée de fouille. J'ai été sûr que son signe de tête signifiait : « À demain. » J'ai suivi des yeux la robe à pois. La robe était disgracieuse et déformait sa silhouette, ce qui expliquait que je ne l'avais pas reconnue au marché. Mais c'était elle, Nawal. Ma Nawal. J'ai savouré la prononciation de son prénom. Et ça a été comme si de la pluie fine tombait à présent à l'intérieur de moi et caressait la terre sèche et les craquelures qu'elle y trouvait.

Les gardes semblaient attendre quelque chose. Le chef du détachement a parlé à plusieurs reprises dans son talkie-walkie, de plus en plus énervé, dans l'attitude de quelqu'un qui se voit refuser ce qu'il exige. Un bruit de rafale a éclaté. Une femme a dit à ma gauche :

— C'est une douchka.

Elle a paru très inquiète. Elle a montré le côté d'où nous venions :

— Ça provient de l'immeuble.

Le milicien-chef s'est égosillé tout contre le talkie-walkie :

— Dites-leur d'arrêter de tirer. Mais dites à ces fils de putes de stopper les tirs ! Ils vont nous atteindre...

Il était hagard, au bord de l'hystérie :

— Ils sont dingues. Qu'est-ce qui leur prend ? Qu'ils laissent au moins passer les femmes ! Hé, vous m'écoutez ?

La mitrailleuse lourde a tiré une autre rafale, suivie d'une seconde, puis d'une troisième, plus rapprochée. Un mouvement est né dans la foule. Plusieurs femmes ont crié. Quelqu'un a hurlé :

— Ils veulent nous tuer. Mon Dieu, sauvez-nous !

Une femme a lâché ses provisions, a agrippé son enfant par la main et s'est mise à courir. L'enfant a trébuché et a éclaté en pleurs. Sa mère l'a relevé, l'a giflé et a recommencé à courir, tirant l'enfant qui sanglotait. Quand elle est arrivée à la hauteur du milicien à la décalcomanie, celui-ci lui a ordonné de s'immobiliser. Elle ne s'est pas arrêtée, fuyant comme une folle dans la direction du camp. Pris de rage, l'homme a braqué son fusil-mitrailleur et a lâché une courte rafale. À cause, peut-être, de la colère, il ne l'a pas touchée, mais cela a suffi pour déclencher la panique. Les femmes ont bousculé les miliciens et se sont précipitées vers le terrain séparant le camp du quartier chiite dans une débandade terrible. Je n'avais pas encore pris la pleine mesure de la situation, on m'a poussé, je suis tombé. Je me suis retrouvé face à face avec un milicien, à terre lui aussi. Il s'est exclamé, surpris :

— Qui es-tu, bâtard ?

Il n'a pas attendu ma réponse. Il s'est rétabli et a détalé vers l'abri du poste de garde. La douchka a recommencé ses tirs, mais l'épouvante ne m'a gagné que quand j'ai pris conscience qu'aux tirs de la mitrailleuse s'en étaient superposés d'autres, plus proches, provenant du poste de garde. L'un au moins des miliciens déchargeait son arme sur les fuyards.

Du camp également, sont partis des coups de feu. Puis tout s'est terminé. Je ne m'étais pas encore relevé. Je me suis rendu compte, effaré, que le tout n'avait pas duré plus de trente secondes. Je me suis rétabli, lourdement, comme si je me réveillais, avec l'impression tenace que ce qui s'était passé ne s'était pas vraiment passé, qu'en tout cas, cela avait été trop court pour avoir des conséquences notables.

J'ai eu envie de me rendormir parce que j'ai aperçu, à une cinquantaine de mètres en avant, un corps étendu. J'en ai vu deux autres, l'un derrière l'autre. Les cadavres formaient trois taches colorées, presque joyeuses parmi les décombres. J'ai frotté mes paupières avec mes mains, je les aurais frottées avec du piment si cela avait été possible pour combattre ce sommeil mortel qui m'envahissait. J'ai avancé en direction des corps. Il faisait beau, très beau.

Un milicien m'a apostrophé, caché derrière un bloc de ciment :

— Hé, tige de menthe, tu te promènes ou quoi ?

Je suis demeuré sans voix. Il a braqué son arme sur moi :

— Viens ici !

J'ai obtempéré. Je l'ai rejoint, j'ai tendu mon passeport. Il l'a feuilleté fébrilement.

— Qui es-tu ? Journaliste ? Hein, réponds ! Je te cause.

Je me suis baissé pour renouer mes lacets de chaussures. Je n'ai pas pu répondre, tellement ma lèvre inférieure tremblait. J'ai dit oui de la tête. Quelqu'un a crié. J'ai tendu l'oreille : la voix, celle d'une femme, appelait au secours. J'ai dit :

— Vous entendez ?

Le milicien a répliqué distraitement :

— Une blessée, je crois.

J'ai murmuré doucement, comme si nous étions dans un salon à parler de choses et d'autres :

— Il faudrait peut-être aller la chercher.

Il a levé les yeux, étonné quand même :

— Tu es fou ! On se ferait canarder.

— J'y vais alors. Moi, je ne suis pas un combattant.

J'ai pensé, avec un peu de détachement et alors que l'homme m'examinait, ahuri, que c'était ça, une tragédie, mais que ça ne ressemblait pas à une tragédie, que cela s'était produit trop facilement. J'ai pensé aussi : on aurait pu attendre un peu.

Le milicien m'a laissé partir. Il tenait mon passeport à la main, hésitant sur la conduite à suivre. J'ai dépassé le poste de garde. J'ai eu le temps de distinguer trois hommes accroupis, en position de tir. L'un d'eux brandissait un lance-roquettes. J'ai eu envie de rire : sa barbe avait une forme rectangulaire, semblable à un chasse-mouches.

Les deux premiers cadavres ne m'ont fait aucun effet. On aurait dit des objets jetés là par hasard, par quelqu'un de pas très soigneux.

Je me suis approché du corps qui geignait. La femme — celle-là même qui avait dit au marchand que ses prix étaient excessifs — gisait sur le dos. Elle serrait son ventre de ses deux mains. Une grande tache rouge coloriait le bas de sa robe. La plainte qui sortait de sa bouche, grêle et ininterrompue, paraissait provenir d'un dispositif mécanique, tellement le son en était désagréablement métallique.

Les yeux ont tenté de se fixer sur moi sans y parvenir, pareils à ceux d'un ivrogne trop parti pour pouvoir se concentrer. Je me suis penché sur la vieille femme.

— C'est grave ?

Elle n'a pas réagi tout de suite. La crécelle de la plainte a repris de la vigueur. La femme haletait. Elle a marmonné quelque chose entre deux grincements. J'ai fini par comprendre qu'elle me suppliait de chercher du secours. J'ai pensé aux miliciens abrités derrière leurs sacs de sable. Aucun d'eux, probablement, ne voudrait risquer sa vie pour une vieille décrépite de réfugiée. J'ai soupiré :

— Allons, ma mère, je vais te tirer de là.

J'ai entrepris de la prendre par les épaules. Elle a protesté faiblement :

— Je t'en prie, ne me bouge pas, petit.

Elle a eu sur le visage une expression qui ressemblait à de l'ironie, comme si, du plus lointain de sa douleur, elle se tournait quand même en dérision :

— Si tu me bouges, fils, mes tripes vont sortir. La rafale m'a déchiré le ventre de part et d'autre, un vrai couteau de boucher. Alors, je retiens mes tripes avec mes mains. Il ne faut pas me remuer.

Elle a répété, mais n'y croyant pas trop :

— Va me chercher du secours. Ah, mon fils...

La douleur a repris le dessus, et la plainte aussi. Je me suis redressé, malade de perplexité. J'ai jeté un coup d'œil en avant, dans la direction du camp palestinien : peut-être pouvais-je espérer de l'aide de ce côté-là. J'étais en train de constater que l'entrée du camp était trop éloignée pour que je puisse y accéder sans encombre quand j'ai vu le pied. Le pied, puis la robe à pois.

J'ai serré les épaules. J'ai eu froid tout d'un coup. J'ai oublié la gueule d'épagneul de la vieille femme. J'ai oublié le camp. J'ai oublié les miliciens. J'ai parcouru les vingt mètres qui me séparaient d'elle, presque allègre.

Nawal reposait sur le flanc, en chien de fusil. La robe était relevée, découvrant la naissance des cuisses. Je me suis agenouillé, j'ai rabaissé la robe. En le faisant, j'ai touché son genou, puis son mollet. J'ai respiré profondément pour étouffer un sanglot. Son visage était caché par ses cheveux. J'ai songé : que c'est laid, un cadavre.

Le désespoir, comme un monstre préhistorique, a émergé de sa fosse. Je n'ai pas essayé de me débattre, j'ai senti ses grosses griffes me lacérer. Un cri m'a envahi, il n'est pas sorti de ma bouche, mais il s'est répandu en moi, jusqu'aux orteils : Nawal est morte ! Et j'ai ajouté : Et moi, je suis vivant !

J'ai retourné le corps, doucement, de manière à voir le visage. Le visage était indifférent, les yeux fermés, ennuyés, un peu de salive aux commissures des lèvres. Nawal avait tout oublié, elle n'avait plus besoin de mémoire, ni de l'inutile tâche de savoir que j'étais venu la chercher. Le trou de la balle était discret, juste au-dessous du sein gauche.

Une brusque colère m'a saisi :

— Tu me laisses seul avec tes soucis, ma douce. Qu'est-ce que je vais faire de toi, dis ?

J'ai humé longuement ses cheveux. J'ai palpé son front. J'ai failli penser qu'elle était fiévreuse. Je l'ai embrassée sur la bouche, en appuyant fort sur les lèvres. J'ai murmuré à son oreille :

— Tu vois, ma douce, je suis quand même arrivé, mais tu ne m'as pas attendu. C'est ta faute, tout ça.

Je me suis mordu la langue volontairement. La douleur a joué le rôle d'une réponse.

— Idiote, c'est parce que je suis amoureux de toi que je suis là. Alors, pourquoi t'es-tu pressée ?

Une voix a crié :

— Reviens, mon gars. Sinon, on te tire dessus.

La même voix a repris :

— Chiure de pute, reviens. Sinon, on te tue !

Je me suis remis sur mes pieds. Le milicien a réitéré son ordre, appuyé par une rafale de fusil-mitrailleur. J'ai contemplé le corps, saisi par l'envie de lui faire l'amour. Je me suis rappelé les petites salières que formaient ses clavicules. Et les taches de rousseur sur le haut de la poitrine. J'ai soufflé :

— Ce n'est pas possible, je ne vais pas mourir pour toi, je t'aime, c'est tout, ma luciole. Il ne faut pas exagérer. Toi, maintenant, tu t'en fous, tu as acquis la tranquillité des pierres.

J'ai grommelé, comme si l'argument était décisif :

— Même la pluie ne te ferait pas bouger. Soyons raisonnables. Tu ne vas pas me demander de mourir pour toi ?

Je lui ai tourné le dos et j'ai marché dans la direction du poste de garde. La vieille au ventre ouvert n'avait pas cessé de gémir, mais les gémissements avaient perdu de leur force et s'étaient transformés en couinements résignés. J'ai contemplé la vieille chienne brisée. J'ai noté qu'elle s'intégrait très bien au décor. Et même qu'elle le méritait. Et que toutes méritaient leur saloperie de sort. Du moment que Nawal était morte. J'ai voulu aller vers la femme et le lui dire. Et pleurer avec elle. Sur elle. Et sur Nawal. Le milicien a vociféré :

— Cousin, tu te crois où ? Grouille-toi ! Tu veux avoir des ennuis pour une fille de rien ?

Je voyais la tête du milicien et le canon de son arme. Il a braillé :

— Tu la connais ?

J'ai souri, heureux :

— Oui, je la connais.

La douceur du sourire, tout comme l'épouvante de tout à l'heure, a pénétré dans les moindres recoins de mes organes. Elle m'avait raconté que lorsqu'elle était toute jeune, cinq, six ans, elle aimait à ce point danser qu'elle ne pouvait se retenir de se trémousser au son de la moindre musique. Une fois, au grand scandale de ses parents, elle avait exécuté une danse du ventre pendant qu'un imam psalmodiait une prière funéraire. J'ai ri à ce souvenir :

— Danse, petite fille, danse dans mon sang...

Le milicien m'a amusé. Je suis revenu sur mes pas alors qu'il s'étouffait de rage. J'ai pris Nawal entre mes bras et je l'ai traînée vers le camp. Elle était lourde. J'ai pensé : ça doit être le poids de la mort, la mort alourdit donc. Pourtant elle ne le devrait pas puisqu'elle ôte quelque chose. Ou alors, est-ce que c'est la vie qui allège ?

Sa tête est retombée sur mon bras. Sous l'effet de la traction, les traits de son visage ont changé. On aurait dit qu'elle était mécontente que je la dérange. J'ai eu, dans la gorge, une bouffée de bonheur :

— Viens, ma douce. À présent, il faut qu'on rentre à la maison. Ça va un peu t'écorcher, mais ça ne changera pas grand-chose, pas vrai ? Et puis, on ne va pas laisser le bon Dieu se moquer de nous, hein, ma petite ?

J'ai entendu un claquement. La première balle, au mollet, m'a bousculé. J'ai constaté, agacé : quelqu'un a dû me crocheter le pied. J'ai trébuché, face contre terre. J'ai ouvert la bouche, de la poussière est entrée entre mes dents. J'ai mâché la poussière. Je ne lui ai trouvé aucun goût. Je l'ai avalée et me suis rétabli sur mes pieds. J'ai remarqué que je boitais, que je tremblais de peur et que la tête de Nawal, en chutant, avait heurté un bout de ferraille. J'ai repris la main de la Palestinienne. Le milicien a braqué son arme sur moi. J'ai trituré les doigts du cadavre, attendant avec curiosité de voir ce que l'individu armé allait décider. Je n'ai plus éprouvé aucun sentiment, à part le désir lancinant de me coucher là, contre la jeune fille, et, doucement, sans la brusquer, parce que je l'aimais, de la réveiller de son sommeil de boue. Comme une enfant chérie qui reviendrait au monde léger.

Du même auteur :

Cortèges d'impatiences, poésie, Québec, Naaman, 1984.

Rakesh, Vishnou et les autres, nouvelles, Alger, Enal, 1985.

La Barbarie, essai, Alger, Enal, 1986.

Ludmila, roman, Alger, Enal, 1986.

Les Amants désunis, roman, Paris, Calmann-Lévy, 1998, prix Rachid Mimouni 1999.

L'Enfant du peuple ancien, roman, Paris, Pauvert, 2000, prix RFO et Millepages 2000, RTBF et Méditerranée-Beur FM 2001.

Composition réalisée par JOUVE

IMPRIMÉ EN ESPAGNE PAR LIBERDUPLEX
Barcelone
Dépôt légal éditeur : 45080 - 06/2004
LIBRAIRIE GÉNÉRALE FRANÇAISE - 43, quai de Grenelle - 75015 Paris.

ISBN : 2 - 253 - 10827 - 8 31/0827/1